비앙또 단편선

박세정 장편추리소설

비앙또 단편선

문학과평론사

베트남 하롱베이,
외진 작은 호텔

세상의 유린자(蹂躪者)
과거의 소멸자(消滅者)

그리고,

외부인

3일간의 여정 뒤에 감춰진,
기나긴 30년의 이야기

세상에는 원색(原色)만 있는 것이 아니다
때론, 어떤 것들은
미상(未詳)인 채로 두는 것이
온유할 때가 있다

목차

일탈('業'脫)

과거_1

대과거(大過去)_1

대과거_2

만남

실행

제자리

일탈('業'脫)

#1 그냥 하루

경리단길 맥주집 「맥파이」.

여덟 잔에 세 조각째. 석우가 왼손에는 널찍한 페퍼로니 조각피자를, 오른손에는 수제맥주를 부여잡고 서로를 번갈아가며 입으로 셔틀하기에 정신이 없다. 석우는 근처 양키들처럼 헐렁한 카키색 밀리터리 티셔츠에 카모 바지를 입고 슈퍼마켓 입구에 걸터앉아 일요일 낮의 방임을 즐긴다.

학창 시절 캐나다로 어학연수를 다녀온 후론 뼈만 앙상히 남은 여자에 혹하기보다는 건각(健脚, 건강한 다리) 여자와 올드팝을 좋아하는 뻔한 서른두 살 자유영혼 최석우.

'경리단길이 좋다.'

이국적인 분위기에 프레피(preppie) 문화가 곁든 이곳 뒷골목이 색다르다.

'신사동 가로수길이 개발되기 전, 밟히는 은행나무 열매가 신발을 더럽혀도 아기자기한 운치가 있었는데, 이젠 기성 브랜드들이 우후죽순으로 들어와 그때 기분을 느끼지 못하게 된 것처럼 경리단은 그러지 않길.'

일요일 늘어지게 늦잠을 잔 석우가, 어제 달린 위장도 달

랠 겸 조각피자에 해장 맥주 한 잔을 들이켜고 있다.

여긴 아무데나 주저앉아도, 혼자 마셔도, 옆 사람에게 말 걸어도, 말 걸려 말 안 해도 된다.

'그냥 이곳이 좋다.'

'츄루루룩.'

월요일 아침. 회색 벽돌로 반듯하게 지어진 건물 1층의 약국 셔터가 기지개를 켠다. 1970년대 당시 열다섯 살이나 많은 무뚝뚝한 의사 남편이 어린 약사 아내에게 프러포즈 하면서, 일편단심으로 사랑하겠다며 적은 연애편지 고백글에서 가져와 지은 이름 「일심약국」. 옥수동 2가에 위치해 올해로 35년째다. 대로 횡단보도 앞이라 뜨내기손님도 생뚱맞게 들어오고, 2층 내과 환자도 쏠쏠하게 있어 말도 탈도 없이 주구장창 안전빵으로 가는 패밀리 비즈니스.

석우는 여기 약사다. 약국 건물 소유주이자 2층에서 내과를 하시는 아버지와 일심약국을 연 약사 어머니는 3층에, 석우는 평상 놓인 옥탑방에 산다.

숙취에 아침을 거르고 옥탑방에서 1층 약국으로 출근. 오픈 준비를 마치고 냉장고에서 해장용 박카스를 꺼낸다. 숙취에는 박카스, 답답할 땐 부채표 까스활명수다. 어제 맥주를 한 자릿수까지만 마셨어야 했다.

무릎길이 치마를 입은 동그란 안경 쓴 귀여운 아가씨가 하이힐을 또각거리며 약국으로 들어온다. 아침 이 시간이면 약국 투명유리 너머로 보이는 횡단보도에 서 있는 아가씨다. 석우는 하이힐 소리가 좋다. 작년에 헤어진, 무용을 전공한 여친 아린이는 석우와 데이트할 때면 트레이드마크처럼 항상 큼지막한 선글라스를 오버사이즈 박스티에 무심히 꽂고, 레깅스에 하이힐을 신었는데 쭉 뻗은 다리가 정말 예뻤다.

약국으로 들어온 하이힐이 머뭇거린다.
'새로 산 힐에 뒤꿈치가 까져 대일밴드라도 사려나.'
"아저씨, 갑자기 똥 나올 때 멈추는 약 있어요?"
'똥? 멈춰? 이 아가씨야, 그런 걸 지사제라고 한단다.'
"아, 예. 지사제요? 설사세요, 된똥이세요?"
어차피 〈아무말 대잔치〉다.
"모르겠어요. 제가 치질이 있어서 혹시 출근버스에서 찔끔할까 봐."

'굳이 엉덩이에 손을 갖다 대고 말하지 않아도 될 것을.'

석우가 진열장에서 약을 꺼내 건넨다.

"이게 잘 들어요. 급하시면 지금 두 알 드세요."

하이힐이 계산도 안 하고 받은 약을 냉큼 입에 털어 넣고 정수기 물을 받아 꼴깍꼴깍 한 번에 한 알씩 두 번에 나누어 들이켠다.

"아저씨, 겔포스도 하나 주세요. 얼마예요?"

핸드폰을 단말기에 태그해 결제한다. 핸드폰 고리에 건너편 힐스테이트 아파트 공동현관 출입카드가 대롱거린다.

계산을 하고 또각또각 약국을 나간다.

횡단보도에 선 하이힐 위의 곧은 다리.

'이쁘다.'

약제실 PC를 켠다. 알아서 뜨는 조제 어플리케이션을 제쳐놓고, 즐겨찾기에서 〈일상타파 특가여행〉 클릭.

"좋은 아침입니다, 약사님."

약국에 들어서는, 앳되어 보이는 키 작은 통통한 남자가 인사한다. 작년에 약대를 졸업하고 석 달 전부터 석우를 보조하는 초짜약사. 석우가 약제실 안에서 모니터를 응시한

채 한 번의 끄덕임으로 아침인사를 받는다. 석우는 자신이 그렇게나 가고 싶었던 군대를 수많은 합리적이고 잡스러운 이유로 못 간? 혹은, 안 간? 초짜약사를 무시한다.

조금 이따 10시면 2층 아버지 병원 진료가 시작된다. 자동조제기가 돌아가고 본격적인 석우 일도 시작이다.

처방전을 든 병원 환자와, 지나가다 들른 뜨내기손님들이 몰려오더니 벌써 점심시간. 이 시점에서 손을 놓고 끝내야 할 중대한 의사결정이 있다.

'흠, 점심을 뭘로 하지? 군만두에 짱깨나 시켜 먹을까?'

해장에는 왜 기름기가 땡기는지.

점심 메뉴는 항상 일방적으로 석우가 정한다. 초짜약사가 뭐든 잘 먹기도 하지만, 석우 스타일이 가부장적인 아버지를 빼다박아 쫄따구에게 애당초 의사발언 기회란 있을 수 없다.

앱으로 일심약국 설립연도와 역사가 비슷한 「만다린」에 탕볶밥과 간짜장을 시킨다. 어릴 적부터 단골인 이 중국집은 요즘 보기 드물게 짜장면에 반숙 계란후라이가 올려져 나오고 군만두와 짬뽕 국물을 서비스로 준다. 게다가 단골 석우의 식성을 아는지라 짜장면에 올라가는 기분 나쁜 오이도 싸그리 빼서 보내준다.

고대하던 배달을 받은 약제실 붙박이 초짜약사의 짱깨비닐 해체작업이 진행 중이다.

해체가 마쳐지면 고참 석우가 먼저 약제실에 들어가 먹는다. 일단 서비스 군만두를 한입하고 간짜장에 따로 딸려온 면을 두 젓가락 떼어내 서비스 짬뽕국물에 담가 미니 짬뽕면을 만들어 먹고는, 본격적으로 간짜장에 화력을 집중해 전멸시킨다. 다음으로 초짜약사가 들어가 허리춤을 편하게 풀고 남은 음식들을 공격한다. 둘 다 못 다녀온 군대식 짬밥 순으로.

초짜약사가 그릇에 남은 잔해를 작고 노란 음식물 쓰레기 비닐봉지에 담아 천천히 공기를 빼서 짜매 묶는다. 접시에 담겨 있을 땐 맛깔나는 요리였는데, 노란 비닐에 담기자 혐오스러운 쓰레기다. 마지막 젓가락질까지가 음식이고, 젓가락 내려놓는 순간 오물이 되어버리는 간사한 찰나.

저녁 8시. 퇴근이다.
일일 매출 확인.

'거참, 이 약국은 꾸역꾸역 장사 참 잘 되네그려.'

석우는 초짜약사에게 마감을 지시하고 하얀 가운을 야상으로 갈아입는다. 계산대에서 만원짜리 다섯 장을 꺼내 주머니에 쑤셔 넣고는, 안전하게 제자리에서 충전되고 있는 핸드폰을 이탈시켜 털레털레 약국을 나선다.

오늘도, 석우도, 석우 걸음도 「맥파이」로 향한다.

서너 잔 하려던 게 벌써 아홉 잔째다. 오늘은 한 자릿수 안 넘기기로 결심한 터.

저만치 건너편에 「YONSEI UNIVERSITY」라고 쓰인 맨투맨을 잘록한 허리에 무심하게 두른 금발의 파란 눈을 한 여자가 정갈한 포마드 머리를 한 백인 남자와 얘기하고 있다.

'남자는 언덕 너머 한남동 대사관 근처의 근사한 레스토랑 사장 같다. 턱수염이 적당히 있어 편해 보여도, 절제된 제스처와 금발 여인을 지긋이 바라보며 고개를 끄덕여 추임새를 넣어주는 매너. 곧게 편 가슴을 부드럽게 감아 흐르는 넓은 라펠이 적당한 핏을 따라 허리선으로 떨어지는 수트에 깔끔한 구찌 브릭스톤 로퍼. 청록색 격자무늬 원피스를 입고 시원한 웃음을 날리는 금발 여자는 신촌 연세어학

당에 다니는 동유럽 체코쯤에서 온 외국인이겠지.'

세상에 무관심한 석우의 유일한 낙(樂)인, 관찰하고 추리하는 병이 또 도졌다.

금발이 포마드 남자와 얘기 도중, 반듯한 이마로 흘러내리는 금발 머리를 쓸어 올리다가 석우와 눈이 마주친다.

'잘생기고 쉬크한 나한테 여자들 추파란, 참⋯⋯.'

도끼병.

맥파이 옆 「우리슈퍼」에서 12도짜리 베트남 병맥주를 사들고 마시면서 일심약국 건물을 향해 걸어간다.

'살짝 취했으니 2, 30분 정도 걸리겠네.'

한남 오거리에서 마시던 맥주가 떨어진다. 「리첸시아 오피스텔」 GS편의점에서 네 개에 만원짜리 수입맥주를 사 한 캔 따 마신다.

'비린 맛이 난다.'

맥주산업의 글로벌화로 원산지와 제조국이 다른 시대를 사는 비애.

보슬비가 뜨문뜨문 내리기 시작한다.

'생맥주 한 잔만 더 하고 갈까?'

오랜만에 들른 유엔빌리지 언덕 아일리시펍 「더블린 나나」. 케그 호스를 매일 청소하는 여기 맥주 맛이 기가 막힌다.

아담한 여사장이 반긴다.

"오! 석우 씨, 오랜만이네."

"잘 지내셨어요? 생맥 하나 주세요."

"예쁜 친구 어디다 두고 왜 맨날 혼자 다녀요?"

'또 그 소리시다.'

여사장이 메뉴판에 4천원으로 매겨진 믹스땅콩을 석우에게 서비스로 내준다.

커피땅콩 세 개에 한 잔이 비워졌다.

'딱 한 잔만 더 하자.'

벽에 고정된 냉장고 크기만 한 스피커에서 익숙한 선율이 흘러나온다. 석우가 어릴 적 아빠 차 뒷좌석에서 누워 들었던 거 같은, 알 듯 모를 듯한 올드팝.

머릿속에 노래 들어갈 여백을 그린다.

'이것만 듣고 가자.'

#2 '그녀'라는 추억

단골 펍 「더블린 나나」는 석우가 그녀를 처음 만났던 장소다.

추운 겨울 함박눈 펑펑 내리던 밤. 그날도 퇴근길에 어김없이 경리단길에 들러 조각피자에 맥주 몇 잔인가를 마시고는 이 펍에 들러 혼자 한잔하고 있었다. 너무 추워서인지 그날따라 손님은 석우 혼자였다.

펍에서는 새로 출시된 맥주 프로모션 행사를 하고 있었다. 현수막에 손님이 직접 따라 황금비율 8 대 2가 나오면 오리지널 굿즈 티셔츠와 우산을 사은품으로 준다고 쓰여 있다. 다트대 옆에 맥주 라벨이 새겨진 휘장을 왼쪽 어깨에서 오른쪽 골반에 두른 검정 원피스 아가씨가 서 있다.

'손님도 없는데 뻘쭘하겠네……'

석우는 몇 시간째 양주 진열장벽에 붙어있는 모니터 속 이종격투기 시합에 눈을 고정하고 있다.

'슬슬 들어가 봐야지.'

"사장님, 잘 먹었습니다."

"벌써 가려고요?"

"예, 오기 전에 좀 마셔서요. 얼마죠?"

"잠시만요……."

바 끝에 딸린 싱크대에서 설거지하던 여사장이 고무장갑을 벗고 포스기로 가 테이블 번호를 찍는다.

"다섯 잔 마셨네. 2억 5천만원이요~."

'이놈의 썰렁함은 맨날 내 몫으로 남네.'

석우가 주머니에서 만원짜리들을 꺼낸다. 간단하게 술 마실 때면 현금을 챙긴다. 서로 좋은 게 좋은 거니까.

'어차피 나가는 돈은 똑같은 거.'

"여섯 잔으로 해주시고, 저분 마치시면 한 잔 드리세요."

3만원을 건네며 다트 옆 검정 원피스를 가리킨다.

"홋, 매너는……. 한번 물어볼게요. 저기~ 아린 씨. 이분이 일 끝나면 아린 씨 마시라고 맥주 한 잔 값 내고 가시겠대."

'굳이 물어볼 거까진…….'

지루한지 몸을 살짝씩 비틀어대던 원피스가 눈을 반짝이며 석우 쪽을 쳐다본다.

원피스가 사뿐사뿐 다가온다.

"감사해요. 근데…… 회사에서, 행사장에서 맥주 마시지 말라고 해서요."

"아, 그래요? 손님도 없는데 혼자 서계시길래……, 그게 더 지루하실 거 같아서 한 잔 드리려고 했던 건데……, 실례했네요. 그럼, 수고하시고요."

석우가 거스름돈을 받고 나가려는데,

"저기…… 저……, 대신 행사장 아닌 데서 소주 마시지 말라고 하진 않았어요……, 저…… 5분 있다, 11시에 마쳐요."

잠시 후 화장실에서 원피스 유니폼을 청바지에 롱패딩으로 갈아입고 나온 앳된 아가씨가 석우를 따라 옥수역 밑 포장마차로 향한다.

'철커렁 철커렁.'

옥수역 지상철 마지막 전철이 지나간다.

아까 전 펍에서 처음 만난 둘은 포장마차 부부 사장님이 직접 우려낸 뜨거운 멸치육수에 오뎅을 아낌없이 투척한 탕을 안주로, 아이스박스에서 갓 나온 살얼음 언 소주를 마시고 있다.

이름 이아린. 성신여대 앞에서 친구와 자취를 하고 있단다. 프로야구선수가 꿈인 오빠가 다닐 학교 때문에 고등학생 때 창원에서 목동으로 이사 왔었다고 한다. 대학에서 현대무용을 전공한 그녀는 뮤지컬 배우가 되고 싶다고 했다.

지금의 아르바이트 전에는 대학로에서 3개월간 단역배우를 했었다고 한다. 단역으로라도 출연하는 공연이 없을 때는 오디션을 보러 다녀야 해서, 지금처럼 이벤트 회사에 등록해 단기행사 알바를 한단다.

두 병째 소주가 들어오자 그녀의 서울 생활 힘들다는 하소연이 시작된다. 물가도 비싸고, 간지럽고 거북한 서울말도 힘들고……, 창원으로 돌아간 가족들도 보고 싶다고……, 그래도 주일날 가는 교회 덕에 견딜 수 있다고…….

얼큰하게 취한 그녀가 요즘 연습하기 시작했다는 노래를 읊조리기 시작한다.

"Some people live for the fortune
Some people live just for the fame
Some people live for the power~~"

#3 한여름 밤의 꿈(2016년, 19대 대통령 선거)

"일찍 마치고 회식 가려는데, 안 갈래요?"

깜짝, 그녀와의 추억에 푹 빠져 있던 석우.

여기 「더블린 나나」 가게 회식 때면 여사장 꼬임에 전 여친 아린이랑 같이 꿉사리 껴 몇 번 따라갔었다.

"어디 가시게요? 약수시장?"

유혹에 못 이겨 질문 10에, 제안 90을 얹어 되묻는다.

'비 오는 날엔 막걸리에 전이 진리다.'

"굿! 콜!"

여사장이 손가락으로 OK 사인을 해 보인다. 석우가 자기가 마시던 맥주잔을 치우고는 펍 마감을 거든다.

석우와 가게 스태프들이 올라탄 조리실장의 쏘렌토를 여사장이 운전해 약수시장 「녹두던」으로 갔다.

"누님, 오랜만이세요."

일심약국 앞 카페 건물 위에 사는 전집 사장님은 약국에도 자주 오는 단골로 언제부턴가 석우한테 누님이 되었다.

석우가 노상에 자리가 있나 둘러본다. 딱 한 개 남아있다.

자리를 잡았다. 뒤 테이블에서 전라도 말투를 애써 감추려 표준말로 가장해 쓰는 머리 벗겨진 전라도 아재와, 경상도 말씨에 가능한 데시벨을 최대치로 외치듯 떠드는 더벅머리 경상도 아재가 앉아 있다. 근처 신당역 떡볶이타운에 새로 들어서는 대형 문화복합시설단지 조성계획으로 여러 지방에서 올라와 약수동 근처 고시원에 기거하는 인부들이다.

"흐린 날 공사판 일하는 것도 서러운데, 이렇게 비만 오면 삭신이 쑤신다니께. 그때 그 「여수댁」인가에서 아귀힘 엄청난 그놈한테 내팽겨쳐지고선 쭉이여."

"내도 그놈 생각만 하면 자다가도 벌떡 일어난다 아이가? 꿈에 나타날까 봐 무섭다카이."

전라도, 경상도 사투리가 난무한, 뜻 모를 얘기의 끝엔 다음달 있을 19대 대통령 선거 얘기로 전환.

'대한민국 아재들의 영원한 레퍼토리는 역시 정치야.'

주문한 녹두전과 막걸리, 닭도리탕에 소주가 나왔다.

술을 전혀 못하는 단골펍 여사장은 직원들이 잘 먹고 잘 마시는 걸 흐뭇하게 바라보다 대뜸 일본에 유학 보낸 대학생 아들이 장학금 받은 얘기를 하며 신나한다.

서서히 취기가 오를 즈음, 기름기 땡긴 석우가 옆 가게 치킨집에서 만원에 두 마리 하는 옛날통닭을 사 온다. 한 마리는 전집 누님에게 조공으로 바치고, 남은 한 마리를 안주 삼아 병맥주로 입가심한다.

펍 식구들 회식을 거나하게 파한 석우가 약수시장에서부터 핸드폰으로 이 노래 저 노래 들으며 걷다보니 집, 일심약국 앞이다.

'건물주 의사아빠와 약국 창업주 약사엄마는 오늘도 어김없이 일찍 주무시겠지.'

계단을 따라 옥탑방으로 올라간다.

옥상문을 열면 한가운데를 평상이 중심을 잡고 있고, 귀퉁이에 30대 남자가 사는 옥탑방에 어울리는 녹슨 벤치프레스와 그보다 더 녹슨 아령들이 아무렇게나 휑하니 널브러져 있다. 세 줄의 주황색 빨랫줄 뒤로 어르신들 거실에 있을 법한 '거꾸리'가 서있다. 내과의사 아버지가 말씀하셨다. 혈액과 림프의 순환이 건강의 척도라며, 혈류가 잘 흘러야 몸속 구석구석에 산소와 영양분을 골고루 나눠줘 면역력이 강화되고 노화를 예방한다고. 이 말에 강력히 동의하는 석우는 작년 홈쇼핑에서 거꾸리를 장만했다.

평상의 추억은 서로의 오해와 집착으로 헤어져, out of sight, out of mind로 사라진, 하이힐이 잘 어울렸던 전 여친 아린이와의 여름 기억이다.

익숙지 않은 진짜 사랑이 과하다 놓쳐버린, 사랑했던 아린.

'더 잘해줬어야 했는데……'

석우 부모님에게도 싹싹했던 아린이는 연기수업 마치고 행사 알바 없으면 일심약국으로 석우를 보러 왔다. 1층에서 석우에게 윙크를 하고, 2층 아버지 병원 간호사들에게 국대 떡볶이와 튀김 간식을 챙겨주고는, 3층에 올라가 어머님께 공손히 인사를 드리고 옥탑방으로 올라갔다.

석우가 퇴근해 옥탑방에 올라오면 아린이는 평상 위에서 고등학교 치어리더 때부터 했다는 스트레칭으로 근육을 잘게 잘게 찢고 있었다. 유연하다 못해 기묘한 자세를 취하는 그녀는 퇴근한 석우를 보는 순간 크고 시원스러운 입술로 활짝 웃으며 뛰쳐 달려가 요크셔테리어처럼 와락 안긴다. 땀방울 송송 맺힌 긴 팔과 긴 다리로 석우를 감싸 안고 뽀뽀 세례를 퍼붓는다.

석우에게 아린이는 달달한 딸기우유다. 늦은 저녁노을이 지고 밤이 되면, 아린이는 별을 보자며 석우를 잡아끌어 옥상 난간에 걸터앉아 서울 불빛에 가려 별 잃은 하늘을 바라봤다. 하늘엔 별이 없는데 석우 옆엔 별보다 더 밝게 반짝이는 아린이가 있었다. 그녀는 석우에게 특별한 우주였다.

한여름 밤 평상 데이트의 주메뉴는 돼지고기였다. 배민으로 족발과 보쌈 세트를 배달시켜 먹거나, 날씨가 꿀꿀한 날에는 동네 마트에서 냉동삼겹살과 소주를 둘의 양손이 모자랄 정도로 사서 들고 와, 부루스타 위 프라이팬에다 때려 부은 삼겹살에 소주를 무한정으로 마셔댄다. 큰맘 먹고 장만한 SONY 블루투스 스피커에 핸드폰을 연결해, 알딸딸한 정신에 아린이가 연습하는 오디션용 팝송 〈If I ain't got you〉를 무한 반복으로 듣는다.

마시던 술이 모자라면 입가심으로 유엔빌리지로 걸어 내려가 아린이를 처음 만나게 해준 「더블린 나나」에서 기네스를 한 잔씩 한다.

자정이 한참 지나 알코올로 너덜해진 둘은 옥탑방 평상 위에서 그대로 잠들기 일쑤였다. 그다음 날이 휴일이면, 찢어지게 늦잠을 자고선 커다란 백팩에 버너와 안성탕면, 소주를 담아 버스를 두 번 갈아타고 인천항으로 쏘아, 방파제 사이에서 몰래 해장라면을 끓여 먹었다.

토요일이면 둘이서 아린이 고등학교 동창이자 자취방 룸메이트 혜진이가 혜화동 소극장에서 바위 역할로 출연하는 어린이 뮤지컬 모니터링을 해주러 다녔다. 혜진이 배역은 '5번 바위'로, 머리부터 발끝까지를 완벽하게 가린 회색 의상을 걸치고선 소리를 내서도 움직여서도 안 된다. 물론 대사가 있을 리 없다.

'5번 바위' 역할에 진심인 혜진이 뮤지컬 공연이 끝나면 다들 같이 극장 정리를 하고서 그녀들의 보금자리가 있는 돈암동으로 향한다. 자취방 근처 「치르치르」에 들러 치킨에 생맥주를 마시다 보면, '연기란 무엇인가'란 주제로 아린이와 혜진이의 머리끄덩이 잡는 거 빼고는 모든 걸 구사하는, 〈100분 토론〉이 시작된다.

배부른 맥주를 그만두고 골뱅이 소면에 소주가 각 2병을 넘어 세상이 가물가물해진다.

석우의 귀소본능이 발현해 모두를 돈암동에서 옥수동 옥탑방으로 소환시켰는지, 평상 위에는 혜진이의 두꺼운 근육질 종아리를 위시해 윷가락처럼 포개진, 신발을 채 벗지 못한 여섯 개의 다리가 뒤엉켜 뉘어져 있다.

점심때가 돼서야 가까스로 잠에서 깬 세 명은 유엔빌리지 입구에 있는 「베키아앤누보」까지 기어가 메스꺼운 먹물 파스타에 타바스코를 잔뜩 뿌려서 해장을 했다.

시간이 흐르면서 아린이와의 사랑은 더 깊어져만 갔다. 평생 못 끊을 것 같던 담배도, 아린이가 싫어한다는 이유로 조금씩 줄이다가 끊을 수 있었다.

석우는 아린이를 만나면 만날수록 강렬한 에너지에 빨려 들다 그녀의 매력에서 헤어 나올 수 없게 되었다. 아린이가 행사 알바하는 기간이면 그녀를 보러 약국 일을 마치고 광화문 「WABAR」건 청담동 「D-Bridge」건 어디든 찾아갔다.

석우는 선선하고 향긋한 바람부는 평상 위에서 하늘을 천장 삼아, 달빛을 전등 삼아, 언제 맡을지 모를 배역을 위해 열정적으로 대본 연습을 하는 아린이의 긴 다리 베개를 베고 누워, 배 위에 노트북을 얹고 밤새워 미드를 보거나 웹서핑할 때가 가장 행복했다.

오늘도 퇴근한 석우가 아린이와 행복했던 그때처럼 부는 선선한 바람을 느끼며, 아린이 허벅지 대신 두루마리 휴지를 눌러 베고 평상에 누워 핸드폰을 끼적끼적 만지작거리고 있다.

아린이와 헤어진 지금도 석우는 옥탑방 평상에 누워 그녀와의 추억을 거닐면 마음이 편해진다. 그래서 멍 때리고 웹 서핑하기에는 좋은 기억 충만한 평상만 한 곳이 없다.

유튜브, 〈복면가왕〉
'뮤지컬 여제'란 싱어가 〈If I ain't got you〉를 부른다.
'목소리가 아린이와 엄청 닮았다, 어? 아니다. 이건 아린이 목소리?'

폰 연락처에 이름을 쳐본다. 「내사랑 아린」

#4 특가여행

석우가 아린이와의 추억에서 탈출해 〈일상타파 특가여행〉 앱에 들어간다.

말 그대로 무료한 일상에서 탈출시켜줄 여행을 365일 계획하는 석우는 이 앱을 알고서부터 부지런히 체크한다.

어쩌다 실시간 긴급으로 순간 뜨는 〈초특가 여행패키지〉의 가격이 매력만점. 그래봐야 석우의 일탈여행의 요일과 기한은 불변이다. 빨간 날을 제외하고는 쉬는 게 아니라는 아버지 가르침에, 여행은 금요일 오전까지 한 주간의 약국 일을 정리하고, 오후부터 병역기피 초짜약사에게 맡기고서 월요일 출근 전까지라고 '의료인 최씨 집안 내규'에 자체적으로 결론 내려져 있다.

가장 비싼 금요일 출발에 일요일 귀국 일정으로 여행 가는 날이 정해져 있는 석우에게는, 직전의 예약 취소나 여타 사정으로 나온 급매물 여행패키지를 초저렴한 가격으로 구입할 수 있는 이 경제적인 앱이 어찌나 유용한지 모른다.

'비행기야 저가항공 떨이로 아무거나 타면 되는 거고.'

석우가 태어나 처음 나간 해외여행에서 대만족이었던 베트남 호찌민을 이 앱으로 2박 3일에 25만 9천원에 다녀왔었다. 케이블방송국 PD를 하는 고등학교 동창이 자기네 회사 광고주라며 소개한 앱이었다. 사실 앱 덕분이라기보다는 '동일본 대지진' 참사로 국내외 여행 취소가 속출해서였지만.

자타가 공인하는 '밀덕(밀리터리 덕후)'인 석우답게 약사 첫 월급을 가지고 동두천까지 가서 득템한 사막 전투용 카모 반바지와 한정판 2차 세계대전 영국 특수부대 전투배낭에 기대를 가득 담아 떠났던 잊지 못할 첫 번째 베트남 여행.

비행기 옆좌석 몸집 있는 여자가 짐을 올리다 석우 배낭을 머리에 떨어뜨려 미안하다며 사과를 했었다. 배낭에 맞은 머리는 전혀 상관없는데 애지중지하는 전투배낭이 땅바닥에 뒹굴었던 게 속상해 투덜댔던 기억이 있다. '빈자리 많은데 왜 하필 옆에 앉아서.'

'오늘은 괜찮은 실시간 급매물이 뜨려나?'

〈스페셜 회원 공지〉 클릭. 설정해둔 〈#동남아 #2박3일 #금토일〉을 조건으로 〈낮은 가격순〉 정렬로 뜬 두 개의 패키지.

1. 코타키나발루 낭만의 반디나무 축제 38만원
2. 파타야 고급 리조트에서의 힐링 만끽 플랜 39만원

'가격이 나쁘지 않다.'

〈관심패키지 바구니〉에 담아두고 상세 비교.

첫째, 코타키나발루.

'다 좋은데 숙소에서 반디나무 축제 보고 오는데 왕복 4시간 50분. 5시간 넘게 걸릴 수도 있다는 말인데. 2박 3일 중에 5시간을 길바닥에 버려? 미쳤군. 게다가 무슨 버스 도시락? 멀미 날 일 있나? 이건 아니다.'

화면을 내려 다른 패키지를 본다.

둘째, 파타야 고급 리조트.

'오! 괜찮은데……. 4성급 수영장 딸린 리조트 호텔에 아침저녁도 붙어 있고…….'

이 앱 특성상 이런 건 빨리 결제하는 게 상책이다.

구매 클릭. 클릭.

다시 구매 클릭.

'어라?'

구매 클릭.

'설마……'

메인 페이지부터 다시 들어간다.

〈파타야 힐링 플랜〉 클릭.

클릭. 클릭.

'뭐야? 매진?'

매진이 반짝반짝. 얄밉게도 반짝인다.

'여긴 역시 속도전이야. 에잇, 괜찮았는데.'

석우가 극도로 아쉬워한다.

시계를 보니 벌써 12시다.

'그만 자자.'

앱 창을 닫으려는데,

'어?'

> 하롱베이 리뉴얼 부티크 호텔(레이트 체크인) + 소형 크루즈 와인파티 35만원

12시 지나자마자 〈긴급특가〉로 뜬 패키지.

'베트남은 호찌민에만 가봤다. 하롱베이에 가보고 싶다. 흔들리는 크루즈 위에서 와인이라, 치명적이라고 들었다. 딱 바라던 패키지가 뜬 거다! 이번에도 속도전에 밀리면 주

말을 또 미드랑 보내야 한다!'

평상에 느슨하게 누워있던 석우가 스프링처럼 벌떡 튕겨 앉는다.

구매 클릭. 약관 동의. 승인번호 전송. 결제 완료.

일사천리.

'띠링.'

구매완료 확인 문자가 왔다. 아니나 다를까, 이미 석우의 것이 되어버린 〈하롱베이 크루즈 와인파티〉에 붙어 있던 〈긴급〉 팻말이 「매진」으로 바뀌었다. 매진이 반짝반짝. 매진이 깜찍하게 깜빡인다.

'역시, 요 맛이야!'

이 앱에서만 느낄 수 있는 나름의 짜릿한 긴박감이다.

「하롱베이로의 일탈」이란 제목으로 여행안내 메일이 왔다.

싱글베드 룸 4개, 더블베드 룸 1개의 전 객실 리뉴얼 부티크 호텔 숙박(조식, 석식 포함)
〈칼이 없던 시절, 생선을 손질하던 알록달록 납짝조개가 명물인 바이짜이 해안가에서 즐기는 선상 와인파티!〉

'이래서 이 앱이 좋다.'

석우의 입꼬리가 만족의 V자를 그린다.

'주말에 달러 바꾸러 명동 갔다 맥파이 들러 맥주나 한잔 해야겠다.'

옥탑방에 달이 밝다.

존경하는 인물은 코난 도일. 석우가 초등학교 들어가기 전부터 아버지 술 대작해 주던 지인인, 출판사 영업하는 분이 꼬마 석우에게 떠안긴 셜록홈즈 시리즈 50권을 끼고 살았다. 그때부터 '경우의 수'와 '확률'을 신봉하게 된 석우는 미드 〈CSI〉와 〈멘탈리스트〉 추종자로 관찰과 추리를 좋아한다.

부모님 권유로 약학을 전공하긴 했지만, 정작 책 서랍장에는 법의학과 해부학 서적으로 빼곡하다. 약대 전공 수업인, 동기들이 꺼리는 〈동물실험(animal experimentation)〉 시간을 제일 좋아했다. 약사는 적성에 안 맞는 듯. 석우의 원래 꿈은 경찰 과학수사대였다. 지원하려고 공부도, 체력 검정 준비도 열심히 했다. 그런데 나이 들어 한 포경수술 때 마취가 안 돼서 생으로 참으면서 알게 된, 본인도 아버지도

몰랐던 한 세대 건너씩 나타난다는 집안의 유전병이 있었다. 속된 말로,

'약발 안 받는 병'.

석우는 특수복합제형으로만 완전 마취가 되는 체질이다. 언제라도 부상의 위험이 있는 경찰은 언감생심. 공익근무요원을 할 수밖에 없었다. 군대를 제대로 안 나왔다는 피해의식에서인지 그때부터 지독한 '밀덕'이 된다. 그런 그가 안전빵으로 아버지 병원 밑 1층에서 어머니 약국 약사로 사는 것이 탐탁할 리 없다.

무료함 너머의 '권태'.

언젠가부터 일상의 일탈(業脫)행위로 혼자만의 여행을 계획하게 되었다.

#5 호텔 비앙또

출국장에 사람들이 북적인다. 저가항공 카운터 줄이 길다. 끝 카운터의 지상근무 직원이 손을 든다.

"다음 승객님!"

카모 반바지에 카키색 티셔츠를 입은 석우가 들고 있던 여권을 내민다.

"맡길 짐은 없고요. 통로 우선으로 가능한 한 앞으로 부탁합니다."

비행기 탈 때 물어보고 대답할 말이 뻔하니 한 번에 다 말해버린다. 이 좌석이 화장실 가기 편하고, 배낭 하나 달랑이라 입국장 빠져나가기도 빠르다.

다섯 번째 줄, 통로 좌석. 석우가 황토색 영국군 전투배낭을 수납장에 올리고 자리에 앉았다. 기내에 들어서는 승객들과 어색한 눈 마주침으로 흐르는 시간. 저가항공이라 그런지 젊은 사람이 많다.

남자는 팔목에, 여자는 발목에 문신을 한, 머리를 노랗게 쌍으로 염색한 젊은 부부가 아이를 안고 기내로 들어선다. 좌석을 찾아 헤매는 꼴이 해외여행이 처음인지 부산스럽다. 티켓을 들고 두리번두리번.

석우의 불길한 예감.

'설마 내 뒷자리?'

이륙.

석우 뒤에서 뭔가가 의자를 연신 흔들어댄다. 뒤를 돌아봤다. 좌석 뒷등에 붙은 선반 위에 앉아 있는 아이가 발버둥을 치고 있다.

'이런…….'

아이가 비명을 지르며 까르르 웃는다.

"아잉, 이뻐요. 이쁜 짓~, 이쁜 지잇!"

문신 커플 부부는 자기네 아이가 의자, 아니 식사 선반에 앉아 버둥거리며 웃는 게 너무나도 사랑스럽다.

"이쁜 짓~ 더 해봐? 더 해보세요~."

'짜증, 지옥이다.'

건너편 옆에서 신문 읽던 중년 남자가 한소리 한다.

"애 좀 가만히 앉히시죠."

여자가 휙 하니 남자를 째려보더니, 대답은 없다.

"아이, 이뻐라. 더 해봐요~ 더 해봐!"

이번엔 대각선에 앉은 참다못한 아주머니가 격양된 목소리를 내지른다.

"애 좀 가만히 시켜요!"

주위 사람들이 쳐다본다. 민폐라고.

아이 엄마의 방백 같은 혼잣말이 들린다.

"이렇게 귀여운 애 갖고 왜들 이래? 까다롭기는. 나 원 참."

'우리야말로 나. 원. 참. 이다.'

잠시 후, 석우 뒤통수에서 동화구연 같은 동영상 소리가 들린다.

'설마, 핸드폰 볼륨을 키워둔 채로……'

설마가 현실이다.

비행기 안에 쩌렁쩌렁 코 고는 소리가 울려 퍼진다. 석우가 고개를 돌려봤다.

'노랭이 머리 남편이란 작자는 그대로 푹 잠들어 계시고……, 싸가지 부부.'

받쳐오는 열을 식히려고 석우가 캔맥주를 주문한다. 저가항공이라 공짜가 아니라서 현금으로 계산한다.

드디어 착륙.

엄습해오는 열기도 열기지만 뜨끈한 습기의 베트남. 5시간의 '내 아이는 귀여워 악마들'과의 지옥에서 탈출해 나온 석우.

'살 것 같다. 평화롭다.'

석우는 공항 리무진버스 정류장 앞 환전소 부스 옆 가판대에서 유심칩을 사서는 편의점에 들어가 한국 초코파이와 똑같이 생긴 포장의 베트남 초코파이와 콜라를 샀다. 하이 퐁 깟비 공항에서 하롱베이 호텔까지 버스를 갈아타고 가서 6시까지 체크인하려면 어정쩡한 점심을 버스에서 대충 때워야 했다.

이전에 한 번 와봤던 베트남이라 여러모로 낯설지 않지만, 호텔로 향하는 첫 번째 버스는 베트남 거리를 지나면서 석우에게 많은 걸 보여줬다.

호수를 지나 도심에 들어섰다. 100년 가까이 프랑스령이었기 때문인지 작은 분수가 물방울을 뿌려대는 미니 베르사유 정원 같은 뜰과 마리아상, 성당들이 군데군데 보인다. 형형색색의 전통의상 '아오자이'에 '농'이라고 하는 꼬깔콘 모양의 모자를 쓴 날씬한 아가씨들이 간간이 눈에 띈다. 낮인데도 다리 위에 걸터앉아 맥주병을 들고 술이 일상인 양 마시는 현지 남자들이 이국적이다.

'세계에서 맥주가 가장 싼 나라여서일까.'

갈아탄 두 번째 버스가 덜컹거리며 좁은 길을 한참 지나자

저 멀리 외진 곳에 간판이 희미하게 보인다. 네온, 연두색.

'지지리도 촌스러운.'

「Hotel bientôt(호텔 비앙또)」

여행안내 메일에 리뉴얼했다고 써있던 대로 외견은 비교적 정갈하다. 어촌 분위기의 해안가와 강둑 사이에 붙어 있는 5층짜리 건물. 엘리베이터는 당연히 없어 보인다.

'하롱베이 부티크 호텔은 이런가? 원래 호텔용으로 지어진 건 아닌 거 같은데……, 왠지 회사? 버스로 오다가 본 좁은 거리에 다닥다닥 호텔들이 붙어 있는 시내하고 떨어져 있어 조용해 일하기 좋은, 사무실 건물 같은…….'

석우가 호텔 1층에 들어선다. 로비에 작은 카페다. 그다지 썩 좋지만은 않은, 코끝을 찌르는 동남아 특유의 냄새. 어딘가에서 샹송이 은은하게 흘러나오고 있다.

창가 옆 소파에 앉아 있는, 석우랑 같은 패키지로 왔을 중년 남녀 한 쌍. 촌스럽게 생긴 사자가 프린트된 노란 커플티를 입었다. 금목걸이를 한 탄탄한 체격의 남자 맨발에는 한국인임을 알려주는 삼선슬리퍼, 호리호리한 아줌마는 발가락양말에 쪼리를 신었다.

'40대? 나이 들어 커플티는 뭐고, 여자가 웬 무좀양말?'

석우 뒤를 이어 로비에 안경 낀 깡마른 30대 남자와, 넓은 어깨에 하얀 반팔 와이셔츠를 입은 40대 남자가 들어온다. 문 앞에서 한국식의 서로 양보하는 어색한 행태.

'따로들 온 거겠군. 저 어깨 넓은 아저씨, 해외여행까지 와서 회사 출근용 흰 와이셔츠는 뭐지?'

다음으로 몸집 자체의 느낌만큼 무거워 보이는 검정 뿔테 안경 쓴 여성이 로비로 들어서는데……,

'어라?'

뿔테안경녀한테 "언니!" 하며 도톰한 큰 입술 끝을 향긋하게 올린 훌륭하고도 지극히 훌륭한 외모의, 경쾌한 브라운 숏커트에 섹시하게 그을린 까무잡잡한 피부의 아가씨가 챙 넓은 모자를 얹힌 커다란 여행 캐리어를 끌고 들어온다. 가슴골이 깊게 파인 여유로운 반팔 박스티에, 가는 손목에 감긴 까만 머리고무줄, 쫙 뻗은 하반신을 적나라하게 드러낸 레깅스와 민첩해 보이는 단화가 석우의 시선을 휘어잡는다.

'아!'

봉곳하게 솟아오른 박시한 티셔츠에 꽂힌 자기 얼굴만 한 선글라스 추가.

석우 머릿속에 순간적으로 전 여친 아린이가 스쳐 지나 간다.

'아린이와 진짜 닮았다.'

프런트 안에 가녀린 체형에 하얀 얼굴의, 누구라도 한눈 에 알아볼 만한 청순한 미모의 여인이 서 있다. 곧고 긴 목 선 밑으로 중력에 부드럽게 맡겨져 어깨 두 뼘 정도 내려가 찰랑이는 새까만 긴 생머리. 차분한 얼굴에 당겨져 있는 턱 선이 단아하다. 아름다움에 순간 홀린 석우가 넋을 잃고 물 끄러미 본다.

정신을 차리고 체크인하러 프런트로 다가간다.

프런트에서 투숙객들의 여권으로 예약을 확인한 긴 생머 리 미인이 프런트 밖으로 걸어 나온다. 푸른빛 도는 긴 팔 블라우스를 단정하게 입고 있다.

'내 또래쯤 되려나?'

생머리 미인 가슴 위에 달린 금색 명찰에,

「Manager ésule」

라고 쓰여 있다.

'현지인?'

석우의 시선이 생머리 미인의 하반신으로 향한다.

검정 플랫슈즈 밖으로 고개 내민, 핏줄이 도톰하게 잡힌 발등 위로 곧은 종아리를 받치고 있는 얇은 발목이 석우 눈을 끌어당긴다.

"애슐리 매니저라고 합니다."

'한국말.'

지금까지 등장인물들, 투숙객도 직원도, 훌륭한 외모의 아가씨 포함 모두 한국인이다.

'다 모인 건가? 방이 다섯 개랬지?'

애슐리 매니저가 로비에 모인 모두를 둘러보며 말한다.

"지금 방 열쇠를 나눠 드릴게요. 방에서 짐 풀고 쉬시다가 30분 뒤 저녁식사입니다. 열쇠는 각 방당 투숙객용 한 개와 마스터키뿐이니 분실하지 않도록 주의 부탁드려요. 최석우 님은 201호시고, 김재현님은 202호, 이현섭님은 301호, 곽부성님 일행은 302호, 민수련님 일행은 401호세요."

매니저는 투숙객을 호명하면서 방 번호에 맞춰 열쇠를 내준다. 그새 이름과 얼굴, 룸번호를 모두 매칭했는지 투숙객 한 명 한 명의 손에 묵직한 금색 열쇠를 따박따박 쥐어줬다.

'외모만큼 프로급 매니저다.'

매니저가 노란색 사자 티셔츠를 맞춰 입은 커플에게 묻는다.

"죄송한데, 미리 안내드린 대로 더블이 아닌 싱글베드인데 괜찮으시겠어요?"

"그럼요. 저희야 더 가깝게 포개 잘 수 있는 좁은 침대일수록 좋아요."

수컷 촌사자가 암사자 티셔츠의 손을 슬며시 잡는다. 오른 손등을 덮은 사자 문신.

'능글거리기는, 웃는 모습까지 촌스러울 줄이야.'

"잠시 후 5층 식당에서 뵐게요. 내일 아침식사는 이곳 로비 카페에서 아침 8시부터 10시까지 드실 수 있습니다. 식사 시작 10분 전에 항상 이 벨소리가 울릴 거예요."

'띠이잉~.'

애슐리 매니저 손에 들린 실버벨이 호텔에 울려 퍼진다.

'군대처럼 밥종이 울릴 거란 말이군.'

"오늘 저녁 메뉴는 베트남식 소고기 요리와 국수, 생선튀김 그리고 샐러드입니다."

"술은 뭐가 나오죠?"

'아니나 다를까, 촌사자.'

"레드 와인과 화이트 와인, 그리고 베트남 전통의 '333' 맥주가 준비되어 있어요."

투숙객들이 짐을 들고 방으로 가기 위해 삐걱거리는 계단을 오른다.

석우 옆방 202호로 넓적어깨 와이셔츠가 들어간다.

하롱베이에서의 석우 방, '호텔 비앙또 201호'.

석우가 문을 열고 들어선 방엔 에어컨이 틀어져 있었다.

'시원하다. 에어컨이 빵빵하네.'

침대 위 정갈한 시트, 작은 책상과 소파, 샤워기 딸린 청결한 화장실에 비치된 샴푸와 바디클렌저.

방에는 최소한의 필요한 집기들뿐이었지만 석우는 깔끔한 화장실에 시트만 깨끗하면 됐다.

'오케이, 나쁘지 않다. 씻자.'

#6 하롱베이의 첫날밤(2017년, 사법시험 폐지)

'띠잉띠잉.'

벨소리.

'7시?'

간단히 샤워를 하고 잠깐 침대에 몸을 눕혔는데 깜빡 존 모양이다. 석우가 침대에서 부스스 일어난다. 주섬주섬 커다란 주머니가 덕지덕지 장착된 단벌 카모 반바지를 챙겨 입고는 헐렁한 티 쪼가리를 걸친다.

'생머리 미인 매니저와 섹시 브라운 숏커트와 밥 먹으러 올라가야지.'

석우가 꼴찌다. 5층 식탁에 자리가 한 곳 비어있다. 중앙 상석에 하얀 수염이 구레나룻부터 턱밑까지 덮은 풍채 좋은 노신사가 감색 더블 블레이저를 멋지게 차려입고 앉아 있다.

"허허, 조금 늦으셨네요. 기다리다 방으로 인터폰 해볼까 했습니다."

남자다운 부산 억양. 구레나룻 수염 신사가 매너 어린 눈빛으로 식탁을 둘러보며 말을 건넨다.

"여러분, 하롱베이에 오신 걸 환영합니다. 전 이 호텔 주인장 '마도로스 권'이라고 합니다."

'호텔 사장님이시군.'

"저희 호텔에 오신 걸 진심으로 환영합니다. 날씨가 조금 더 좋았으면 호텔 맞은편 일몰하고, 뒤쪽 강가 끝 검푸르다 못해 까맣게 보이는 밀림의 시그니처 풍경 한 폭 보시고 저녁을 드실 텐데……. 대신 내일 선상에서 더 멋진 장면을 안내드리죠. 배 타고 나갈 때 보이는 '크로커다일 포레스트'라는 밀림 늪지대가 춥고 습해 이곳 주민들도 접근을 꺼려 잘 보존돼서 장관(壯觀)이 끝내줍니다. 자, 그럼 조촐하지만 저희가 정성스럽게 준비한 음식을 맛있게 들어주세요. 천천히 식사하시면서 서로들 말씀 나누시고요."

'넉넉한 인상이 푸근하다.'

식당 겸 거실인 5층은 유럽식 인테리어로 꾸며져 있다. 각종 술병과 사진 액자들이 놓인 앤티크 장식장을 경계로 식당 반대편에 큰 방문이 보인다. 벽에는 노랗게 바랜 직물로 짜인 세계전도가 걸려 있고, 빨간 카펫 위에 흔들의자와 보물섬을 알려줄 것만 같은 나침반과 체스판이 붙어 있는 탁자와 커다란 지구본, 타이타닉호 선장이 입었을 법한 제복같이 생긴 코트가 걸쳐진 원목 옷걸이가 박물관처럼 전시되어 있다. 식탁 옆 작고 둥근 테이블 위에는 교차된 두 개의 울룩불룩한 팔뚝이 새겨진 청동패가 놓여있다.

'마도로스 사장님한테 저 코트는 많이 작아 보이는데, 그리고 왠지 연극무대 설정 같은 인테리어……'

메뉴는 베트남풍이라는 쌀국수와 고기볶음, 그리고 야채샐러드와 생선튀김.

애국적인 입맛의 석우는 외국 야채 고수가 든 베트남 국수 패스. 한국 소, 돼지가 아닌 다른 나라 고기로 만든 볶음요리도 패스. 오이 알러지가 있어 오이 든 야채샐러드도 패스. 그래도,

'생선튀김은 먹을 만해 보인다.'

호텔 사장 마도로스의 맞은편에 앉아 있는 촌사자가 와인병을 소주병 잡듯 집어 이 잔 저 잔에 따라 부으며 자기소개를 하겠단다.

"아, 안녕들하십니까? 저는 곽부성이라고 합니다. 커플티로 눈치채셨겠지만 저희는 러블리 커플이고요. 제가 사자를 워낙 좋아해서 티셔츠에 사자를 프린트했습니다. 글

구……, 자기도 한마디 해야지. 아까 연습해 뒀잖아."

'자기소개를 연습? 이름이……, 홍콩 영화배우 곽부성? 중년에 커플티? 참으로 골고루 하신다.'

같은 티셔츠 때문인지 촌사자만큼 촌스럽게 보이는 암사자가 바통을 이어받는다.

"아…… 예, 이현주라고 하고요, 저희는 제가 호프집 알바하면서 만났어요. 오빠는 키친에서 일하고 저는 홀에서 서빙하다 눈 맞았고요. 오빠 칼 쓰는 솜씨에 반했고요. 그리고…… 새벽에 간식 만들어준다길래 갔다가……."

능글맞고 다부져 보이는 촌사자와는 안 어울리는, 앙상한 암사자가 낯가림을 숨기려는지 큰소리로 더듬대며 말한다. 식탁 위로 흩날리는 휘황찬란한 손짓과 팔짓.

'책 읽나? 뭔 소린지. 무슨 아줌마가 아저씨한테 젊은 애들처럼 오빠오빠를 남발하고……, 화통을 삶아 드셨는지 천둥 목청이다. 거기에 무슨 얘길하면서 저렇게 손과 팔을 과도하게 움직이는지. 팔이 길어 그렇게 보이는 건가? 얘기가 팔놀림에 정신이 하나도 없다. 커플끼리 끼리끼리 노신다.'

소개를 마친 긴 팔 암사자 옆자리에 어깨 넓은 와이셔츠 남자가 캔맥주를 따 마신다. 자기 순서라는 듯.

"예, 저는 대기업 다니는 회사원입니다. 언젠가부터 저도 모르게 밖에서 김 팀장으로 불리고 있습니다."

'자기 입으로 본인이 대기업 다닌다고? 회사 이름이나 말할 것이지.'

모두에게 잠시 침묵이 흐르고, 마도로스가 썰렁한 분위기를 넘기려는지 한마디 한다.

"어디서 잠깐 뵌 것 같기도 하고……."

"제가 흔한 얼굴이라 그런 얘기 많이 듣습니다."

김 팀장이 여행 온 사람 같지 않게 입고 있는 와이셔츠처럼 경직된 표정으로 답한다.

당연히 더 이상의 추가 코멘트도, 질문도 없다.

분위기상,

'시계 방향이군.'

그 옆 두꺼운 뿔테안경 여자 차례다.

"처음 뵐게요. 전 방송국에서 PD로 일하고요. 동생이랑 놀러 왔어요."

촌사자가 끼어든다.

"〈그것이 알고 싶다〉, 뭐 그런 쪽이세요?"

무응답.

'뽈테PD, 음산하리만치 까칠하다.'

"안녕하세요."

브라운 숏커트를 잘 받쳐주는 구릿빛 피부에 관능미 넘치는 '훌륭한 그녀'다.

'그럼 안녕하지요. 당신을 봐서 이제부터 더 안녕할 거 같아요.'

훌륭한 숏커트가 또박또박 말한다.

"산디과 다니는 학생이에요. 제 약혼 앞두고 언니랑 밀월여행 왔어요."

'약혼? 흠……, 시대가 어느 땐데 약혼은 무슨. 대학원생인가, 성숙해 보이는데? 그리고 언니가 아니라 이모 아냐?'

촌사자가 또 끼어든다.

"크크, 쌘티과가 뭐죠? 쌘마이 연구, 뭐 그런 건가요?"

"쌘티가 아니라 산디요. 산업디자인학과."

"아, 그렇구나. 그럼, 학교는 어디세요?"

그러고도 느글느글.

당당한 그녀.

"서울산업과학대요."

"와! 명문대시네. 그 동네는 얼굴도 몸매도 명품이어야 학교 다닐 수 있나봐요?"

'촌사자, 말이 길다.'

암사자는 촌사자의 설레발이 익숙한지 관심이 없다.

KFC 할아버지 인상의 주인장 마도로스 차례. 구레나룻부터 내려오는 하얀 수염이 인자하기 그지없다. 파이프 담배에 멋스럽게 불을 붙이며 말한다.

"저는 태평양을 누비던 대형 국적선 선장을 하다가 지금은 하늘나라에 있는 여기 애슐리 엄마랑 이곳에 터전을 잡았습니다. 배 타기 전에는 팔씨름 선수로 활동했었고요."

둥근 테이블 위에 두꺼운 팔뚝이 뒤엉켜 있는 청동패를 보며 말한다.

'생머리 매니저가 딸이군.'

"그래서 마도로스시군요. 멋지시네."

이번에도 촌사자가 또 말을 받는다.

"허허허, 여기 5층의 제 공간에 장식된 모든 것이 치열하게 살아온 제 인생의 살아 있는 전리품들이지요."

마도로스가 감개무량한 듯 자신의 거실을 휘둘러본다.

"그러면 뭐 합니까? 얘가 빨리 좋은 분하고 결혼해야 하는데……, 애비 사업 돕겠다고 호텔 이름 새로 짓고 리뉴얼하느라 바빠서 하롱베이 촌구석에 박혀 고생만 하고 있으니 원……."

착한 딸. 멋쟁이 아빠.

다음.

"1층에서 인사드렸던 매니저 애슐리입니다."

짧게 끝.

'아름답다, 정말.'

석우가 다음 차례 남자를 힐끗 쳐다본다. 돋보기에 가까운 도수의 안경, 한쪽 눈이 안쪽으로 좀 몰려 있다. 넓적어깨 김 팀장과 비스무리하게 로비에 들어섰던, 석우에겐 존재감 제로에 전혀 느낌 없는, 돋보기 수준의 안경 낀 남자 인간. 삐쩍 마른, 단순히 삐쩍 마른 남자란 직책을 가진 인간.

"반갑습니다. 이현섭이라고 합니다. 사법연수원 다니다 가 힐링 좀 할까 해서 왔어요. 잘 부탁합니다."

'30대 중반은 되어 보이는데 이제야? 사법시험 폐지된다 던 거 같던데, 말로만 듣던 마지막 사시생인가?'

돋보기가 얘기 중에 탁탁한 헛기침을 한 번씩 해댄다.

석우가 거슬려 한다.

'나보다 두어 살 많으려나? 공부만 하게 생겼네. 아니 공 부밖에 할 수 없게 생겼어.'

마도로스가 반긴다.

"오, 그럼 사법고시 패스하신 영감님이시네요?"

"왜 영감님이라고 해요?"

또 끼어드는 촌사자.

"검사님을 영감님이라고 하니까요."

"아, 그런가요? 앞으로 영감님이라고 불러 드려야겠네. 여행 마치고 한국 들어가서도 잘 부탁드려요. 영감님."

'영감님은 무슨, 연수원 들어가서부터가 얼마나 빡세다던데.'

촌사자의 주접이 끝나고,

"순서가 예비검사님 다음이라 쑥스럽네요. 전 최석우라고 합니다. 약사고요. 항상 똑같은 하루하루가 무료해서 가끔씩 혼자 여행을 떠납니다. 짧은 일정이지만 서로 즐겁게 지냈으면 좋겠어요."

귀찮지만 예의를 지키려는, 자신을 알리기도, 남에 대해 굳이 알고 싶지 않은, 지극히 '석우'스러운 소개.

'김 팀장, 돋보기, 나. 혼행 남자가 셋이군.'

맥주와 와인이 적당히 오간다. 돋보기는 술을 못 한다고 했다.

'그럴 줄 알았다.'

넓적어깨 김 팀장은 말이 없고, 마도로스는 근 30년 만에 한국에 들어가 처음 가본 찜질방이 너무 좋았다고 한다. 훌륭한 숏커트 여대생은 아무도 묻지 않았는데, 결혼을 약속한 사람이 멋진 박사님이라고 한다. 모두 다 언니 덕분이라며.

'흠, 박사님이라? 멋지겠지. 멋지기만 하겠어? 쩝.'

식사는 길지 않았고, 석우는 '333' 맥주 한 캔 들고 호텔을 나선다.

호텔이 외져 20분 넘게 걸어나가서야 사람들이 다니는 거리가 나왔다. 다 마셔 찌그러뜨려 버린 캔맥주 다음으로, SNS에서 유명한 하롱베이 오면 마셔보고 싶었던 '후다(huda)' 병맥주를 사 들고 마시며 걸었다.

석우는 까탈스러운 자기 입맛에 맞지 않는 호텔 저녁 메뉴를 거의 먹지 않아 허기가 느껴졌다.

유니폼 입은 깔끔한 헤어스타일의 현지 베트남 남자들이 삼삼오오 허름한 로컬 식당에 들어간다. 등에 「SECURITY」라고 적혀 있다. 인근의 사설 경비원들이 야식을 먹는 시간이다.

그들을 뒤따른 석우가 가게 안을 들여다보니 선불을 내고 뷔페식으로 알아서 골라 먹는 시스템이다.

가게 입구에 놓인 기다란 스테인리스 판때기에서 아주머니가 요리를 하고 있다. 석우가 들고 있던 맥주병을 가지고 들어가도 되는지 손가락으로 맥주를 가리키며 묻는다.

"OK?"

아주머니가 퉁명스럽게 고개를 끄덕여준다.

입구에 붙어 있는 숫자대로 동전 세 개를 돈통에 넣고, 맨 구석에 자리를 잡는다. 뭘 펴야 하나하고 다른 사람들이 먹는 것을 둘러보던 석우 앞에 주인아주머니 아들이거나 최소한 친척으로 보이는 소년이 혼자 앉아, 음식 위를 날아다니는 곤충들을 손으로 휘휘 쫓으면서, 가늘고 하얀 볶음국수와 생선튀김이 올라간 간장 같은 소스에 절인 밥을 맛있게 먹고 있다.

석우가 음식 담긴 냄비들을 줄 세운 기다란 선반 끝에 쌓여 있는 접시에서 한 장을 집어 소년과 같은 걸 담아와 먹는다.

'맛이 꽤 괜찮다.'

말끔하게 먹어치운 석우는 나오는 길에 감사 팁으로 동전 하나를 돈통에 넣었다.

저녁이 밤으로 깊어졌다. 누가 봐도 알 수 있는 세계 공통의 퇴폐업소 간판들과 웃통을 깐 채 병맥주를 들고 길바닥에 앉아있는 초점 없는 눈의 남자들.

'기대했던 하롱베이다. 정비, 조련되지 않은 자유.'

동화(同化)된 석우는 길거리 포장마차에서 커다란 닭다리 바비큐 한 조각 사 들고 아무데나 주저앉아 병맥주 나발을 불어대기 시작한다.

'좋다.'

호텔로 돌아오는 길은 석우가 시내로 나가던 길보다 더 멀었다.

'술에 취해 멀게 느껴지는지…….'

밤이 되니 더 작아 보이는 호텔의 1층 로비. 창밖으로 넘실거리는 하얀 물결 이는 바다를 소파에 걸터앉아 바라보는 푸른색 블라우스, 긴 생머리 실루엣, 가늘고 여린 애슐리.

'정말이지 아름다운 여자다.'

쓸쓸해 보이는.

하롱베이의 밤이 저문다.

#7 환각

'띠잉~띠잉.'

식사 벨소리.

'어제 몇 시에 호텔에 들어왔더라? 머리 깨지겠네.'

어제 길바닥 병맥주 나발을 분 석우에게 아침 숙취가 밀려온다. 머리가 땡하다. 속도 더부룩하다.

'아침밥은 제껴야겠다. 아니다. 토스트에 따뜻한 커피다. 애슐리 매니저와의 첫 아침이기도 하고.'

석우가 숙취 쩐 몰골로 1층에 내려간다. 듬성듬성 사람들이 있다. 게슴츠레한 석우 눈에 훌륭한 여대생은 안 보인다.

'늦잠인가 보다. 그럼 그렇지. 자고로 미인은 늦잠을 자야한다.'

인덕션 위의 커다란 빨간 냄비에 노란 옥수수 스프가 담겨 있고, 대나무바구니에 갓 여물어 반짝이는 기름 머금은 모닝빵이 놓여있다. 넓적한 스테인리스 접시에 베이컨과 소시지, 오목한 그릇에 으깬 감자와 타원형 대리석 돌판에 양파 얹은 연어 샐러드가 푸짐하다. 소파 옆 셀프 드링크바에 커피포트와 나란히 물방울 맺힌 유리병에 우유와 오렌지주스도 담겨 있다.

'작은 호텔치곤 꽤나 신경 쓴 아침이다.'

이동식 선반에서 애슐리가 하얀색 앞치마에 위생모자를 쓰고 손님들에게 써니사이드업(sunny-side up)과 스크램블에그를 주문받아 즉석에서 만들어준다. 투숙객들을 챙겨주는 애슐리가 눈부시다.

'속이 안 좋아 많이는 못 먹을 거 같다.'

푸석한 석우가 따라온 커피를 테이블 위에 두고는, 물레방아처럼 돌아가는 노란 토스트기에 모닝빵을 넣는다.

곧 툭하고 떨어진 따끈한 빵을 집어와 테이블 위에 놓인 버터와 잼을 듬뿍 바른다.

'얼른 먹고 방에 올라가 좀 더 자야지.'

테이블 위에 하루 일정이 적힌 종이가 놓여 있다.

오전엔 강가 주변 개인별 트레킹, 점심은 시내 자유관광.
오후에 크루즈로 근처 섬 투어하다가 특식.
저녁은 선상 만찬.

'트레킹은 제끼고 빨리 자러 방에 올라가자.'

'띠잉~띠잉.'

시내로 점심 먹으러 가라는 밥종이 울린다.

'좀 자고 나니 개운하네.'

아침을 대충 때운 석우에게 시장기가 밀려온다.

'나가보자.'

핸드폰을 챙겨 주머니에 넣고 방을 나선다.

"Good morning, Sir~."

복도에서 앞치마를 두른 현지 청소 스태프 아주머니가 인사를 한다. 석우가 방으로 다시 들어가 청소 팁으로 1달러를 침대 위에 두고 나온다.

석우가 어젯밤 둘러본 거리에서 파란색 판자때기에 노랗게 「Restaurant」이라고만 쓰인, 이름 없는 로컬 레스토랑 간판을 물끄러미 쳐다보고 있다.

들어간다.

'썰렁하다. 내가 첫 손님?'

입구에 놓인 영어와 베트남어가 섞여 있는 메뉴판대.

'해장에는 역시나 느끼한 거다.'

카운터에 앉아있는 할머니에게 봉골레 크림 파스타를 시키고 자리를 잡았다.

파스타가 나온다. 석우의 국수(國粹)적인 입맛 탓에, 얹혀 있는 외국계 풀떼기를 걷어내고 불어 터진 면 한 가락을 입에 가져다 댄다.

'이렇게 맛을 못 내기도 힘들 텐데. 어떻게 불은 짜장면발에 떡진 크림소스 바를 생각을 할 수 있지?'

입에 넣은 걸 어쩌지 못해 물로 꿀꺽 삼키고는 그대로 계산대로 갔다. 주인 할머니가 석우가 앉아 있던 테이블에 놓인 남겨진 파스타를 가리키며 알아듣지 못할 베트남말로 말을 건다.

'왜, 그대로 남겼냐는 내용이겠지. 그러게 처음부터 맛있게 만드시든가.'

석우가 됐다며 손을 절레절레 흔들고 가지고 있던 지폐 몇 장을 펴 보였다. 할머니는 잠깐 망설이다 지폐 한 장을 빼면서, 카운터 위에 장식된 피카츄 비슷한 캐릭터가 안쪽에 그려진 손바닥만 한 반짝이는 조개껍질을 석우에게 건네며 영어로 "프레젠또, 프레젠또(선물)."라고 반복해 말한다.

이곳 명물이라는 여행안내 메일에 적혀 있던 생선 손질용 납작조개.

'쓸데없기는.'

매너상 나가서 버릴 요량으로 사회적 미소를 지어 보이고 바지 뒷주머니에 꽂아 넣었다.

나가려는데 가게 문이 열리면서 석우가 고등학교 때 제2외국어로 어렴풋이 기억하고 있는 독일어 특유의 복성(腹聲)이 들려온다. 이목구비가 또렷한 인도계 남자와 허연 피부에 기미가 자글자글한 독일 여자가 자기들 몸집만 한 등산가방을 메고 해맑게 웃으며 가게에 들어선다.

'여기서 뭘 먹으려는지…….'

굳이 오지랖을 부릴 게 아닌 석우는 배낭 커플을 뒤로하고 왠지 안타까운 마음을 안고 가게를 나선다.

'섬 투어에서 특식이 있다고 했으니 편의점에서 맥주 한 캔 사 들고 호텔 근처 산책이나 하면서 크루즈 타러 갈 시간이나 때워야겠다. 거지 같은 크림 파스타.'

호텔로 돌아온 석우가 주변을 거닌다.

인기척하고는 멀리 떨어진 호텔 주위에는 앞바다에서 일렁이는 짙은 초록색 파도 외에 별로 볼만한 풍경이 없었다. 바다를 사이에 둔 해안가 앞으로 2층짜리 유람선이 한가로이 떠 있고, 왼쪽 언덕 위에 철탑같이 생긴 구조물과 오른쪽 능선에 서 있는 등대가 아주 작게 보인다. 뒤로 가봤다. 뒷문 옆에 창고로 쓰이는 거 같은 텐트가 덜렁 세워져 있다. 3, 4미터 높이의 둑길을 따라 강이 이어져 있고, 어젯밤 마도로스 말대로 멀지 않아 보이는 강가 끄트머리에 인적없이 웅장한 밀림이 드리워져 있었다.

오후 2시 반. 로비에 모인 투숙객들이 섬 투어 출발을 기다리고 있다.

계단에서 내려오는 하얀 구두가 반짝인다. 날카롭게 잘 다려진 빨간 반팔 와이셔츠와 서스펜더로 바짝 잡아올린 하얀 슬랙스에 보타이를 맨 멋쟁이 마도로스. 반팔에 팔뚝이 꽉 차있다.

호텔의 모두는 낡고 하얀 봉고차를 타고 크루즈가 정박돼 있다는 곳으로 이동했다.

차는 정비 안 된 하롱베이의 비포장길을 요리조리 제법

안정적으로 달려갔다. 시내를 지나고 지나다 집들 사이로 난, 양옆으로 나무가 무겁게 드리워진 좁은 샛길로 들어간다.

'이런 데서 바다로 통하려나?'

10분쯤 더 들어갔을까? 신기하게도 넓디넓게 바다가 펼쳐지기 시작하더니 미드 〈CSI 마이애미〉에 나올 법한 하얀 소형 크루즈가 석우 눈에 들어왔다. 설탕을 뿌려놓은 것 같은 모래사장에는 여행안내 메일의 내용대로 알록달록 납짝한 조개들이 널려 있다.

석우는 기대보다 근사한 크루즈와 멋진 풍경에 기분 나쁜 파스타 생각이 가셨다.

일행을 태운 봉고차가 멈추고 운전기사가 차에서 내린다. 슬리퍼와 반바지에 늘어진 러닝셔츠를 걸친, 머리에만 그럴싸한 하얀색 카우보이 모자를 쓴 늙고 마른 베트남 아저씨다. 허리에 곤봉같이 생긴 몽둥이를 차고 있다.

카우보이 모자 아저씨가 정박된 크루즈에서 내려진 구름다리 위에 서서 탑승객 한 명 한 명의 손을 잡아 능숙하게 크루즈에 태우고는 조타실에 들어가 모터에 시동을 건다.

'봉고를 운전한 아저씨가 이 배의 선장인 모양이다.'

일행은 첫 번째 투어포인트로 낮은 성곽 전망대에 대포가 배치돼있다는 섬에 들렀다.

나무계단을 따라 바위섬을 올랐다. "트래디셔날! 트래디셔날!", "핸드메이드 아미! 핸드메이드 아미!"를 외치며 정체 모를 나무조각상을 들이대는, 평생 이 섬을 지켰을 쪼글쪼글한 원주민 할머니에 대한 예의로 석우가 어정쩡한 기념품을 사준다.

바위섬을 아무런 의미없이 오르고 내리며 걷다가 해안가로 돌아가는 중에 길지도 깊지도 않은 짧고 얕은 동굴을 둘러봤다.

'정말 별거 없네.'

크루즈를 타고 몇 개의 섬 근처를 더 돌고 특식이 준비되어 있다는 섬에 내렸다. 석우 일행은 다른 업체 패키지로 온 두 부류와 합류해 포구에 대기하고 있던 인솔자의 안내를 받는다.

크루즈가 정박한 섬 한 귀퉁이에, 어떻게 보더라도 한국인으로밖에는 보이지 않는 관광객들이 모여 있는 천막 쳐진 야외식당이 보인다. 공항이든 세계적인 관광지든 어디

서나 등산복을 선호하고 기능성 모자에 언밸런스한 명품 선글라스, 그리고 전자담배. 전 세계 어디서라도 바로 알아볼 수 있는 한국 아재들.

천막 식당 숯불 위에 꼬치구이용 새우, 소시지, 베트남 떡이 깔려 있고 땅바닥에 아무렇게나 놓인 양동이에 무분별하게 흐트러진 얼음 사이로 캔맥주가 그득하다.

천막 끝에서 가마솥같이 생긴 큰 냄비에 뭔가가 끓고 있다. 석우가 MSG 향기에 이끌려 다가간다.

'좋은 냄새.'

냄비 옆 박스에 수북이 쌓인 봉지가 온통 빨간 것이 분명 한국 라면.

'그야말로 특식(特食)이다.'

석우와 등산복 부대는 베트남식 꼬치구이를 마다하고, 배급받은 얇은 플라스틱 접시에 설익은 라면과 푸석한 쌀밥을 담아 원산지 불명의 배추와 고춧가루로 만들어진 특대용량 포장김치를 들이부어 깨끗이 해치워갔다. 아니나 다를까, 한국 아재 중 한 명이 가져온 팩소주가 한 바퀴 돈다. 모두가 말 한마디 섞지 않았지만 어쩔 수 없는 한국인이었다.

날이 어둑해지자 크루즈 위에서 하얀 긴 팔 블라우스와 무릎길이 검정 스커트를 입은 애슐리가 점심때 석우가 호텔 복도에서 마주친, 청소해주시는 현지 아주머니와 만찬 준비로 분주하다.

바다와 육지 사이에 조용히 떠 있는 크루즈. 바람마저 고요하게 멈춰져 있다. 적막하리만치 조용해서일까. 애슐리에게 고정된 석우 눈에 그녀의 표정 없는 움직임이 유난히 도드라져 들어온다.

해산물 바비큐를 위한 연기가 피어오르고 샴페인과 와인들이 갑판에 즐비하다.

훌륭한 여대생은 나시 탱크탑에 핫팬츠를 입고 있다. 적나라하게 드러나는 몸매, 상체보다 월등히 긴 하체가 미끈하다. 무슨 운동을 했는지, 숨길 수 없이 터질 것 같은 가슴 밑 배꼽 주위에 굴곡진 근육들이 잡혀 있고, 다리는 탄탄한 음영(陰影)이 선명한 건각(健脚)이다.

노을이 짙게 깔린 갑판 위에 차려진 만찬 테이블에 석우와 여대생이 나란히 앉아 있다. 석우 코에 여대생 몸에서 나는 기분 좋은 코코넛 향이 걸린다. 석우가 바다를 보는 척하며 곁눈으로 그녀를 훔쳤다. 구릿빛으로 그을린 건강한 피부에 브라운 숏커트를 짧게 쪼맨 머리카락 밑으로, 꼿꼿한 목선과 옴폭 패인 쇄골의 어깨선이 훤히 보인다. 테이핑 요법을 한 채 선탠을 했는지 십자가 목걸이 걸쳐진 어깨에 피부색과 다르게 기다란 하얀 자국. 그마저 육감적인 건각녀와의 옆자리 석우지만, 까칠한 뽈테PD 언니의 철벽방어 눈총에 밤공기 좋다는 말 한마디 못하고 코코넛 향기를 안주로 술만 들이켠다.

마도로스가 수평선을 따라 손가락을 가리킨다. 어제 그가 말한 대로 멋진 노을에 감싸인 육지 위의 웅장한 밀림이 그림처럼 펼쳐져 있다.

선상에 저녁 바닷바람을 실은 잔잔한 가라오케 반주가 부드럽게 흐르고, 모두 별말들 없이 식사와 술을 곁들인다.

"자~ 지금부터 시작입니다. 여러분!"

시간이 지나면서 술이 거나해진 마도로스가 갑판 중앙에 놓인 가라오케 마이크를 부여잡고, 배 위의 모든 생명체에게 흥에 겨운 사인을 보낸다.

촌사자가 마도로스의 마이크를 빼앗아 잡더니 트로트 세 곡을 연달아 부른다.

'잘 부르네.'

촌사자의 열창에 흥이 오른 마도로스가 와인을 병나발로 불어댄다.

얼굴 표정이 좋지 않은 팔짱 낀 뽈테PD와 노래하는 남친을 영혼없이 쳐다보는 암사자. 김 팀장과 돋보기는 뭘 생각에 잠겼는지 각자 바다 먼 곳과 육지 쪽 밀림을 바라보고 있다.

"아가씨, 한번 불러봐. 바다 위에서 가라오케 해볼 수 있는 기회가 어디 흔한 일인가?"

촌사자가 마이크로 여대생을 가리키며 권한다.

샴페인 잔 든 여대생이 가라오케 기계 쪽으로 간다. 마도로스가 병째 마시던 와인을 내려놓고 물개박수로 맞는다.

"뮤지컬 배우인 제 절친이 가르쳐 준 노래 한 곡 할게요."

구조용 튜브에 무심히 걸터앉아 매끈한 기나긴 다리를 두 번 꼬아 감고 마이크를 든다. 앨리샤 키스의 〈If I ain't got you〉 반주가 흐른다.

"Some people live for the fortune
Some people live just for the fame

Some people live for the power~~"

노래를 부른다. 아니 읊조린다.
꼰 다리의 발등을 까딱이며.

석우의 눈이 익숙한 노래에 빠져들다가, 깊고 널찍한 바
다로 향한다. 고혹(蠱惑)으로 접어들면서 노을과 일몰로 와
인색과 같아진 하늘.

'오길 잘했다.'

스피커에서 쳇 베이커의 〈My Funny Valentine〉이 고즈넉
이 흐르고, 모두가 젖는다. 술에, 음악에, 바닷바람, 그리고
기억에.

아까부터 배꼽 한참 위로 아슬아슬하게 입혀진 여대생의
탱크탑에 눈이 꽂힌, 넉넉하게 취한 마도로스. 들고 있던 파
이프 담배를 갑판 위에 내팽개치듯 던지더니, 야릿한 그녀
에게 비틀거리며 다가가 두꺼운 손을 내민다. 춤추자는 제
스처.

엉킨다. 마도로스의 두 손이 여대생의 탱크탑 밑의 가느다란 허리를 잡는가 싶더니, 손이 골반을 타고 등 뒤로 돌아가 움푹 패인 맨살의 등골에 양 손가락을 집어넣어 찢어 벌리듯 잡고 블루스를 춘다. 여대생의 등골이 얼마나 깊은지 마도로스의 손톱 마디가 보이지 않는다. 여대생이 반응한다. 마도로스 어깨 위에 있던 그녀의 손이 부드럽고 하얀 구레나룻 수염을 쓰다듬다 굵직한 목에 팔을 가져간다. 여대생이 마도로스의 목을 휘어 감다 남아돈 기다란 팔이 그녀 자신의 목덜미까지 닿을 정도로 꼼꼼히 감아 안는다. 몸 전부를 맡기고 흐느적거리는 여대생의 입술이 마도로스 귓가에 닿아있다.

어느덧, 블루스는 포옹이 된다.
뜨거운 포옹.

파티가 끝나고, 크루즈를 몰고 왔던 곤봉을 허리에 찬 카우보이 선장과 호텔 청소 스태프 아주머니가 선상을 정리하는 장면 장면이 흔들리는 석우 눈에 껌뻑껌뻑 희미한 사진 찍히듯 보인다.

둘이 파티를 무사히 마친 걸 축하하는지 가벼운 키스를
한다.

'부부였었나?'

크루즈 위에서의 와인에 필름이 오락가락, 갑판 뒤 화장
실 가는 길에 조타실이 보인다. 목을 젖힌 애슐리, 뒤에 마
도로스. 석우가 환각을 본다.

'흔들리는 배 위에서의 와인은 치명적이라더니, 많이 마
시긴 했나 보네.'

일행은 육지로 돌아와 바다 나올 때 탔던 카우보이 선장
이 모는 봉고차로 호텔에 왔다.

'섬에서 산 나무조각상을 어디에 뒀더라……, 잘됐다. 자
연스럽게 버려졌다.'

술에 취해 모든 게 가물가물.

석우가 옆방 김 팀장 넓은 어깨의 부축을 받아 계단을 휘
청이며 오른다.

방에 들어와 옷 입은 채 그대로 누운 석우는 내일 귀국이
란 생각에, 적당히 좋은 여행이었음에 미소를 띤 채로 잠에
빠져든다.

호텔 비앙또의 하루가 안락히 멀어져 간다.

#8 실족사_2

'쾅! 쾅!'

누군가 방문을 두들긴다.

'쾅! 쾅! 쾅!'

아직 잠에서 덜 깬 석우는 지금이 베트남 여행 중이란 생각이 났다. 체크아웃 시간인가 싶어 눈을 떴다. 핸드폰을 봤다. 새벽 5시 50분.

'이렇게 일찍?'

숙취로 머리도 아픈데 짜증이 밀려왔다.

문을 열었다.

무의미한 돋보기가 서 있다.

"저기, 사고가 난 거 같아요."

'뭐래, 이 돋보기는.'

"1층에서 기다릴게요. 신고는 했다거든요."

'신고?'

석우가 멍한 정신을 싸잡고 로비로 내려간다.

여대생과 암사자가 초록색 제복 입은 남자들과 얘기를 하고 있다. 남자들은 경찰들이다.

'무슨 일?'

후줄근한 양복의 현지인 남자가 석우에게 다가가 말을 건다.

'베트남 말?'

후줄근 양복이 영어를 섞어 다시 말한다.

자기가 경찰이고 형사란다.

석우 눈에 애슐리가 들어온다. 이런 상황에서도, 석우는 잠을 설쳤는지 눈이 부어 있는 애슐리 얼굴이 워낙 작아 통통해 보여 보기 좋다는 생각을 한다.

석우가 옆에서 자신에게 계속 말을 거는 후줄근 양복 형사에게 "Wait a minute!"을 두 번 내뱉고는 애슐리에게 다가갔다.

"무슨 일이죠?"

고개 숙인 애슐리. 석우 눈에 애슐리의 좁은 어깨가 더 좁아 보인다.

후줄근 형사가 다가와 자신의 왼쪽 가슴을 손바닥으로 치다가 주먹을 쥐고, 다시 치다가 주먹을 쥐어 보이며 영어로 말한다.

"Matelot, Heart……, stop. Heart, stop, die, very very dangerous~"

석우가 알아듣기 어려운 베트남식 영어를 띄엄띄엄 조합해 무리하게 해석해 보니, 마도로스가 새벽에 심장마비로 강둑에서 굴러떨어져 급사했다는 것이다.

후줄근 형사는 투숙객들에게 사고 현장으로 가서 확인해 달라고 한다.

경찰을 따라 로비에 있던 모두가 호텔 뒷문으로 나가 창고형 텐트를 지나 자갈 바닥의 강둑을 따라 걸었다.

이른 아침 안개가 자욱하다. 둑에는 베트남 시골 강둑의 뻔한 잉여물들. 깨진 와인병과 유리잔 조각, 부러진 책상다리와 온전하거나 온전하지 않은 손수레 몇 개가 너저분하게 방치되어 있다.

둑을 따라 5분쯤 걸었을까, 저만치 「police line」이 쳐져 있는 둑 밑에 덩치 큰 남자가 옆으로 쓰러져 있다. 빨간 와이 셔츠에 하얀 서스펜더, 구레나룻 수염. 하얀 구두에 광택은 없다.

'마도로스다.'

후줄근 형사가 투숙객들에게 둑 밑으로 내려가 쓰러져 있는 남자가 마도로스인지를 확인해 달란다. 애슐리는 차마 강둑 밑을 보지 못했고, 여대생과 암사자는 강둑 위에서 맞는 거 같다고만 한다. 돋보기도 주춤거리는 듯싶더니 결국엔 안 내려간다.

석우가 둑 밑으로 내려가 마도로스의 상흔을 세심히 살핀다. 마치 과학수사대라도 된 듯. 가까이서 보니 경직된 멍들이 보이고 목에 파란 힘줄이 돋아 있다. 으깨진 가슴 쪽 단추 사이로 보이는 멍 자국. 하얀 바지 오른쪽 주머니 옆에 와인오프너가 떨어져 있고 나비넥타이는 안 보인다.

석우가 집중한 나머지 부지불식간에 가슴 부위 상처를 보려고 와이셔츠를 들췄다. 지키고 서 있던 후줄근 형사가 놀라서 제지한다.

"This condition, keep, very important. Very very important."

'현장 보존'이 중요하니 훼손 말라는 뜻.

석우도 영어로 대답했다.

"I'm a pharmacist. I majored in pharmacology and pathology."

"……."

"……."

석우가 자신이 약사고, 약리학과 병리학 전공자라고 영어로 말했지만, 후줄근 형사의 표정은 알아들었는지 못 알아들었는지 석우의 어필에 아랑곳하지 않는다.

"뭐가 이상해요?"

누군가 한국말과 함께 명함을 건넨다.

「참사관 박윤석」

자신을 한국 경찰청에서 파견 나온 영사관 직원이란다.

참사관은 호텔 프런트에 맡겨져 있던 여권 사본을 들고 투숙객들에게 한국의 주소와 핸드폰 번호, 주민등록번호를 물어본다.

석우가 참사관에게 어떻게 된 건지 물었다.

"사망자의 딸 애슐리 씨가 숨진 마도로스 권을 발견해서

신고했어요. 따님이 아빠가 원래 협심증이 있어서 얼마 전
에도 두 번 쓰러졌었다고 하더라고요. 심혈관 질환을 겪고
있던 노인이 새벽 산책 중에 발작을 일으켜 안개와 이슬 그
윽한 강둑에서 실족해 사망한 사고죠."

'실족사.'

참사관이 현장과 투숙객 신원 확인을 마치고 호텔로 돌아
가는 길에 말한다.

"최대한 투숙객분들 일정에 차질 없도록 신속히 처리할
테니 크게 신경 쓰지 않으셔도 됩니다. 다만, 오늘 새벽에
일어난 일이라 절차상 출국 일정만 보류해 주십시오. 확인
차 오후에 개별적으로 연락드리도록 하겠습니다.

후줄근 형사가 석우에게 다가와 별일 아니라는 듯 팔을
툭 치고는, 제복 입은 경찰들을 향해 큰소리로 뭐라뭐라고
한다.

경찰도 참사관도 설렁설렁.

아침 8시 30분. 강둑에 나갔던 투숙객들이 호텔로 돌아
왔다.

모두 잠을 설친 기색이 역력했지만, 각자들 한국에 연락

해 오후에 돌아갈 일정을 변경한다. 석우도 초짜약사에게 사정이 생겨 아직 귀국일을 모르니 약국을 혼자 보고 있으라고 카톡을 보냈다. 돋보기가 일단 눈들 붙이고 점심때 얘기하자고 한다.

방에 돌아온 석우는 이틀 연속된 숙취에다 제대로 못 잔 탓에 머리가 깨질 거 같다.

'오후에 참사관이 연락하겠다니까 일단 잠을 좀 자야겠다.'

석우는 술과 잠에서 깨고 나서 아까 본 상황을 차분하게 정리해야겠다고 생각한다. 밥종이 안 울릴 수도 있을 것 같아 핸드폰 알람을 맞추고 침대에 그대로 쓰러진다.

'띠리리리……'
'띠리리리……'

12시. 씻지 않은 채로 방을 나서는 석우에게 앞치마 두른 어제 그 청소 아줌마가 목례를 한다.

애슐리가 1층 커피 바 옆 의자에 멍하니 앉아 있다.

'작은 얼굴이 더 수척하다.'

소파에는 돋보기가 턱을 괸 채 웅크려 있고, 여대생은 커피 바에서 시원하지도 뜨겁지도 않은 상온 그대로의 커피를 따르고 있다. 석우도 처진 몸을 깨우려 커피를 따르고는 돋보기 맞은편 의자에 몸을 얹힌다.

암사자가 계단을 내려오고, 뿔테PD가 로비에 들어선다. 호텔 문밖에서 걸어 들어오는 촌사자가 보인다.

그리고, 김 팀장…….

하나, 둘,
다들 모였다.

밖이 더웠는지 이마에 땀이 송글한 김 팀장이 입을 연다.
"애슐리 매니저에게 영사관에서 호텔로 연락이 왔다는데 현지 경찰이 심장마비 실족사로 처리할 테니 투숙객들은 일정을 하루만 늦춰 내일 한국에 들어가고, 필요하면 메일로 인터뷰에 응하면 된다고 합니다. 그리고 아침에 얘기한 대로 확인차 오후에 개별적으로 전화를 할 거라고, 그때 이메일 주소 알려달라고…….."

'뭔 소리지?'

"잠깐만요."

석우가 김 팀장의 말을 끊는다.

"둑 밑으로 떨어진 마도로스 사장님 옷이 이상하지 않나요? 어제저녁 파티 차림 그대로란 게. 그런데 이른 새벽 산책 중에 실족사라니. 사망 시간이라도 추정해야 하는데, 이건 말이 안 되잖아요?

석우가 애슐리를 본다. 고개를 떨군 채 있다.

'얼마나 힘들까?'

"뭐가 이상해요? 피곤해서 옷 입은 채로 자다가 산책 나갔을 수도 있지."

뿔테PD가 퉁명스럽게 석우를 받아친다.

"좋아요. 그럼, 그건 그렇다 쳐도 목에 돋아 있던 힘줄하고, 와이셔츠 단추가 깨져 있는 거랑, 가슴에 멍 자국도 있었어요. 그걸 외력에 의한 충격 부위에 출혈이 동반되지 않는 '다발성 실질 장기손상'이라고……."

"약사 아니세요? 무슨 경찰처럼 얘길 해요? 들었잖아요. 산책하다 죽은 거라고. 오늘 귀국해서 내일 출근해야 하는데……, 일 복잡하게 만들지 마세요."

여행 내내 잠잠하던 암사자가 당돌하게 끼어든다.

석우가 암사자 눈을 똑바로 쳐다본다.

"복잡하긴 뭐가 복잡합니까? 어제 우리랑 같이 식사하셨던 분이 갑자기 돌아가셨는데, 이렇게 얼렁뚱땅 내린 결론에 수긍할 수는 없죠. 경찰 말대로 실족사라면 떨어지면서 본능적인 방어기제(defence mechanism)로 팔과 다리, 갈비뼈나 장기 내부에 충격흔이 있어야 해요. 게다가 그 높이의 둑에서 떨어졌는데 부딪힌 부위에 동반 출혈이나 골절에 따른 출혈도 없고……."

김 팀장이 석우의 말을 받는다.

"그럼 아까 경찰들 하고 둑에 갔을 때 얘기하지, 왜 이제 와서 이러는 겁니까?"

"강둑에선 저도 숙취에 잠이 덜 깨 경황이 없어서……."

"자, 자. 알아듣게 좀 찬찬히 설명해봐요. 도무지 무슨 말인지 하나도 모르겠네."

촌사자가 갸우뚱거리며 묻는다.

"쉽게 말해 사후에 둑에서 굴려진 것일 수 있다는 거죠. 가슴 상처만 해도, 집중된 외력이 지속되게 가해졌다면 그 충격이 심장에 치명적으로 작용했을 거고……, 이 정도면 충분히 타살을 의심해볼 수도 있죠.

애슐리, 말이 없다.

모두가……, 말이 없다.

석우가 다시 말을 이었다.

"한없이 사람 좋으신 분이 이런 일을 당하셨는데, 경찰에 얘기라도 해봐야 하는 거 아닌가요? 아무도 안 할 거면 제가 정리해서 출국 전 내일 아침에 명함 받은 그 한국인 참사관한테 연락할게요."

침묵.
어색.

"아, 그럼. 약사님은 약사님대로 신고하시고, 내일 한국 들어갈 사람들은 가면 되는 거지 뭐. 여기까지 와서 쉬러 온 사람들이 뭘 그렇게 예민하게……, 그러지들 마시고 하롱베이 여행 마지막 밤이니 오늘 저녁식사는 셰프인 내가 만들어 줄게요. 아침에 주방을 둘러보니까 해산물하고…… 뭐 얼추 있던데, 그걸로 어떻게 해보지요. 어차피 밥은 먹어야 하니까."

촌사자가 너스레를 떤다.

"애슐리 매니저님 괜찮겠죠?"

잠시 있다가,

……끄덕.

"그럼 하롱베이에서의 마지막 만찬을 5층에 세팅해둘 테니 7시 이후에 와서 알아서 편하게들 드세요."

석우가 먼저 자리에서 일어난다.

석우는 호텔에 있기 싫어 시내로 나가 병맥주 대(大)자를 한 병 사 들고 마시면서 다닌다. 앞에서 담배를 입에 물고 팔과 다리에 문신을 돌린 노동자들이 걸어간다. 석우 얼굴에 흡연자들이 내뱉은 연기가 후끈히 닿았다. 전 여친 아린이의 시대착오라는 질타에 담배를 끊은 석우지만, 흡연자의 폐를 훑고 나서 불결한 골초의 입에서 나온 담배연기가 비흡연자의 의지와 상관없이 얼굴을 뒤덮고 코로 들이마셔지는 건 정말 소름 끼치는 일이다.

'한국에서 흡연구역 아닌 데서 전자담배라도 물고 있으면 몰상식한 꼰대, 매너 없는 양아친데.'

호텔에서부터 짜증 나 있는 석우 눈엔 모든 게 고깝게 보인다.

베트남의 2부제 출근으로 점심 지난 시간에 남자가 탄, 여자가 탄, 남녀가 같이 탄 오토바이가 떼로 몰려 거리로 쏟아져 나왔다. 회색 매연을 뿜어대며 오토바이와 차들이 뒤엉켜 여기저기서 경쟁하듯 경적을 울린다. 신호도 경찰도 없다. 사람은 이래저래 눈치로 알아서 피해 다녀야 한다. 오토바이도 차도 사람 따윈 신경 쓰지 않는다. 무질서, 무법. 여기서는 오토바이가 최우선이고 그다음이 차다.

반바지에 헐렁이는 티 쪼가리로 맥주병 든 석우를 날렵한 바퀴들이 지배한 바쁜 하롱베이 거리는 신경 쓰지 않는다.

'이래서 온 건데.'

석우가 뜨거운 햇살을 피하려 노천의 바게트 샌드위치 가게 파라솔 밑에 앉는다. 밥맛도 없고 해서 베트남 샌드위치와 맥주를 시켰다.

'반미'와 차가운 생맥주가 나온다. 반미의 바게트 입술 사이로 연두색 혀가 혐오스럽게 낼름 튀어나와 있다.

'오이!'

그렇지 않아도 짜증 충만해 있는 석우가 오이 속살을 보고는 그나마 있던 입맛까지 말끔히 떨어진다.

맥주를 한 병 비우고, 추가로 또 한 병 시키고서야 석우

기분이 좀 가라앉는다.

찬찬히 생각을 해본다.

'흠······.'

학창 시절 약대 '동물실험' 세미나에서, 약물이 혈관에 직접 주입된 토끼에게 가해진 일정한 물리적 타격의 흉부외상 실험 결과와 흡사한 마도로스의 사체.

'힘줄, 멍······ 수레······,

목에 선 힘줄, 가슴에 멍, 둑의 수레······,

목의 강제 주사 자국, 가슴에 타박상, 수레로 이동.'

'분명 뭔가가 있다.'

반바지 건빵 주머니에서 아침에 받은 영사관 명함을 꺼내 본다.

「참사관 박윤석」

'지금 전화하게 되면 내일 비행기를 못 탈 수도 있을 텐데······, 며칠을 초짜약사 혼자서 약국 오픈이나 제대로 하려나?'

석우, 생각이 복잡하다.

'*띠리리리 띠리리리······.*'

핸드폰이 울린다.

"여보세요?"

"최석우 씨? 영사관 하롱베이 사무소 박윤석입니다."

"아, 참사관님!"

"예, 오전에 호텔에 전하긴 했는데, 경찰이 사고사로 처리 중이니 내일이라도 귀국하시면 된다는 말씀 전하려고요. 바쁘실 텐데 출국 일정 보류해 주셔서 감사드리고, 혹시 메일로 연락이 갈 수도 있으니 이메일 주소 부탁합니다."

"아, 예…… 알겠습니다. 참사관님, 그런데……, 다름이 아니라 오늘 아침 사고에 대해 드릴 말씀이 있는데요."

"무슨……."

"제가 약리학과 병리학을 전공했는데 아무래도 석연치 않은 부분이 있어서요. 수사에 도움 될 얘기를 해드릴 수 있을 거 같습니다."

"어떤 얘기죠?"

"아, 예. 아침에 본 사체에서 갑자기 심장마비에 걸려 둑에서 떨어져 생긴 단순 외상 외에 의심되는 상처를 봤습니다. 검시가 필요한 게 아닌가 싶어서……."

"그런 절차를 밟으시려면 사무실로 직접 오셔야 하는데요."

"예, 내용도 길고 조금 전문적이라 저도 뵙고 말씀드리는 게 나을 거 같아요. 언제쯤 찾아뵈면 될까요?"

"괜찮으시겠어요? 길어질지도 모르는데……."

"일단 드릴 말씀은 드려야 할 거 같아서요."

"알겠습니다. 그럼, 저희가 9시에 사무실 문을 여니까, 오전 아무 때나 오시면 됩니다. 오후엔 교육이 있어서요."

"저도 웬만하면 내일 출국해야 하니까 아침 일찍 찾아가겠습니다."

"그럼 내일 만나서 말씀 나누시죠."

"네, 알겠습니다. 내일 찾아뵙겠습니다."

전화를 끊자마자 석우가 앱으로 영사관 하롱베이 출장소 위치를 확인한다.

껄끄럽던 게 가셔진 석우 기분이 한결 나아졌다.

'마사지나 받고 들어가자.'

1층 외벽에 가격표가 큼지막하게 적힌 마사지숍 앞에서 입가를 치켜올린 통통한 아줌마가 석우를 가게로 잡아끈다.

석우가 카운터 위에 놓인 코스별 가격판에서 내일 참사관 만나러 갈 왕복 차비와 공항 갈 돈을 빼고 남은 돈을 마저 쓰려고 제일 긴 150분짜리 '스톤 마사지' 코스를 가리켰다.

'저녁까지 시간도 많은데 뭘.'

큰 손님을 끌고 온 아줌마 얼굴에 화색이 만연하다.

석우가 안마복으로 갈아입고 입실을 대기하면서 향기 나는 형형색색의 꽃잎이 따뜻한 물 위에 띄워진 대야에 발을 담갔다. 여러모로 쌓인 여행의 피로가 가셨다.

1인실 침대에 편히 누운 석우는 마사지 받기 전에 배꼽 주위에 뺑 둘러 놓인 따뜻한 돌들이 혈액순환을 촉진시켜서인지 몸이 나른해져 오더니 곧바로 깊은 잠에 빠져든다.

#9 마지막 만찬

석우는 7시가 되기 30분 전에 호텔에 도착했다. 오이가 낼름거리는 샌드위치 덕에 점심을 거르고 마사지까지 받아서 그런지 배가 고파왔다. 방에 핸드폰을 충전해두고 5층 식당으로 올라갔다. 지금까지 신경을 안 써 몰랐는데, 4층을 지나다 보니 402호 글자 밑에 「staff only」가 적혀 있다.

'5층이 마도로스 공간이라니 여기가 애슐리 방이겠네.'

5층 식당에서 혼자 요리를 하고 있는 촌사자.

"어? 약사님께서 1등으로 오셨네. 잠깐만 기다려요. 스프 먼저 떠드릴게. 오늘 메뉴로 말할 것 같으면, 크림 베이스의 조개관자를 넣은 브로콜리 스프와 해산물찜 그리고 새우 쌀국수올시다."

나이프, 포크, 스푼이 가지런히 세팅된 식탁에 석우가 앉는다. 촌사자가 석우에게 연두색 스프 담은 그릇을 내준다. 석우가 후추를 뿌려먹을까 하고 식탁 위를 훑어보는데 칠리소스 병만 있다.

'그냥 먹자. 굳이 물어보기도 그렇고.'

스푼을 집어 한 입 떠먹는다.

'어라, 맛있네?'

스프를 비우자 스테인리스 접시에 해산물찜이 나온다. 나이프와 포크로 야들야들한 생선살을 발라 한입 넣어 본다.

'오, 촌사자가 진짜 셰프 맞았네.'

석우가 찜도 말끔히 먹어 치운다.

다음으로 쌀국수가 냉면그릇 같은 데에 담겨 나온다. 비애국적인 이상한 풀떼기도 보이지 않는다. 육수를 한 숟가락 떠먹어봤다.

'요건 살짝 밍밍하다.'

식탁에 놓인 칠리소스 병을 집어 들었다.

떨어뜨린다.

다시 집었다.

넘어뜨린다.

'어…….'

손에 감각이 없다.

팔에도…….

갑자기 피곤해진다.

'피곤하다…….'

초점이 흐려지고,

주방에서 등을 지고 요리하던 촌사자가 석우를 쳐다본다.

속이 울렁거리고……

'왜 이러지…….'

'쿵!'

#10 바이짜이 명물

석우가 눈을 뜨려는데 떠지질 않는다. 눈이 뭔가로 가려
져 있다.

몸이 연체동물처럼 흐물흐물 풀려있다. 팔이 저려 움직여
보려는데 두 손이 뒤로 가 있다. 발은 모아져있고.

목이 탄다.

"저기요! 누구 없어요?"

목소리를 짜냈다.

"깼네?"

촌사자 목소리.

"어떻게 된 거죠? 몸이⋯⋯, 말을⋯⋯."

"어쩌긴 뭐가 어째? 수면제 탄 요리들 먹고 자다가 손발
묶여 있는 거지."

"무슨 말이에요?"

"가만히 있었으면 됐을 것을. 쯧쯧…… 그나마 오후에 영사관에서 확인 전화 온다고 해서 저녁까지 살려둔 거에나 감사해라."

"도대체 무슨 말을……."

"아, 거 되게 시끄럽네. 털북숭이 영감 꼴 나게 해줄 테니까 잠자코 묶여 있기나 해!"

촌사자가 우악스러운 손으로 석우 입을 벌려 속에 뭔가를 쑤셔 넣는다. 석우가 순간 숨을 쉴 수 없다가 천천히 코로 호흡을 돌린다.

'쾅!'

촌사자가 방문을 닫고 나간다.

'도대체 왜……, 아니다. 상황 파악은 나중에 하자.'

석우가 번데기 자세로 된 몸을 뒤척여, 뒤로 가 있는 손목을 묶은 끈을 손가락을 꼼지락거려 종류를 가늠해본다. 단단한 나일론 끈.

'생각을 하자……, 보이지 않고, 소리도 낼 수 없다. 어떻게 하지? 어쩌지? 여긴 아까 5층 식당인가? 그럼, 칼이든 가위든 날카로운 뭔가가 있을 텐데……, 일단 일어서자.'

석우가 다리를 모아 중심을 잡아 일어서려는데 손목의 끈이 어딘가 고정물에 짧게 묶여 있는지 일어설 수가 없다.

'어쩐다……,

어쩌지?

어떻게 해야 되나…….'

'아!'

뒷주머니에 뭔가 걸린다. 맛없는 파스타집 주인 할머니가
준 프레젠또(선물).

'조개다, 납작조개. 생선을 손질했다던 날카로운 조개.'

놓칠세라 조심스레 조개를 꺼낸다. 조개의 주름결을 손끝
으로 확인하고는, 결대로 반을 잡고 바닥에 눌러댔다.

'꾸욱.'

딴딴하다.

몸을 실어 다시 눌렀다.

'꾸욱.'

'꾸우욱.'

'뚝!'

잘렸다.

잘린 부위를 손목에 묶인 끈에 대고 긁어댔다.
끈이 끊기고 있다. 손목이 긁히고 있다.
액체다. 피다.
'대수 아니다.'

'툭!'

나일론 끈이 풀리고 석우의 손이 자유로워졌다. 눈을 가리고 있는 것을 풀었다. 입에 쑤셔 박혀 있는 걸 빼냈다.
주위를 살핀다.
'주방이다.'
다리에 묶인 끈도 납작조개의 날카로움에 여지없이 끊겼다. 석우의 왼쪽 손목에서 피가 뚝뚝 떨어진다. 눈을 가리고 있던 긴 노란 수건으로 피 떨어지는 손목을 감싸 묶었다.

'털북숭이 영감 꼴이라고? 촌사자가 마도로스를 죽인 살인범인가? 식당에서 내가 쓰러지고 나서 다른 사람들은? 도대체가 어떻게 된 건지…….'

'죽은 마도로스의 딸, 애슐리는? 아니다, 일단 도움을 청해야 한다. 그래, 어깨 넓은 김 팀장!'

애슐리 방은 4층, 김 팀장은 2층 석우 옆방.

'무기 될 만한 게 있어야 한다.'
석우가 부엌 싱크대 위아래를 뒤진다.
'없다.'
식기건조대에 주방용 가위가 꽂혀 있다.
'이거라도.'

조용히 계단문을 연다. 촌사자는 안 보인다.
불안하게 삐걱이는 계단을 밟고 4층으로 내려간다.
402호, 「staff only」 애슐리 방.
손잡이를 조용히 돌린다. 그리고 조심스럽게.

문이 안쪽에서 휙 하고 열린다. 하얀 챙 모자를 쓰고 방에서 나오던 애슐리.
"아!"
놀란 애슐리가 잽싸게 모자를 벗는다. 석우 손에 쥐여 있는 가위를 본다.

멈칫.

"쉿! 놀라지 마세요. 이유는 나중에 얘기할 테니, 저랑 2층에 내려가 어깨 넓은……, 김 팀장 아저씨를 만나야 해요."

"……예?"

"길게 설명 못 해요. 호텔을 빠져나가 얘기해 줄게요."

애슐리의 시선이 빨갛게 피가 스며올라 온 석우 왼쪽 손목을 감싼 수건에 멎었다.

'황당하겠지. 나도 내 말이 횡설수설로 들리니.'

석우가 애슐리의 눈을 쳐다보고 말한다.

"시간이 없어요. 믿어줘요. 애슐리."

잠깐의 생각 시간이 지나고,

"……네. 그럼, 김 팀장님 방에 인터폰 해볼게요."

"아, 그럼 되겠네요. 받으면 저를 바꿔주세요."

"예."

애슐리가 방으로 들어간다.

넓적어깨 김 팀장이 인터폰을 받았는지 애슐리가 고개를 끄덕인다. 방에 들어온 석우가 수화기를 낚아챈다.

"김 팀장님? 저 옆방 201호 투숙객입니다. 이유는 나중에 물으시고 칼이든 몽둥이든 무기 될 만한 거 챙겨서 402호 애슐리 매니저 방으로 와주세요. 마도로스 죽음과 관련해 뭔가 큰일이 난 거 같아요."

두 남자의 다급한 대화가 몇 차례 오가고,

김 팀장이 알겠다고 한다.

'딸깍.'

"애슐리 매니저님은 핸드폰으로 경찰에 신고하세요. 아버지 살인범이 호텔에 있다고요."

"예?"

"저를 믿고 일단 경찰에 전화를 하세요. 애슐리, 부탁이에요. 제발!"

잠시, 머뭇.

석우의 제발 믿어달라는 눈빛에 애슐리가 답한다.

"알겠어요."

"네, 바로 부탁드려요."

목이 말랐던 석우가 탁자에 놓인 생수통 뚜껑을 따서 마신다.

'똑.'

한 번의 짧은 노크 소리.

"김 팀장님?"

"예, 접니다."

문을 여니 책상다리 같은 튼실한 방망이를 든 김 팀장이
서 있다.

'OK! 일단 안심이다.'

"애슐리, 경찰과 통화됐나요?" 석우가 애슐리 쪽으로 등을
돌린다.

'떠엉!'

'푹.'

석우가 쓰러진다.

#11 프로

희미하게…… 소리가 들린다.

'떠…… 워어엉 떠……~워어엉.'

소리 아니다. 석우의 머릿속에서 울리는,
이명(耳鳴).

둔기에 맞아 지끈거리는 머릿속이 '떠어엉 떠어엉.' 울리
고, 목 위부터 실핏줄과 중추신경을 따라 정수리까지 뻐근
하다. 왼쪽 목에 커다란 혹이 붙었는지 묵직하고 뻑뻑하게
당겨온다.

"내일 참사관한테 연락하겠다는데 죽일 수밖에 없지. 간
단하다니까, 발에 시멘트로 공구리쳐서 배 타고 나가 바다에
빠뜨리면 떠오르지도 않고 물고기 밥 돼서 쥐도 새도 몰라."

'촌사자? 누군가와 얘길하고 있다.'

"수장(水葬)하려면 배도 필요하고 배 몰 사람도 있어야 해
서 노출위험이 너무 높아요……. 어쨌거나 빨리 결정을 내
려야 해요……, 저 사람 깨기 전에요. 밧줄로 묶지도 않았잖
아요."

'뭐지?'

"걱정 붙들어 매셔. 이번에 놓은 건 마도로스 목에 꽂은 주사랑 같은 거야. 아까 음식에 탄 수면제랑은 차원이 달라. 내가 직접 키우는 태국 약초 '아라카나'로 만든, 코끼리 재우는 총에 장전하는 주사. 이거 한 대 맞으면 순식간에 온몸의 신경과 근육이 마비되다 신진대사가 멈추지. 그러다 두 시간이면 맨살을 도려내도 모를 정도로 의식을 잃어버려. 어제처럼 목을 조르고 가슴에 충격까지 가하면 심장까지 졸려서 퍼펙트 그 자체고……."

'내 목에 강제로 마취주사를 놨구나.'

코끼리도 뻗었을 약물이 주입되었는데도, 특수복합제형으로만 마취가 되는 집안 유전병 덕에 이들의 목소리가 귓가에 희미하게 울리기는 하지만, 뜨문뜨문 나뉘어 들리는 대화는 석우에게 슬로비디오처럼 느리게 들릴 뿐이다.

"그럼 결정하자고요."

'무슨 결정? 이런 제기랄, 도대체 뭐가 어떻게 돼가는 거야?'

"이곳 바이짜이 지역은 망자를 최대한 빨리 저세상으로 보내주는 게 미덕이라 전통 장례식으로 화장하는데, 우리나라처럼 3일이면 돼요. 그런데 점심때 이 사람이 영사관에 연락하겠다고 하고……, 약사라고 하는데 사인에 대해 상당히 전문적으로 말하는 거 보면……, 너무 위험해요. 내일 이 사람 때문에 경찰이 재수사해 검시라도 하게 되면……, 어쩔 수 없을 거 같아요. 죽여야 하는 건. 정확히 처리되는 거 맞겠죠?

'이 목소리…….'

"두말하면 잔소리지. 얘기했잖아? 이 코끼리 마취제 때문에 신진대사가 느려지다 결국 멈춰버린다고. 그러다 코마 상태로 못 깨어나다 죽는 거야. 그거 아니라도 이 상태로 강가 끝 밀림 속 늪에 놔두면 악어에 물려 죽든지, 서늘한 늪지대 밤의 한랭(寒冷)에 방치돼서 저체온으로 알아서 죽든지……, 마도로스가 말했던 것처럼 거긴 오지인 데다가 악어까지 출몰해서 원주민들도 안 가는 위험지역이거든. 이렇든 저렇든 간에 결국엔 돼지는 거지."

"저 사람 핸드폰은요?"

"늪 속에 처박아 놓으면 오케이! 어쨌거나 내가 미친놈처럼 말도 안 되는 커플티에, 배 위에서 뽕짝 부르고, 코스 요리까지 해 먹여가며 마도로스랑 약사 놈 처리할 분위기 만든 거 알지? 요리는 서비스로 쳐두지. 난 프로니까. 대신 1인분 더 추가되니 대금은 따블이야. 한 명 더 주사 놓고 뒤처리하는 추가공임은 매한가지니까."

한 번의 출장에 따블로 작업비를 받을 수 있는 절호의 기회를 놓칠 리 없다.

'프로'.

석우가 가늘게, 아주 가늘게 실눈을 떴다.

쓰러져 땅바닥에 얼굴을 대고 있는 석우 눈높이에 평행하게 삼선슬리퍼가 보인다.

'촌사자 맞다. 여긴?'

시선을 조심스레 올린다.

'애슐리 방?'

촌사자는 석우가 아까 마시던 생수가 놓여 있던 탁자 위에 걸터앉아 담배를 피우면서 캔맥주를 마시고, 옆에는 김 팀장이 튼실한 책상다리를 잡고 서 있다.

그리고……
의견이 모아지고 있다.

'……, 졸려온다.'
석우 눈이 감기고.
스……,
르……,
륵.

나지막하게 들려온다.
'미필적(未必的) 고살(故殺)'.

과거_1

#12 도일(刀式, 한 자루의 칼.
1976년부터 1993년 한미 팀스피리트훈련,
2002년 한일 월드컵 공동개최)

"이랏샤이마세이!(어서 오십시오!)"

경기도 연천. 「오모와누 참치」.

단단한 체구에 길고 하얀 모자를 쓴 메인 주방장이 'ㄷ'자
형 카운터 안에서 호기롭게 인사한다.

혼자 가게에 들어서는 떡대 좋은 콧수염 남자가 구석에
자리를 잡고, 이번에 들어온 새끼 주방장이 콧수염의 주문
을 받는다.

곽도일. 전라도 순천에서 중학교 졸업 후, 광주의 중국집
에서 배달을 하다가 주방보조로 처음으로 식칼을 잡았다.
이후 성인이 되어서도 웨딩홀 뷔페, 이탈리안 레스토랑, 회
전초밥집을 전전하면서 각종 요리를 어깨너머로 배웠다.

경기도 연천까지 흘러들어와 여기 「오모와누 참치」에서
일한 지 2년째. 두 달 전 사수인 뚱보 할아버지 주방장이 당
뇨병으로 그만두면서, 서른 안 넘은 나이에 무제한 리필 「오

모와누 참치」의 메인 주방장이자 실장 자리를 단박에 꿰찼다. 곽도일 신임 실장은 자신의 이름이 한자로 「郭刀弌」이라고 떡하니 각인된 전용 사시미칼로 그 자리에서 회를 떠주고, 손님들과 술을 주고받으며 일하는 이 직업이 마음에 든다. 가끔 팁도 나오고.

오늘은 손님이 뜸하다. 이런 날은 조바심 내지 말고 요즘 푹 빠져 있는 일본어 단어장을 외우다가, 친한 단골손님이 오면 편한 마음으로 같이 술이나 마시면서 노가리까는 게 상책이다.

「ellesse」 로고가 새겨진 티셔츠를 맞춰 입은 어린 커플이 들어온다. 야구 모자를 쓴 남자는 근처 전곡리에 있는 26사단 불무리부대 포병으로 외박 때마다 들르는 여기 단골이다. 실장도 포병 수송부 병장 출신이라 남자 손님과 말이 잘 통해 이 커플이 오면 시킨 코스에 없는 서비스를 내주며 편하게 술을 주고받는다. 남자 손님을 이등병 때 봤을 때는 삐쩍 마르고 긴장된 시커먼 얼굴이었는데, 병장을 달고부터는 얼굴도 하얘지고 살도 제법 붙은 모습이다. 역시 군대는 짬밥이다.

"시키던 걸로 드릴까?"

"예, 늘 먹던 걸로 주세요."

"다찌에 비즈니스 코스 두 분에 청하 한 병이요!"

실장 목소리가 가게 안쪽 주방까지 우렁차게 울린다.

"커플티 이쁘네요."

"예, 여관에서 갈아입고 왔어요."

실장이 쓰키다시와 함께 나온 청하를 따서 병장에게 한 잔 따라준다.

"제대 날이 다가오겠네? 언제예요?"

"멀었어요. 62일 남았습니다."

"다 했네. 마치는 그날까지 떨어지는 낙엽도 조심조심. 알죠?"

"그럼요. 제가 한 잔 드릴게요."

원샷을 들이켠 병장이 실장에게 잔을 내민다. 실장이 잔을 받으며 병장에게 묻는다.

"내가 한 잔 마시고 여자친구 한 잔 드려도 돼요?"

"그러세요."

병장이 여자친구에게 괜찮냐는 양해의 눈빛을 보낸다.

원샷한 실장이 냅킨으로 잔을 닦아 여자 손님에게 내민다.

"좋으시겠어요. 잘생긴 남자친구가 곧 제대라서. 여기 오는 군인 중에서 남자친구 피부가 제일 좋아요."

병장의 여자친구가 술을 받으며 웃는다.

"그게 다 제 덕이에요. 후훗."

"네, 맞아요. 우리 자기가 백화점 화장품 매장에서 일해서 샘플을 무한대로 갖다줘요. 제가 쫄병일 땐 저희 분대원들 모두 여친이 준 화장품만 썼어요."

실장이 무순에 조미김을 말아 참기름을 찍어 여자 손님 앞접시에 놔두며 너스레를 떤다.

"하여튼 복 많은 남자는 여자친구도 능력자를 만나네. 에고, 부러워라."

여자 손님이 숄더백을 열어 뭔가를 꺼낸다.

"저, 실장님. 이거 받으세요."

투명 파우치에 화장품 샘플 뭉치가 가득이다.

"이게 다 뭐예요?"

"남자친구가 저번에 가져다준 거 아직 많이 남아 있다고 해서 매장에 돌려놓으려고 했던 거예요. 실장님 쓰세요."

"오! 고마워요. 잘 쓸게요. 와, 핸드크림도 있네? 주방에서 일하는 우리는 항상 손이 제일 걱정이라 이걸 제일 좋아라 해요. 대신 다음에 올 땐 날 맞춰서 300kg짜리 통참치 해체 쇼를 보여드립죠. 오늘하고 비교도 안 되는 신선한 서비스도 풍성하고 아름답게……."

"콜~!"

병장의 여친이 손가락으로 동그라미를 그려 보인다.

커플과 실장이 술잔을 주거니 받거니 한다. 병장, 여자친구보다 실장과 말이 더 많다. 육군 포병 병장이 외박 첫날 포병 수송부 출신을 만나 포병 얘기로 즐겁다.

"포병의 생명은 곡괭이질이죠. 진지 구축을 죽어라 해야 하잖아요. 일병 땐 곡괭이로 병뚜껑 맞추기 해서 동기들한테 포상휴가를 밀어주기로 받은 적도 있어요."

"우리 때는 미군하고 팀스피리트 훈련 나가기 전에 ATT 받을 때 방열(放列)을 했는데 말이야……."

포병으로 제대한 주방장이 후배 현역 포병 손님에게 뻥을 적당히 가미한 훈련 무용담으로 목소리가 높아진다. 바야흐로 곧 군대에서 축구하는 얘기까지 나올 기세다. 궁극적으로 한국 남자들, 군대 추억팔이에 즐겁다.

심심한 여자친구가 묻는다.

"근데, 실장님. 여기 가게 이름「오모와누 참치」에, '오모와누'가 무슨 뜻이에요?"

"일본말로 '생각지 못한'이란 뜻이에요."

"아, 알겠어요. 여기에 우연히 들렀는데 그렇게 비싸지도 않은데 의외로 맛있다. 뭐 이런 거네요."

"역시 우리 포병 후배 여친님, 똑똑해요!"

청하에서 소주로 바뀐 술이 네 병째 들어가고, 두 포병의 취기가 최고조에 달하는 동안, 가게에 손님은 혼자 들어온 콧수염 떡대와 병장 커플뿐이다.

'힐끔.'

실장은 구석에서 술을 마시고 있는 콧수염이 신경 쓰인다. 가게에 있는 사람들을 뚫어져라 쳐다보는 콧수염의 눈빛.

'거슬린다.'

콧수염의 반팔 티셔츠 밑으로 보이는 양팔의 문신. 그의 앞에는 벌써 빈 소주 세 병이 놓여 있다.

아니나 다를까,

"야! 여기 테레비 없냐? 한국하고 일본이 같이 개최하는 역사적인 월드컵은 봐야 할 거 아냐?"

"죄송합니다. 저희 가게에는 TV가 없어서……."

안쪽 다찌를 담당하던 새끼 주방장이 기어가는 소리로 말한다.

"씨발, 매국놈의 새끼들하고는!"

진상.

'빨리 나가줬으면…….'

"마! 회는 왜 이렇게 퍼석해?"

버럭.

가게 안의 모두가 화들짝 놀란다. 새끼 주방장이 당황해 실장을 쳐다본다.

"손님, 부드러운 걸 좋아하시면 이걸로 드셔보세요. 잠시 만요."

실장이 재빨리 말을 받아 진열 냉장고에서 촉촉한 회 한 덩어리를 꺼낸다. 콧수염이 시킨 코스는 일반 코스인데 비즈니스 코스에만 나오는 오오토로를 두 점 썰어준다.

"쩝쩝, 음…… 이건 좋네. 이걸로 더 가져와라."

실장이 세 점 더 썰어주며 나긋나긋 설명한다.

"예, 손님. 여기 있습니다. 그런데 손님이 시키신 건 일반 코스라 오오토로가 포함이 안 돼 있어서요. 이거까지만 드려야 할 거 같아요. 죄송합니다."

"인마! 내가 거지로 보여? 일반 코스에 뭐가 나오는지 메뉴판 어디에 쓰여 있기나 해? 그냥, 씨발 너 꼴리는 대로냐?"

콧수염이 벌떡 일어나 들고 있던 쇠젓가락을 실장 얼굴을 향해 던진다.

'챙크렁.'

날아간 쇠젓가락 두 개가 실장 얼굴을 간발의 차이로 스치고 벽에 부딪힌다.

커플이 눈치를 보며 자리에서 일어난다.

"너흰 뭔데 쳐다봐? 왜, 나가서 신고하게? 이것들을 그냥, 확!"

콧수염이 마시던 소주잔을 들어 커플에게 던지려고 한다.

"손님! 근데 아까부터 왜 계속 반말이세요?"

실장이 취한 눈으로 한마디 한다.

그렇게 시작된다. 콧수염이 소주병을 집어 다시 한번 실장의 얼굴을 향해 던진다. 실장이 아슬아슬하게 피한다. 유리 파편이 튀고, 콧수염이 카운터 안으로 훌쩍 뛰어 들어가 실장 얼굴에 연타로 주먹질을 해댄다. 커플과 새끼 주방장은 이미 가게를 빠져나갔다.

주방 구석에 몰려 콧수염의 발에 밟히고 있던 실장이 들고 있다 놓친 칼을 엉겁결에 집는다.

그리고,

휘두른다.

콧수염이 칼에 찔리고……,

중상을 입는다.

횟집 주방장 곽도일이 특수상해죄를 짓는다.

상대 콧수염은 '이천 미친개'로 불리는 경기도 조폭 행동
대장이다.

#13 천직(天職)

「오모와누 참치」의 메인 주방장이 처음 해보는 교도소 생
활은 생각보다 수월했다. 수감된 조폭 계파들 중 막강한 세
력의 '석전파' 조직원들이, 자신들과 경기 남부 권역에서 국
지적으로 맞붙는 라이벌 조직 '통합AJ파' 행동대장 미친개
를 잡은 칼잡이라며 주방장을 치켜세웠다.

쉬는 시간. 간수들 몰래 등나무 뒤에서 담배를 입에 문 주

방장이 우쭐해 무용담을 들려준다.

"그때 말이야. 사시미칼을 이렇게 짧게 딱 쥐고선, 동물적인 순발력으로 그놈보다 1초 먼저 팔을 쭉, 좍 하고 뻗어 푹 쑤셔버린 거지. 이렇게 쭉~ 쭉쭉. 발광하는 그 콧수염 미친 개를 말이야. 1초 빠른 선빵으로 깔끔하게 시마이 쳐버린 거라고!"

어느 때인가부터 주방장 주위에는 석전파 조폭들이 그를 부추기며 곁을 지켰다. 여러 조직이 섞여 위험이 득실거리는 살벌하고 험한 교도소지만 누구도 주방장을 괴롭히거나 건드릴 수 없었다.

조폭과 어울리더니 자신이 조폭이라도 된 듯 거들먹거리는 주방장.

주방장은 출소하고도 교도소 동기인 석전파 조직원들과 함께, 그들이 운영하는 의정부 일대의 룸살롱을 같이 돌며 늘 어울려 다닌다. 그들과 있으면 무서울 것이 없었다. 자연스럽게 회장님이라고 불리는 조직의 보스를 만나 인사를 드리고, 조직 행동강령 서약과 한 달간의 합숙을 마친 후,

충성 맹세를 하고 경기 북부 석전파에 정식으로 들어간다.

조폭이 돼서는 조폭보다 더 포악해져, 라이벌 통합AJ파
의 나와바리인 이천 이주민 강제 철거현장에서 용역깡패로
두각을 나타낸다.

시간이 지나 보스의 신뢰를 한 몸에 받으며 조직의 신규
사업인 태국에서 재배된 향정신성 식물 '아라카나'를 밀수
하는 일을 보게 된 주방장은, 정부가 세수 확대를 위해 담뱃
값 인상을 검토 중이라는 TV 보도가 연일 나올 때, 태국산
가짜 담배를 대만을 거쳐 컨테이너째로 밀수한다. 석전파
가 관리하는 경기도 일대 불법 게임장에 가짜 담배가 깔리
고, 태국과 대만을 오가며 몇 번의 빅딜을 더 성사시켜 부산
지역 밀수담배 유통까지 독점한다. 조직에 막대한 이윤을
남겨준 주방장은 공로를 인정받아 담배를 납품하던 석전파
성인오락실의 관리책임자가 된다.

2년 뒤 주방장은 석전파가 일본에서 슬롯머신을 들여와
동두천 시내에 운영하는 불법 카지노의 지배인으로, 지역
서민들을 유인해 그들의 생계자금을 야금야금 잘도 뺏어
먹는다.

얼마 지나지 않아서 불법 카지노를 세 개 더 확장하는 수완을 보이며 조직에서 재차 인정을 받는다.

그로부터 1년 후, 주방장 곽도일은 석전파의 모든 카지노 업장을 총괄하는 총지배인 자리에 등극한다. 조직이 자신을 필요로 하는 곳이면 어디라도 샛노랗게 번쩍이는 롤렉스 시계 찬 손으로 벤츠를 거침없이 몰고 곽도일이 나타났다.

천직이 조폭인 것처럼.

#14 공생(共生)

의정부를 중심으로 경기도 전역으로 석전파가 사업을 확장하면서 이천의 카지노 딸린 '파라오 관광호텔' 인수 건으로 경기 남부를 주무대로 활동하는 '통합AJ파'와 정면으로 부딪친다.

「'홍성 투자자문 주식회사' 총괄이사 곽도일」

석전파는 불법 카지노 사업 경험이 있는 곽도일을 파라오 호텔 인수의 행동대장으로 이번 이권 사업을 주도하도록 했다. 조직폭력배들이 합법적인 사업을 할 수 있는, 조직의 사활이 걸린 중차대한 숙원사업이다.

담배 밀수와 불법 카지노로 수완을 보인 행동대장 곽도일이 인수 타깃인 호텔 관계자들과 친하게 어울리며 친분을 쌓아간다.

경기도 광주의 석전파가 운영하는, 서울 압구정에서 잘나가는 텍가라오케 이름을 딴 룸살롱 「*Basquiat(바스키아)*」.

나이 든 소갈머리 양복과 다부진 체구의 곽도일이 앉아 있다.

"걱정 마시라니까. 재경팀 회계 내용은 다 내 손을 거쳐야 하니, 인수조건이 확정되는 대로 미리 알려드릴게요. 나중에 입찰가격만 경쟁업체보다 살포시 높여서 적어 내시기만 하면 됩니다. 그래야 우리 곽 이사님 가오가 사시죠. 하하."

"고맙습니다, 부장님. 인수만 결정되면 부장님같이 유능한 분께서 재무 쪽 임원으로 쭈욱 계셔주셔야 합니다."

"그거야 제가 감사드릴 일이죠."

중세 엑스칼리버 검 모양의 커다란 손잡이 달린 문으로

청바지에 운동화 신은 여자가 들어온다.

"곽 이사님 오셨네요."

"어이, 김 마담 간만이네. 가게에 문제는 없고?"

"문제 있을 리 있겠어요? 누가 감히 곽 이사님이 봐주시는 우리 가게를 건드려요? 호호홋."

김 마담이 다소곳이 술을 따르고, 두 남자의 양주잔이 가볍게 부딪힌다.

소갈머리 양복이 곽도일에게 공손하게 술을 권한다.

"제가 한 잔 올립죠."

곽도일이 호기롭게 원샷을 한다.

"근데 곽 이사님, 혹시 이번 달 저희 연회팀에 일거리 주실 거 뭐 없을까요? 태풍 여파로 행사가 몇 개 빵꾸가 나서……."

"그야, 뭐 어렵겠습니까? 매일 있는 일이 회사 행사인데. 만들면 있는 거지요."

"어쿠쿠, 화끈도 하셔라."

소갈머리가 곽도일에게 한 잔 더 권하며 김 마담에게 말한다.

"마담아. 여기 쌔끈한 아가씨들 이사님 양쪽 겨드랑이 날개 밑으로 바짝 밀어 넣어드리고, 조판에다가 애기들 이 방으로 묶어서 올리거라."

김 마담이 핸드폰을 연다.

"애기들 들여보내."

곽도일은 그달 예정에 없던 석전파 방계(傍系) 원로의 칠순행사를 파라오 관광호텔에서 하기로 한다.

공생(共生).

#15 오모와누(思わぬ, 생각지 못한)

경기도 이천 파라오 관광호텔 3층 블랙로즈 컨벤션홀.

크기도 키도 다른 축하 화환 세 개가 띄엄띄엄 어정쩡하게 세워져 있다. 건달은 돈 있을 때 오야붕이고, 돈 떨어지면 양아치란 반증. 석전파 출신의 퇴역한 이빨 빠진 호랑이 강 회장 칠순을 축하하기보다는, 공짜로 호텔 뷔페 먹고 삼류 트로트 가수 노래 들으러 온 연세 지극하신 축하의 당사자 친척들과, 뜨뜻미지근한 인연의 지인들로 연회장이 채워져 있다.

축하객들이 앉은 테이블과 마주한 단상에 싸구려 한복을 걸친 강 회장이 플라스틱 모형 다과를 앞에 두고, 단상 밑 무대의 트로트 공연을 흥에 겨워 바라본다. 무대 정면 원탁에는 강 회장의 아들딸들과 석전파를 대표해 행동대장 곽도일 총괄이사가 짧은 다리를 꼬고 앉아 맥주를 마시고 있다.

갑자기 행사장 입구가 어수선하다.

'쾅쾅!'

연회장 문이 열리고 쇠파이프와 야구방망이를 든 열댓 명의 어두운 무리가 건들거리며 들어선다. 리더로 보이는 검정 더블 양복의 떡대 좋은 콧수염이 연회장에 엄포를 놓는다.

"와~ 할배, 할매, 아줌씨들 뽕짝에 분위기 좋네. 씨발!! 왜 남의 구역에 와서 뭔 놈의 뒷방 늙다리 건달 칠순이여?"

미친개가 떴다.

콧수염이 단상 앞 중앙 원탁에 앉은 곽도일을 본다.

"오랜만이다. 부엌떼기, 이 씨발놈아! 네가 칼빵 놨던 미친개다. 느껴오냐? 너 이제 나한테 뒤진 거!"

AJ파 행동대장 미친개와의 거지 같은 악연(惡緣).

원탁 테이블의 곽도일과 무대 안쪽 코너 테이블에 앉아 있던 석전파 조직원 여섯 명이 일제히 벌떡 일어난다.

'행동대장 대 행동대장'.

곽도일이 연회장 문 쪽을 본다. 입구에 세워둔 조직원들이 안 보인다.

'이미 접수당한 거다.'

회장에 들어선 미친개 일행은 테이블과 의자를 엎고 걷어차며 난동을 부린다. 하객들이 비명을 지르며 뛰쳐나간다. 검은 무리가 단상에서 내려온 원로와 곽도일이 있는 무대 쪽으로 다가온다. 석전파 조직원들이 곽도일에게로 달려가 곁을 지켜 선다.

곽도일의 머리가 빠르게 돌아간다.

'미친개가 종이호랑이 원로 하나 담그러 올 리 없다. 내가 타깃이다. 둘 중 하나. 내 조폭생활이 여기서 마쳐지거나, 내 메시지를 제대로 남기거나!'

그렇다. AJ파는 구닥다리 조폭 칠순행사 경비가 삼엄하지 않을 걸 알고, 미친개의 설욕 겸, 행동대장 곽도일의 가오에 기스를 내, 조직 간 딜을 봐서 AJ파 구역인 이천의 파라오 호텔 인수에 주도권을 차지하려는 거였다.

'핸드폰으로 인근의 우리 애들을 불러봤자 모이기도 전에 끝날 상황. 정문은 접수당했고, 탈출구는 음식을 내오는 병풍 뒤 주방으로 통하는 문뿐이다.'

곽도일이 원로에게 달려간다. 부하들이 뒤를 따른다.

"너희는 큰형님 모시고 주방 통해서 주차장으로 빠져나가!!"

"예! 형님!"

석전파 두 명이 원로를 감싸 주방 쪽으로 이동한다.

"자! 우리는 정면에서 저 새끼들 막아내는 거다. 가자!!"

곽도일이 의자를 들어 던지는 걸 신호로 남은 네 명의 부하 조직원들이 AJ파에게 달려든다. 석전파 한 명이 AJ파 두세 명을 감당해내야 하는 상황. 중과부적.

석전파가 밀리면서 미친개 무리 일부가 원로가 빠져나가는 주방 쪽을 본다.

눈치챈 곽도일이 소리친다.

"야! 일단 제끼고 다들 주방으로 들어가!!!"

석전파 조직원들이 주위에 잡히는 집기를 던져 비근접 거리를 만들고는, 뒤로 홱 돌아 주방문을 향해 뛰어간다. 미친개 무리보다 한발 앞서, 원로를 모신 조직원들과 합류해 주방에 들어가 문을 걸어 잠근다.

'철컹.'

숨죽이고 있던 주방 직원 남녀 대여섯 명이 화들짝 놀라 비상구로 내질러 2층으로 뛰어 내려간다.

'쾅! 쾅! 쾅!'

낡은 호텔의 목재로 된 주방문이 덜컹거린다.

"큰형님 모시고 저리로 나가! 어서!!"

주방 직원들이 빠져나간, 비상구 초록색 램프 밑으로 걸음 느린 늙은 원로와 석전파 둘이 통과한다.

'쾅! 쾅! 쾅!'

미친개 일행이 주방문을 부수고 있다.

"뭐 해! 새끼들아! 빨리 연장 챙겨!"

곽도일의 명령에 석전파 조직원들이 주방에 있는 무기가 될 만한 것들을 집는다. 주방문이 덜렁거린다. 곽도일도 주변을 둘러본다.

익숙한 연장.

'사시미칼'.

자신도 모르게 제일 긴 칼에 손이 간다. 중국집 주방보조에서부터 10년 넘게 잡았던 도구. 곽도일이 칼을 집어 칼자루를 깔딱이며 연장을 가늠한다. 한 번 손에 감기면 무게와 그립감(grip感)으로, 칼날의 도달 거리와 날카로움의 예민도(銳敏度)가 손맛으로 입력된다.

손에 쫙 감겨온다.

'예전의 그 손맛.'

동일체(同一體).

처리할 대상만 바뀌었다. 움직이지 않는 생선에서, 자신에게 달려들 살아 움직이는 떡대들로…….

'꽝!'

주방문이 열렸다.

무리 대 무리.

대치(對峙).

곽도일이 기선을 제압하려고, 주방에 들어온 미친개 일행에게 포고(布告)한다.

"야이 미친개야! 그때 나한테 칼침 맞고도 아직도 정신 못 차리고 설치고 다니냐? 네가 아직 임자를 못 알아봤구나!"

끝이 묵직한 쇠파이프를 든 미친개가 여유롭게 검정 더블 양복 속단추를 풀고 콧수염을 만지면서 말을 받는다.

"그러냐? 근데 미안해서 이를 어째? 너야말로 임자 잘못 만나서 여기서 네 조폭인생 시마이하게 됐는데! 내가 니 대갈빡을 쪼개버릴 거거든."

곽도일이 맨 뒤에 서 있는 부하에게 외친다.

"마! 뒷문 잠가!"

'덜컹.'

주방 뒷문이 걸어 잠긴다.

"여기서 나가는 게 너희든 우리든 간에, 같이는 나갈 수 없다는 것만 명심해라. 이 미친개야!!"

미친개의 부하들이 움칫한다.

"에쿠쿠, 무서워서 우째야쓰까이~ 쪽수를 봐도 우리가 훨씬 많은디. 겁대가리 짱박더니 상황 파악이 안 되시나 봐요~ 좋아, 좋아, 페어플레이 하자고. 아그들아, 거기 주방문도 닫아 뿌라."

AJ파도 자신들이 들어온 주방의 정문을 닫고는 싱크대를 끌어와 퇴로를 차단한다.

곽도일 뒤에 선 석전파 조직원 네 명의 표정이 결연하다.

시. 작. (始作)

순식간에 벌어진 혼돈.

격렬하고 잔인하다.

기선을 제압하려, 겁먹은 자신을 잊으려 하는 욕설도, 대여섯 명이 일하던 주방의 일직선 좁은 통로에서 떡대 남자 스무 명이 엉키는 상황에서는 사치 이상 아니다. 남정네들의 거친 숨소리와 의태어만 있고 말소리는 없다. 단지 생살에 날카로운 쇠가 스치고 찔리는 날렵하고 치명적인 소리, 뭉툭한 쇳덩어리가 관성의 힘을 받아 살에 박혀 뼈 깊숙이 파고드는 소리, 쇠와 쇠가 신경질적으로 마찰하는 소리가 있을 뿐.

양쪽 부하들이 픽픽 쓰러지는 가운데 바로 앞에 마주하게 된 곽도일과 미친개.

미친개의 기다란 쇠파이프 끝에 단단히 조여진 두툼하고 투박한 육각볼트 여섯 개가 곽도일의 얼굴을 가격하는 척하다가 갑자기 방향을 틀어 정강이를 제대로 깐다.

'푹!'

단박에 쓰러진 곽도일의 얼굴 정중앙을 향해 쇠파이프 끝의 육각볼트들이 내리꽂히는 찰나.

'획!'

고개를 돌려 간발의 차이로 피한 곽도일.

생(生)과 사(死)의 간발의 차이.

'미친개는 내게 위험을 가하려는 게 아니다. 그냥 날 죽이려는 거다. 내가 살려면 이 새끼를 죽여야 한다!'

적지 않은 데미지를 입은 곽도일이 다리를 절며 간신히 일어나 필사(必死)의 자세를 잡는다. 다신 쇠파이프의 페인팅(feinting)에 속지 않으리라 다짐하면서 사시미칼을 휘두르며 공격과 방어를 연쇄적으로 연결하며 미친개를 상대하는 곽도일.

생명의 위험을 느끼고부터 곽도일의 사시미칼은 생사의 기로에 치명타를 가할 미친개의 급소를 노리며 효율적이고 잔인하게 반응하고 있다.

다들 어두운 양복을 입고 있어 누가 적이고 누가 편인지

피아(彼我) 인식도 어려운 상황에서 수적으로 불리한 형국을 마구잡이로 흉기를 휘두르며 필사적으로 막아내는 석전파 조직원들.

사투(死鬪).

처음엔 수적 열세에 밀리던 석전파가 목숨을 건 투혼을 발휘한다.

칼에 찔리고, 날아오는 고기 다지는 해머에 안면이 뭉개지는 AJ파 조직원들. 미친개 일행이 조금씩 뒤로 밀리기 시작하더니 원로가 빠져나간 비상구 진입은커녕 자신들이 들어온 문 쪽에서 간신히 버티고 있다.

녹록지 않은 곽도일과 대치하면서도 주위의 상황을 살피는 미친개.

역전되는 전세(戰勢)에 당황한 콧수염 미친개가 주방문 바로 앞까지 밀린 맨 뒤의 부하들에게 외친다.

"야! 문 열어! 싱크대, 싱크대 치워! 어서! 새끼들아!"

싱크대가 치워지고 미친개의 퇴로가 확보된다.

좁은 통로를 내달리는데 방해가 되는 쇠파이프를 내던진 콧수염과 그의 졸개들이 열린 주방 정문으로 도망치려 한다. 날렵한 곽도일이 미친개를 놓칠세라 재빨리 조리대로 뛰어올라, 머리가 천장에 안 닿게 허리를 90도로 숙이고 좁은 보폭으로 문을 향해 절뚝거리는 잔걸음으로 내달린다.

주방문을 막아서려는데, 간발의 차이로 콧수염이 빠져나간다.

칼을 거꾸로 바꿔 쥔 곽도일이 검정 양복 콧수염의 뒤를 쫓아 연회장 밖으로 뛰쳐나온다.

시야에서 잠깐 놓친다. 헐레벌떡 2층 계단으로 내려가 봤다.

'저 새끼다!'

허둥지둥 뛰어 내려가는 검정 떡대 양복이 호텔 로비 출구 쪽으로 빠져나가려 한다.

곽도일이 난간을 밟고 몸을 날려 1층 계단 위의 검정 양복의 위를 덮친다.

'퍽! 쿵!'

하늘에서 떨어진 단단한 육체의 충격과 콘크리트 계단바닥에서 전해오는 2중 충격으로 쓰러져 있는 떡대 위의 곽도일.

'허컥!'

곽도일은 자신을 죽이려 한 검정 양복의 등에 AJ파에 보내는, 상응하고도 마땅한 메시지를 꽂는다. 얼굴과 손, 옷가지가 피로 범벅인 곽도일이 엎어진 검정 양복 위로 올라타 떡대 등에 꽂힌 피 묻은 사시미칼을 쥐고 있다.

"꺄악!!"

사람들이 비명을 지른다.

그런데……,

칼 맞아 쓰러진 남자의 옆얼굴에 콧수염이 없다.

사람이 죽는다,

그것도 민간인이.

곽도일 밑에 깔려 등에 칼이 꽂힌 민간인은 석전파의 칠순 잔치가 있던 3층 행사장 밑 2층에서 열린 결혼식장 하객이었다. 3층에서 비명과 집기 부서지는 소리가 나고 사람들이 무더기로 계단으로 뛰어 내려오는 소란에도, 2층 결혼식장 안에서 하객들은 축가며 웨딩마치가 울려 퍼지는 가운데 3층의 소동을 전혀 눈치 채지 못했다. 결혼식이 끝나 식장 문이 열리고 나서야 어수선한 분위기에 의아해하다가, 3

층에서 피를 흘리고 도망쳐 내려오는 AJ과 조직원들을 결혼식 행사 직원이 보고서야 방송으로 하객들에게 알렸고, 그제야 상황을 알게 된 2층 하객들은 다급하게 계단을 통해 1층으로 뛰어 내려가 호텔을 빠져나가려 했다. 칼에 찔린 사람은 2층 하객 중의 한 명이었다.

〈예식장 민간인 살해사건〉.

광역수사대가 연합채널 기동취재팀과 출동한다.

치안 부재로 조폭 싸움에 민간인이 죽었다며 정부와 경찰에 대한 비난 여론이 들끓는다. 민간인이 조폭 이권에 엮여 죽었다는 사실이 사회문제로 부각돼 경찰청장이 국회 국정감사에 불려 나가는 상황으로까지 치닫는다.

민간인이 죽어 석전파 조직에 치명적인 부담이 된 곽도일은, 조직 원로의 칠순 행사 실패라는 말도 안 되는 이유로 석전파에서 퇴출되고 만다.

곽도일은 밀항을 선택한다. 혈안이 된 경찰이 인터폴과 공조해 국내외를 막론하고 곽도일을 쫓고, 연합채널 기동취재팀이 탐사보도팀으로 개편되고도 해외로 도망친 곽도일을 경찰청 외사기획정보과를 도와 끝까지 추적한다.

수사망이 점점 좁혀오고, 충성을 다했던 조직에서 버려진, 망가진 조폭이 된 곽도일은 밀항지로, 담배를 밀수할 때 줄기차게 다녔던 대만(타이페이)을 택한다. 하지만 한국 사법기관의 요청으로 타이페이에도 지명수배가 내려지자, 추적이 어려운 라오스를 통해 태국으로 밀항해 변두리를 전전하며 숨어 살다가, 베트남 하롱베이의 빈민가 끌렁뚜로 도망간다.

곽도일은 납치, 살인청부 브로커로 생계를 잇는다. 거래 중간에 남는 커미션이 적은 돈은 아니었지만, 브로커라는 게 의뢰인과 청부업자 사이에 한 번 문제가 터지면 돈도 돈이지만 경찰의 추적이라는 리스크가 너무 컸다.

그런 일이 몇 번 있고부터는 자신이 직접 청부업자가 되기로 마음먹는다.

'어차피 살인자로 낙인찍힌 국제도망자 신세인데다가, 먹고살려면 할 수 있는 거라고는…….'

브로커에서 살인청부업으로 업종을 전환하면서, 작업하기에 거추장스러운 롤렉스 금통을 팔아 금목걸이로 바꿔 차고, 자신 스스로와 의뢰자에게 무섭게 보이기 위해 주먹을 꽉 채운 사자(Lion) 문신을 한다.

몇 번의 일을 성사시키고는 동남아 청부업계에서 '타이페이 라이언'이란 이름으로 불리게 된다.

그렇게,
오모와누(思わぬ, 생각지 못한).

과거_2

#16 동양인형(2000년 1월 1일 러시아 신년)

영하 40도. 극동 러시아 하바롭스크.

북한의 외화벌이를 위해 러시아로 보내진 벌목공 민철무. 평안남도 평성 출신으로 술 마시고 '왕조정권'이란 말 단 한 마디로, '북창 18호 관리소'라는 탄광수용소에서 사상범으로 강제노역을 했다. 5년의 형기를 마치고 아내와 러시아 벌목장으로 보내져 매서운 추위 속에서 딸을 낳았다. 아내는 딸아이가 열두 살이 되던 작년에 친정아버지가 위독하다는 전보를 받았다며 중국을 경유해 북한에 다녀오겠다고 한 뒤 연락이 끊겼다.

부녀가 버려졌다.

1년에 두 번 있는 러시아 명절인 1월 1일 신년과 부활절은 벌목장 북한 노동자들에게 회식날이다.

2000년 1월 1일, 보통 때보다 조금 일찍 작업이 마쳐지고 스피커에서 러시아 민요가 흘러나온다. 열두 명이 소속된 작업 분대마다 한 병씩 지급되는 보드카를 받으려고 분대장들이 관리동으로 몰려든다. 대강당 안에서 열리는 가족집회에서는 벌목장을 찾은 노동자 가족들에게 좀처럼 먹기 힘든 러시아 쿠키와 빵이 별식으로 배급된다.

지급된 보드카만으로 취기가 모자란 노동자들은 집체생활관에서 감시원들 눈을 피해 곡물로 몰래 담근 독주들을 가져와, 모닥불 지핀 탁 트인 야외 연마장에 모인다. 담금술은 어린아이들에게도 두세 모금씩 나눠준다. 살을 에는 듯한 매서운 추위의 이곳에서 살이 얇은 아이들 몸을 따뜻하게 유지해 주려는 하바롭스크 북부지방 풍습으로, 여기 출신 아이들은 남녀를 막론하고 어른이 되어서도 술이 세기로 유명하다.

아이들은 춤을 추고, 어른들은 어깨동무를 하고 고향의 노래를 부른다. 노동자들의 입에서 흘러나온 북한 노래 〈반갑습니다〉에 스피커에서 울리는 러시아 민요가 묻힌다.

밤이 깊어지고 붉게 달아오른 연마장에 누군가가 홀연히 부는 하모니카에서 〈아리랑〉의 선율이 흘러나온다.

"아리랑 아리랑 아라리요~~ 아리랑 고개로 넘어간다~ 나를 버리고 가시는 님은~~ 십 리도 못 가서 발병난다~."

한 명이 나지막이 부르기 시작한 아리랑이 모두에게 번져 몇 번째 불리고 있는지 모른다.

노동자들의 이 광경을 연마장이 훤히 내려다보이는 사무실 창가에 낮게 내려진 브라인드 사이로 늙고 처진 눈이 바라보고 있다.

명절 노동자 가족집회에서 니콜라이 치카틸로는 민철무의 열세 살짜리 딸아이 민수련을 본다. 니콜라이는 벌목장과 유연탄 광산을 가진 비대한 부자 인간, 밥 먹을 때마다 배에 인슐린 주사기를 꽂는 뚱뚱한 러시아 영감이다.

명절이 이틀 지나, 민철무와 딸 수련이가 저택에 초대되었다. 부녀는 니콜라이가 벌목 노동자 집체생활관으로 보낸 검정색 마이바흐를 탔다. 민철무가 차 안 팔걸이에 놓인 고디바 초콜릿을 입과 주머니에 쑤셔 넣는다. 딸은 안중에 없다.

도착한 저택 담벼락이 민철무가 북한에서 사상범으로 보내졌던 탄광수용소의 철책 높이다. 총을 찬 경비원들이 지켜선 양옆으로 열리는 큰 대문을 차를 탄 채로 통과해, 울창한 숲과 두 개의 호수를 지나서야 먼발치에 높은 나무 위로 건물 지붕이 보이기 시작했다. 붉은색 벽돌로 지어진 파란 지붕의 3층 저택. 분수를 돌아 정문에 이르자 시종으로 보이는 짧은 백발의 흑인이 맞이한다.

　저택 문이 열리고,

　'온기다. 따뜻하다.'

　계단을 올라 2층 식당 벽난로에 니콜라이의 벌목장에서 가져온 질 좋은 통나무가 타닥타닥 타오른다. 술병과 촛대들이 놓인 긴 식탁 저편에 앉아 있는 러시아 영감이 동양인 남자와 그의 딸에게 눈인사를 한다.

　긴 목을 가진 커다랗고 둥근 적갈색 꼬냑병과 촉촉함이 자르르 흐르는 벨루가 캐비어, 통뼈에 붙어 있는 바짝 구워진 살덩이 안에 축축한 붉은 피를 그대로 머금은 양고기 스테이크. 촛대의 불빛이 살코기의 핏기를 더 붉게 비춘다.

　벌목공은 태어나서 처음 본 캐비어에 관심 없다, 비대한 러시아 영감의 몫. 민철무가 스테이크를 더러운 양손으로 집어들어 먹다가 꼬냑을 잔에 콸콸 부어 입에 들이붓는다.

　'우걱우걱.'

　'벌컥벌컥.'

　어린 딸은 꼼짝도 하지 못하고 있다. 두 손을 앞으로 모으고 식사를 지켜보는 백발 흑인 시종이 민철무의 딸에게 빵을 치즈버터 스프에 찍어 먹으라는 시늉을 해 보인다.

수련이가 빵을 집어 스프에 찍어 먹는다.

'맛있다.'

영감은 식사 전부터 열세 살 수련이를 유심히 보고 있다. 늙어 축 처진 눈을 고정한 채 민철무에게 러시아어로 말한다.

"힘든 벌목일 말고 유연탄 부서에서 사무직 안 해보겠나? 러시아 말도 유창하게 늘리고 사무일도 배우고 말이야. 그럼 사원 아파트도 나오고 수당은 다섯 배로 뛴다네."

허겁지겁 음식을 먹던 민철무. 띄엄띄엄 알아들은 러시아어에 눈이 번쩍 뜨인다.

타이밍을 잡은 러시아 영감이 말을 잇는다.

"그러다 몇 년 지나 벌어둔 돈으로 러시아 여자 만나 결혼해 러시아인이 돼서 새로 가정도 꾸리고 말이지."

식사가 마쳐질 즈음 민철무가 러시아 영감에게 굽실거리며 더듬더듬 말한다.

"발쇼에 쓰빠시버. 발쇼에 쓰빠시버. (감사합니다. 진심으로 감사드립니다.)"

'굽실굽실.'

영감이 민철무에게 다가가 잔에 꼬냑을 그득히 부어주며 음흉한 미소를 짓는다.

"고맙기는……, 근데…… 자네 딸이…… 이쁘군. 마치……
동양인형 같애."

배불뚝이 러시아 영감의 게슴츠레한 눈빛.

그날 밤 벌목공 민철무는 러시아 영감에게서 선물로 받은
꼬냑 두 병을 가슴에 품고 저택을 나온다.

혼자서,

딸을 저택에 놔두고.

높은 천장에서부터 핑크빛 시스루 커튼이 내려진 낮고 둥
근 침대에 니콜라이가 알몸으로 누워있고, 늙은 시녀에게
씻겨 나온 수련이가 채 마르지 않은 젖은 머리카락에, 큰 타
월로 발가벗긴 몸을 돌돌 말고 침대 구석에서 떨고 있다.

"고것 참……, 동양인형 같네. 스~읍."

영감이 입맛을 다신다.

민철무는 자신을 북한 출신 벌목공에서 러시아 회사의 유
연탄 사업부 사무직으로 옮겨주는 대가로, 자신의 딸 수련
이를 러시아 늙은이에게 간병을 명목으로 팔아버린다.

2년 후 「Кукла Николая(니콜라이의 인형)」이라는 러시아어 문신이 어깨에 새겨진 동양 아이에게 싫증난 러시아 늙은이는, 동유럽에서 활동하는 아랍계 마피아에게 꼬냑 세 병값에 수련이를 팔고 Karolína(카롤리나)라는 금발의 파란 눈동자를 가진 열 살짜리 체코 소녀를 집에 들인다.

#17 여걸(女傑)

흐르는 음습한 음악에 어울리는 희뿌연 조명, 스테이지에 각기 다른 컬러의 비키니를 입고, 굽 높은 하이힐을 신은, 약에 취한 어린 여자들이 세로로 세워진 가느다란 쇠파이프 봉을 느슨히 움켜쥐고 서 있다.

러시아 선원들이 얇은 입술에, 더 얇은 담배와 달디단 싸구려 보드카를 번갈아 가져다 대며 피부색도 국적도 다른 노란 머리, 갈색 머리, 검은 머리를 한 다양한 인종의 비키니들의 흐느적거림인지 춤인지 모를 움직임을 지켜본다.

곧 있을 행위를 상상하며.

남자들이 테이블 위에 놓인 각기 다른 색깔의 폿말을 들어 의사를 표시하고는 남은 술을 입속에 털어넣고 자리를 뜬다. 폿말 색과 동일한 비키니 색의 여자가 아랍인 남자에게 끌려 자신을 선택한 남자가 일을 치르기 위해 기다리는 작은 방으로 들어간다. 방에 놓인 침대 위에는 방금 갈은, 군데군데 오래된 피가 스며든 색 바랜 시트가 깔려 있다.

삐걱거리는 침대를 털썩 내려앉힐 기세로 격렬한 행위를 마친 남자들이 벨트를 여미며 나온다. 곧 아랍 남자가 휘파람을 불며 한 손에 분무기와 두루마리 휴지를, 다른 한 손에 모자 달린 가운을 들고 방에 들어간다. 몽롱하게 쓰러져 있는 여자의 힘 풀린 양다리를 벌려, 분무기로 음부와 항문에 투명한 붉은빛 도는 소독약을 칙칙 뿌리고 휴지로 구석구석을 후벼가며 꼼꼼히 닦는다. 소독을 마치고 풀어진 비키니 두 조각과 하이힐을 집어, 가운으로 여자를 덮어 곧 반복될 일의 준비를 위해 대기실로 질질 끌고 간다.

끌고 온 여자를 복도 끝 핑크빛 커튼에 가려진 대기실 방 바닥에 팽개쳐 누이면, 메이크업을 담당하는 쭈구렁 할망구가 10분 전에 한 화장이 침과 땀으로 지워진 정신 잃은 소녀의 얼굴에 허옇고 시뻘건 그림을 다시 그린다.

소녀들은 하루에 이 짓을 열 번 채워야 숙소에 들어갈 수 있다.

경기지방경찰청 광역수사대 작전 보고.

"출입구며 실내며 비밀문이 많은 건물이야. 일격에 쳐야 하니 지휘부 포함해 알파, 브라보, 찰리 4개 팀 동시에 들어간다."

팀장의 보고를 지켜보던 최 반장이 문에 기대어 메모를 하는 뿔테안경 낀 통실한 여자에게 다가간다.

"안 기자, 일망타진하고 나서 우리 서장님 인터뷰 꼭 좀 부탁해."

묵묵부답.

그래서, 기자다.

불빛이 새어 나오지 않는 인천 부두의 창고형 3층 상가 건물. 밖에서 문빵을 서고 있는 가죽 사파리에 털모자 쓴 러시아인과 아랍인 남자들 입에서 허연 입김이 뿜어져 나온다.

광수대가 잠복 3일 만에 알아낸 본거지.

멀리 정차해둔 낡은 검정 코란도 조수석에 앉은 최 반장
핸드폰에 본청으로부터 문자가 뜬다.

「현 시간부로 C-4 작전을 허가함」

"OK!"

최 반장, 무전기 버튼을 누르고 침착하고 단호하게 말한다.

"자, 작전 허가 떨어졌다. 알파, 알파 준비됐나?"

"알파 준비 완료입니다."

"브라보, 준비됐어?"

"예! 여기도 준비됐습니다."

"찰리?"

"옙!"

"오케이, 이제 들어간다. 정신들 바짝 차리고!"

아까까지만 해도 바쁘게 오가던 정찰 보고는 더 이상 필
요 없다.

적막.

"진입!"
"진입!!"

무전기에서 명령이 시끄럽게 쏟아져 나온다. 스타렉스와 카니발에서 진압봉을 든 운동화 신은 눈빛 작렬의 날쌘 남자들이 불 꺼진 상가로 돌진한다. 옆 건물과 코란도에서도 가죽장갑 낀 운동화들이 용수철처럼 튀어나온다.

문들이 부서진다. 노출된 출입구는 정문 하나. 이발소 뒷문과 연결된 입구와 얼음가게 간판으로 가려진 뒷문, 커피 자판기 뒤의 비밀문들이 뜯겨 나간다.

십수 개의 손전등이 빛을 교차해 뿜어낸다.

'번쩍번쩍.'

"경찰이다! 움직이지 마!"

"스톱! 스톱이라고 이 새끼들아!! 돈 무브!(Don't move!), 돈 무브 하라니까!! 움직이지 말라고 새끼들아!!"

형사들이 한국말과 영어를 섞어 외치며 인신매매범과 성매수자를 일사불란하게 제압하고 있다.

튀어나오고 뛰어내리는 아랍인과 러시아인들, 까무스레한 무리와 새하얀 건장한 외국 남성들이 격렬하게 반항해 보지만 깡 좋은 한국 형사들은 거침이 없다.

깨지고 부서지는 강렬한 굉음, 때리고 엎어지는 사람 몸에서 나는 소리.

아비규환(阿鼻叫喚).

역시 베테랑들이다. '광역수사대 외국인 성매매 특수전담반'은 동유럽을 주무대로 하는 아랍계 국제 성매매단이 각국에서 꾀려온 여자들을 데리고 원양어선단을 상대로 조직적으로 성매매하는 인천 본거지를 급습해 작전 개시 한 시간 만에 관련자 전원을 연행한다.

상황 종료.

연합케널의 은색 카니발 취재차량 안에서 뿔테안경 낀 여자가 방송용 카메라를 짊어 든 중년 남성과 내린다.

"스케치하고 계세요. 들어가서 콘티 동선 맞춰놓고 있을게요."

"오케이, 안 기자. 조심하고."

카메라맨이 나침반처럼 생긴 걸로 조도(照度)를 측정하고 카메라 렌즈의 초점을 맞춘다.

여자가 건물 앞에서 정복 입은 경찰들에게 뭔가를 지시하는 청바지 입은 남자에게 말을 건다.

"최 반장님, 카메라 들어가도 되죠?"

"어, 안 기자 왔어? 그래, 총책들하고 매춘부들 검거도 마쳤으니……, 문들이 하도 많아 부술 때 인 먼지가 시야를 가리니까 바닥에 떨어진 유리조각 조심하고."

안 기자가 차로 돌아가 손전등을 챙긴다.

기동취재팀 바이스캡, 안지현 기자. 기자들 사이에서는 3년 차임에도 불구하고 사회정의에 과도하리만치 집착하는 반골 성향의 날카로운 기사와 육중한 몸 때문에 '여걸(女傑)'이란 닉네임으로 통한다. 캐나다 입양 한국인으로 한국과 캐나다 국적을 가지고 영어를 자유자재로 쓰는 선천적 복수국적자. 토론토 대학에서 저널리즘을 전공하면서 탁월한 영어 실력으로 NBC라디오 〈시선집중〉 해외통신원을 지냈다. 대학 졸업 후 한국에서 언론정보대학원을 마치고, 연합채널 사회부에서 기자 생활을 시작했다.

#18 인연

안 기자가 통과하기에는 빡빡해 보이는, 얼음가게 간판으로 위장된 비밀문으로 힘겹게 들어간다. 대학 시절 살집이 있던 안 기자는 취업을 위해 '미셸 프로젝트'라는 다이어트 프로그램 덕을 톡톡히 보긴 했지만, 바쁜 기자 생활로 다시 살이 오르기 시작해 지금은 체중이 학생 때로 돌아가 움직임이 버겁다.

카메라가 들어와 찍을 포인트와 브리핑할 내용을 기다란 기자수첩에 적어가며 현장을 둘러본다. 매캐한 냄새. 아직 다 가라앉지 않은 먼지로 금방 부옇게 된 안경을 벗어 코트 소맷귀로 닦는다.

잡다하게 떨어진 유리조각을 피해 조심스레 발밑을 살피며 실내에 들어와 문만 네 개째 지나고 있다. 저번 부산 급습 때도 그랬듯 외국인 성매매 현장은 도망갈 곳도, 숨어야 할 곳도 많기에 안이나 밖이나 문들이 퍽이나 많다.

미로 같은 곳을 둘러보다 카메라맨에게 전화한다.

"배경 다 따셨으면 들어오셔도 될 거 같아요. 콘티랑 멘트 얼개는 잡아놨어요."

"응, 안 기자. 진입로만 좀 더 따고 들어갈게."

"예, 바닥에 유리조각 조심하시고요."

"오케이."

더러운 침대가 놓인 방들을 몇 개 지나자 쇠로 된 봉들이
세워져 있는 무대가 있는 홀. 구석에 희미하게 카운터가 보
인다.

'혹시 장부라도 나오려나?'

손전등을 비춘다.

다가간다.

'부스럭.'

카운터 쪽에서 나는 소리다.

'부둣가라서 쥐새끼인가?'

'툭.'

빨간 하이힐 하나가 안 기자 발에 걸린다.

'부스럭.'

카운터 아래에서 나는 소리.

안 기자가 다가가 조심스레 손전등을 들이민다.

'어? 사람이다. 앳되다.'

여자애가 쪼그리고 앉아 땡그란 두 눈을 끔벅거린다. 한쪽 발에만 빨간 하이힐이 신겨 걸쳐져 있다. 손전등을 가까이 비췄다. 하얀 비키니 수영복을 입고 어깨에 외국말 같은 문신이 새겨져 있다. 팔에는 불그스름한 수많은 주사 자국.

'열대여섯? 여긴 동유럽 매춘조직인데, 동양 애네.'

동생 미현이와 비슷한 또래.

"애야, 너 거기서 뭐 하니?"

대답이 없다.

'아직 앤데……, 얘도 매춘부?'

바깥에서 불빛이 비춰진다.

"안 기자, 어딨어? 카메라 어디부터 돌릴까?"

다급.

"아, 예. 거기 계세요. 실내는 별로 그림이 안 나올 거 같아요. 밖에서 중계할게요."

재빨리 자신의 코트를 벗어 소녀에게 덮어주고 밖으로 나간다.

새벽 1시. 안 기자는 근처에 취재팀이 묵고 있던 숙소를
빠져나와 부두 현장으로 다시 돌아왔다. 폴리스라인이 쳐
있고, 매춘굴 정문을 경찰이 지키고 서 있다.

안 기자가 어젯밤에 들어갔던 얼음가게 간판으로 숨겨진
문으로 몸을 밀어 넣는다.

카운터 밑으로 손전등을 비췄다. 여자아이가 자신이 덮어
준 코트로 몸을 꽁꽁 싸매고 쪼그려 잠들어 있다. 한기에 떨
면서.

집으로 데리고 간다.

씻기고 먹였다.

아이는 3일 동안 잠만 잔다.

그러다 깼다. 그리고,

다시 3일을 잔다.

침대에 누워있는 러시아 이름 '니콜라이 민'이란 여자아
이, 북한 이름 민수련.

안 기자는 여자아이를 물끄러미 쳐다본다. 마치 잃어버린
동생을 보듯. 미현이를 처절히 떠올리게 하는 수련이.

인연의 시작이다.

#19 짝지(싸이월드, 2005년과 2006년에
최고의 전성기를 누린 미니홈피 SNS)

안 기자는 인천 부두 폴리스라인에서 국제 성매매단에 끌려온 수련이를 빼내고선, 공항 출입기자 시절 알게 된 국정원 라인을 통해, 하나원 '미성년 사상 검증' 프로그램 트랙으로 수련이가 탈북자 자격을 부여받게 했다.

안 기자가 한국에서 처음 유학생활을 시작해 쭉 살아오던 신림동에서 나와, 수련이를 위해 회사 연합채널이 있는 여의도에서 가까운 학군 좋은 목동 원룸으로 이사한다.

남녀공학 특목고 목동제일고등학교 2학년 2반 여학생반.

교단에 담임선생님과 새로 맞춘 체크무늬 교복을 입은 날씬한 체형의 단발머리 여학생이 서있다.

"오늘 우리 반에 새 친구가 왔어. 수련아, 친구들한테 인사해야지."

단상 앞 여학생이 인사한다.

"안녕……, 나는 민수련이라고 해. 반가워."

'웅성웅성.'

학생들이 수군댄다.

"억양이 왜 저래? 뭐야, 조선족이야?"

선생님이 진화하듯 말한다.

"수련이는 89년생으로 여러분보다 한 살이 많아. 그러니까 언니이자 친구로, 사이좋게 잘 지낼 수 있도록 해. 자, 수련이는 저기 비어 있는 아린이 옆자리에 가서 앉고."

빈자리 옆에 앉아 있는 크고 시원한 입술을 실룩이는 아린이가 긴 팔을 귀에까지 바짝 대어 번쩍 든다.

"예~, 그라이소!"

수련이가 책상 사이를 지나 아린이 옆에 앉는다.

수련이와 아린이 둘 다 큰 입술에 시원스러운 이목구비를 하고 있어, 나란히 앉은 둘이 언뜻 자매 같다.

쉬는 시간.

아린이가 먼저 말을 건다.

"안녕? 니 짝지 이아린. 반갑데이. 니 얼굴이며 몸매며, 완전 얼짱 비너스네?"

"아, 안녕. 난 민수련. 잘 부탁해."

"니도 내처럼 발음이 이상한데, 니는 중국에서 왔나?"

"으, 응. 그게……."

"괜찮데이. 내도~ 경상도 창원이란 데서 작년에 올라와서 발음이 촌빨이다 아이가. 우리 같은 사투리 미인들이 더 씩씩하게 서울 생활 잘 버텨야 한데이~. 누가 놀리면 바로 말해도. 내 이래뵈도 치어리더부 부단장 아이가!"

수련이 뒷자리에 머리를 남자처럼 짧게 자른, 1학년 때 아린이 짝이었던 절친 혜진이가 둘 사이에 넓은 등빨을 앞으로 밀어 넣으며 끼어든다.

"난 김혜진. 아린이 옆에는 나도 있다는 거 명심해, 친구야."

'혜죽.'

혜진이는 작년에 전국 투포환 여자고등부 은메달리스트다.

수련이가 학교에 오고부터 목동 일대 고등학교에서 '목동 제일고 얼짱'으로 통했다.

짝지 아린이는 착했다. 수련이가 회사 다니는 언니랑 둘만 사는 걸 알고는 방과 후에 절친 혜진이랑 같이 수련이를 집에 데리고 가서 교회 권사이신 아린이 어머니가 해주는 집밥도 같이 먹고 공부도 했다.

"수련이 왔나?"

"뭐꼬!? 숙녀들 있는 방에 노크도 없이 불쑥 들어올라카고!"

무릎에 흙먼지 묻은 유니폼에 야구모자 쓴 새까만 남학생이 방에 불쑥 얼굴을 드밀자 방 주인 아린이가 고함을 내지른다.

수련이가 고개 인사를 한다.

"안녕하세요, 오빠."

"오빠는 무슨, 엄연히 말하면 우리 동갑 아이가? 현관에 니 프로스펙스 운동화 보고 온 지 알아챘다 아이가. 떡 먹고 있네? 엄마한테 디저트로 뭐 과일 좀 갖다 달라 할까?"

침대에서 입에 떡을 문 채 누워 자던 무적 등빨 혜진이가 실눈을 뜨며 한마디 끼어든다.

"오라버니, 저라는 소녀, 혜진이는 눈에 안 보이세요?"

혜진이 패싱.

야구모자가 시꺼먼 얼굴 다음으로 흙덩이 발을 숙녀 방에 한 발 드민다.

"어쭈, 안 나가나? 수련이만 오면 눈깔이 뒤집혀 개눈깔이 되어 가지고선. 우리 내일 기말이다. 좋게 말할 때 신경 끄고 나가래이, 오빠야~ 제발이다!"

머쓱.

"으응, 알았다. 그럼 공부 열심히 하래이. 아, 참 수련아, 목동제일고 에이스 4번 타자이신 이분 이경민님께서 야구부 주장하기로 오늘 결정났데이."

"그래서 우짜라고? 그래 봤자 맨날 야구방망이 들고 열댓 명이 떼거지로 몰려다니는 패거리 오야붕 된 거 아이가? 알겠으니까 나가라구~, 나가라고!"

아린이가 학을 떼며 외친다.

다시 머쓱.

야구모자가 여동생 편잔에 스물스물 사라진다.

#20 아린(閵鄰, 옆에서 도움)

'쾅!'

점심시간 2학년 2반 앞문이 세게 열리며 큰소리가 외쳐진다.

"야!! 이 반에 조선족 새로 들어왔다며?"

짧은 교복치마 안에 빨간, 노란색 츄리닝을 맞춰 입은 여학생 둘이 들어온다.

수련이 쪽으로 앞장서 다가가는 빨간 츄리닝.

"목동 남학생들이 입에 침이 마르도록 칭찬한다는 단발머리 섹쉬 조선족이 너냐?"

이 학교 일진 그룹 츄리닝파의 리더다.

수련이가 말을 못 한다.

"한국 사람이 물으면 대답을 해야지!"

검지손가락으로 수련이 이마를 툭툭 밀며 시비를 거는 빨간 츄리닝.

겁먹은 수련이.

"이 조선족이 끝까지 개길려고 입을 다무네? 중공말 해보라고! 쏼라쏼라 하라고!"

빨간 츄리닝이 수련이 이마를 찌르던 손으로 머리채를 잡으려 한다.

이때 화장실 다녀온 수련이 짝 아린이가 절친 투포환 선수 혜진이와 같이 교실에 들어선다.

"야! 그 손 안 치우나!"

아린이가 성큼성큼 츄리닝들에게 다가간다.

"이건 또 웬, 원모어 사투리 말라깽이야?"

빨간 츄리닝이 아린이를 노려본다. 혜진이가 아린이 옆에 서서 츄리닝들을 밑으로 깔아본다.

"내? 치어리더부 부단장 이아린인데, 와?"

"대차시며 토속적인 네가 뭐 하시는 분인지는 잘 모르겠고요. 왜 사랑하는 짱깨 학우를 선도 중인데 시골 촌것이 지랄질이야? 지랄이!"

"귓구녕 잘 닦고 들으래이! 왜냐믄~, 니가 손가락으로 머리를 꾸욱, 꾹 밀고 계셨던 이분이 멀대 같은 우리 오빠야가 사랑하시는 내 올케 아이가? 됐나? 씨발!"

투포환 혜진이가 츄리닝들한테 한 발 다가간다.

노란 츄리닝이 빨간 츄리닝에게 작은 소리로 말한다.

"치어리더부 이아린이면 야구부 주장 여동생이야!"

빨간 츄리닝이 노란 츄리닝에게 되묻는다.

"뭐? 여동생? 아는 여동생? 친한 여동생?"

"아니, 친동생."

"어! 그럼, 4번 타자 이경민 선배가 이 사투리 말라깽이의……."

아린이가 츄리닝들에게 바짝 다가가 무섭게 싸지른다.

"니들이야말로 왜 남의 반에 들어와서 지랄들이고!"

투포환 혜진이가 살며시 오른손을 들어 빨간 츄리닝 얼굴로 가져간다.

"아니, 우린 그냥……."

빨간 츄리닝이 뒷걸음질 친다.

"마! 느그 츄리닝 둘 다 소리 없이 뒤지고 싶나? 빨리 니네 반으로 안 돌아가나?"

츄리닝들이 주춤거리다가 재빨리 뒷문으로 도망친다.

이후로 아린이는 극소심한 수련이 손을 잡고 주일날 같이 교회에 나간다. 수련이는 뮤지컬 배우가 꿈인 아린이와 혜진이와 함께 대학로에 연극도 보러 다니고, 아웃리치(outreach) 프로그램으로 장애우들을 도우러 복지시설에서 자원봉사도 같이 한다. 남을 도우면서 조금씩 미소와 자존감을 찾게 되는 수련이.

봉사 마치고 돌아오는 길.

"수련아, 니도 치어리더부에 들어올래?"

"2학년인데 받아줘?"

"그럼! 내가 있다 아이가. 니는 그냥 친구 찬스 한 번 쓰면 되는 기야."

수련이는 아린이가 부단장으로 있는 치어리더부에 들어가 활동하면서 마른 체형의 몸에 보기 좋게 근육도 생기고, 쾌활하고 씩씩한 치어리더 친구들과 다니며 무엇보다 잃어버린 웃음을 찾는다.

아린이의 창원 사투리가 서울말로 바뀌게 될 무렵, 수련이의 북한식 발음도 서울말로 점점 바뀌었다.
수업에 쓰이는 용어가 생소해 진도 따라가기가 쉽진 않아도, 어려서 러시아에서 생활한 수련이가 선택한 제2외국어 러시아어는 전교 1등이었다. 아린이가 항상 고마운 수련이는 반에서 바닥을 기는 아린이 제2외국어 프랑스어를 러시아어로 바꾸게 해 러시아어를 특훈시켜 줬다.

3학년이 되어 청룡기 전국 고교야구대회에서 단짝 아린이와 함께 치어리더 센터(메인)로 서게 된 씩씩한 수련이. 응원을 리드하는 수련이는 자신감에 차 있었고, 싸이월드에 올라온 수련이의 빼어난 외모에, 옷도 같이 맞춰 입고 다니는 아린이와 '목동 얼짱트윈스'로 불리며 남학생들의 선망의 대상이 되어 있었다.

#21 숏텀과 롱텀

담 넘어 효창공원을 마주한 생활과학대학 건물 2층 205호, 새터민 특례입학 면접장. 방금 대기실에서 나온 체크무늬 교복의 단발머리 수련이와 동그란 안경 쓴 여학생이 교실 문 옆 의자에 앉아 있다. 목걸이를 만지작거리는 수련이가 긴장되는지 옆에 앉은 학생에게 말을 건다.

"너도 새터민 면접 왔니?"

동글이 안경 여학생이 고개를 돌려 수련이 왼쪽 가슴 '15'번 수험표를 본다.

"응. 15번이면 네가 먼저 들어가겠다."

"민수련이야."

"남지민. 황해도에서 왔어. 할머니가 속초에 계셔서 넘어왔어."

"난 평안도 평성. 하나원 몇 기수니?"

문이 열리고 나오는 여학생 뒤로, 수트 입은 안경 낀 남자가 들고 있는 차트에서 면접자 순서를 확인한다.

"다음, 15번 학생 들어오세요."

수련이가 옷매무새를 가다듬는다.

"나 먼저 들어갔다 올게."

동글이 안경 여학생이 짓궂게 주먹을 쥐어 보인다.

"내래 알지비. 동무래 잘할 기라는 거. 파이팅하고 나오시라요!"

"훗, 고마워."

수련이가 노크를 하고 교실에 들어간다.

"안녕하세요. 의류학과에 지원한 수험번호 15번 민수련입니다. 잘 부탁드리겠습니다."

다소곳.

수련이를 마주한 세 명의 면접관 중 가운데 앉은 빨간 안경테의 까끌해 보이는 여교수가 가운데 놓인 의자를 가리킨다. 수련이가 사뿐히 앉는다. 다리와 손을 가지런히 모으고 허리를 곧추 편다. 집에서 언니가 알려준 대로 어깨를 내리고 턱을 당긴다.

면접관들의 날카로운 질문에 수련이는 당당히 교수님들의 인중에 시선을 고정하고 천천히 또박또박 답을 이어간다. 언니가 알려준 대로.

20분이 지나고, 끝으로 하고 싶은 말이 있으면 자유롭게 해보란다.

수련이가 목을 가다듬고 허리를 더 꼿꼿이 세운다. 어깨는 내리고.

"예, 만약 저를 뽑아 주신다면 학교의 명예에 부합되도록 통일이 되는 그날까지, 분단 이후 지금까지 한국과 북한의 괴리된 복식문화의 골을 융합하는 디자이너가 되기 위해 끊임없이 노력하겠습니다."

"수고했어요."

빨간테 교수의 의례적인 코멘트, 나가보라는 뜻이다. 수련이가 입술을 다물어 침을 한 번 삼키고 모았던 두 손에 힘을 주고는 면접관들을 다시 한번 똑바로 쳐다본다.

'어필할 수 있는 마지막 기회다.'

"존경하는 교수님들! 저 꼭, 배우고 싶습니다. 희망의 나라 한국에서 꽃피우고 싶은 제 꿈을 도와주세요! 저한테 기회를 주세요!"

또박또박.

잘 말했다. 언니가 알려준 대로.

면접관들에게 공손하게 인사를 하고 면접실 문을 나서면서 아침에 언니가 걸어준 목걸이를 쓰다듬는다.

'합격'한다.

가을 학기의 시작. 출석부를 들고 카키색 면바지에 보카시 브라운 수트를 걸친 슬림한 30대 남자가 외부강사 연구실이 있는 명신관을 나선다. 생활과학대 직선 돌계단을 마다하고, 바삭거리는 낙엽 밟는 소리를 들으려고 일부러 단풍길로 걷는다.

남자는 아버지가 교수로 있는 뉴욕에서 학부를 졸업하고 한국에 들어와 작년에 서울산업과학대 경영학 박사과정을 수료한 이 학교 경영학과 '디자인 마케팅' 수업 담당교수다.

이번 학기 학생들과의 첫 대면. 교실 강단에 서서 칠판에 이름을 적는다.

「정재세」

한 학기 동안 진행될 커리큘럼을 소개하고서 출석부를 부르며 학생들 얼굴을 직접 확인한다. 눈에 익은 경영학과 학생들 호명을 마치고 타학과 청강생 이름을 부른다.

"민수련!"
"예!"

'헉!'

맨 앞줄에 앉은 여학생. 출석부를 본다.
의류학과 3학년.
'눈을 피하자.'
첫날이란 핑계로 서둘러 수업을 마친다.

정 교수는 다음 수업에서도 교실 맨 앞에서 빠끔히 턱을 괴고 긴 다리를 두 번 꼬아 자신을 응시하는 수련이를 쳐다볼 수 없었다.
'눈부시다.'
단발머리에 적당히 볼록한 이마를 따라 흘러내린 오똑한 작은 코.

정 교수는 보수적인 경영학 교수 아버지와 피부과 의사 어머니 사이에서 자라 도무지 여자에게 숫기가 없다.

기말고사 전 기출문제 정리 수업.

"차별화된 디자인을 세분화한 타깃시장 상황에 유효적절히 포지셔닝하기 위해서는 PLC(product life cycle, 제품수명주기) 기반에 시간축과 공간축의 이분화된 시각으로 나눠 매트릭스를 작성하는데……."

강단에서 정 교수가 X축과 Y축을 그려가며 판서를 한다.

"X축에 숏텀(short term, 단기/단발적인)과 롱텀(long term, 장기/지속적인)의 시간축을 두고, Y축에 프로모션의 물리적 한계란 공간축 개념을 도입한 두 개의 개념 선상에서 접근해야 합니다."

맨 앞자리 민수런이 정 교수의 말 하나라도 놓칠세라 쉴 새 없이 노트북에 받아 적는다.

"현상을 면밀히 관찰한 후 중대한 의사결정을 수행해야 할 때, 이런 '숏텀'과 '롱텀'의 동시다발형 다각적 사고로의 접근은 최적화된 결론에 도달할 확률을 높인다는 점을 명심하세요."

정 교수는 열심으로 강의한다. 학생들 질문에 성심성의껏 답을 해주다가 추가 설명이라도 할라치면 수업 시간이 모자라기 일쑤다. 수업을 듣는 학생들의 소중한 지식 습득의 기회비용을 최대한 아껴주기 위해 작은 하나라도 놓치는 게 있을까 봐 소명의식과 열정을 가지고 수업에 임한다.

"이런, 시간이 벌써 이렇게 됐네. 수고했어요. 그럼, 다음 주 시험기간 잘 마치길 바래요. 이상!"

"교수님~~~."
교탁 위로 갈색 단발머리의 봉곳한 이마가 솟아오른다.
'맨 앞자리, 민수련!'
기말고사 마치고 정 교수에게 진로상담을 받고 싶단다. 의류학 전공인데 정 교수 마케팅 수업을 듣고 진로에 고민이 생겼다며.
"제가 알바하는 학교 앞 카페가 어떠세요? 그럼 아메리카노랑 쿠키가 공짠데."

「카페 마다가스카르(Madagascar)」.
정 교수는 수련이에게 가져오라고 한 성적표의 전공필수

란을 세심히 살핀다.

"공부 열심히 했네? 전공이 다 에이플러스……, 다른 분야에 흥미는?"

"교수님께 수업 들은 '디자인 마케팅'이요."

"최종적으로 뭘 하고 싶어? 구체적으로 예를 들면?"

"어…… 교수님 수업 중에서, 브랜드가치를 높이는 디자인 기능을 극대화하기 위해 소비자와의 유기적인 커뮤니케이션을 통한 제품개발……, 뭐, 그런 거요."

"흠……, 의류와 디자인과 머천다이징이라…… 그럼, 텍스타일 디자인 전공을 살리면서 마케팅이 접목된 연구를 대학원 가서 심도있게 해보면 어떨까?"

"예? 제가 대학원을요?"

"응, 디자인이란 게 실질적인 산업에 접목되는 실용학문이라, 학부 선에서 끝내기보다는 석사를 밟아서 국내외 실제 케이스를 폭넓게 연구하면 현장력 중심의 학문체계가 확고히 잡히거든."

말똥말똥 자신을 쳐다보는 수련이에게 정 교수가 말을 보탠다.

"서울산업과학대라면 내 지도교수님께 부탁드려 추천서를 받아줄 수도 있고. 그럴 생각이면 졸업 학점 맞추는 데에만 연연하지 말고, 내년엔 경영학과 수업을 좀 더 들어두는 게 좋을 거야. 대학원 전공 연계 선상에서 도움이 될 테니."

'감사하다. 지적(知的)이다.'

수련이는 이후에도 종종 진로상담을 핑계로 멋쟁이 정 교수를 만났다. 큰오빠처럼 바다 같은 정 교수가 철없이 들떠 있는 또래보다 편하다. 왠지 모르게 데이트를 하고 있는 거 같기도 하고……,

'그가 좋다.'

#22 고백

짝사랑도 잠깐. 정 교수가 박사를 취득하는 다음 학기부터, 대전에 있는 학교의 전임교수가 되면서 수련이의 면담 데이트도 끝이다.

'보고 싶다.'

용기를 내서 정 교수에게 연락한다.

여학생 기숙사 침대 위에서 앞머리에 구르프를 말고 하늘거리는 짧은 원피스에 허리를 꼿꼿이 편 수련이가 양반다리를 하고 메이크업에 초집중이다.

안 하던 귀걸이까지 장착하고는 현관문 거울에 미소를 띠어보며 최종 점검. 신발장에서 메이퀸 대회 나갈 때 신으라고 언니가 사준 하이힐을 꺼낸다.

'아, 까먹을 뻔했네!'

현관에 놓인 생수 박스에서 작은 생수통을 하나 빼내고, 신발장 맨 위 선반에 반쯤 남아 있는 투명한 유리병을 꺼낸다. 싱크대에 생수통의 물을 비우고 병 속 액체를 담는다. 한국에 들어와 가장 좋아하는 안주인 홈런볼도 챙기고.

약속한 「마다가스카르」로 수련이 알바 마치는 시간에 맞춰 정 교수가 찾아왔다.

시원한 미소로 손님들을 맞는 단발머리 수련이의 모습에 넋을 놓을까 봐, 정 교수는 괜스레 별거 없는 창밖에 눈을 둔다.

수련이가 냉동실에 얼려둔 홈런볼을 겨드랑이에 끼고, 아이스 아메리카노와 레모네이드 잔을 들고 정 교수가 앉아 있는 자리로 가서 앞치마를 풀면서 상냥하게 말을 건다.

"잘 지내셨어요? 교수님."

"그래. 수련이도?"

"예, 덕분에요. 다음 학기부터 다른 학교에서 강의하신다고 들었어요."

"응, 그렇게 됐어. 중요한 일로 상의할 게 있다더니, 무슨 일이니?"

수련이가 홈런볼 봉지를 뜯으며 시선을 피해 답한다.

"진로상담 부탁드리려고요."

"어? 진로 다 정했잖아. 대학원 가기로……."

"그건 '숏텀 진로'고요."

"뭐? 하하, 그럼, '롱텀 진로'도 있어?"

끄덕.

'떨린다.'

수련이가 생수통에 담아온 보드카를 가득 타둔, 위장된 레모네이드를 들이켠다.

정 교수가 아이스 아메리카노 빨대에 입을 가져다대며 다시 묻는다.

"롱텀은 뭔데?"

수련이가 레모네이드, 아니 보드카를 벌컥벌컥 원샷하고
는 얼린 홈런볼을 입에 넣어 녹이며 마음의 준비를 하고 입
을 뗀다.

"……제, 인생이요."

"……."

"저…… 교수님 좋아해요."

겨울 문턱, 학생관 지하 학생식당. 롱플레어스커트와 멜
빵바지 위로 각종 물감과 본드가 더럽게 묻은 실습용 앞치
마를 두른 두 여학생이 카레덮밥 표를 들고 서서 LED번호
판을 노려보고 있다. 등에 「Clothing Department」라고 적
힌, 앞치마보다 더 더러운 보라색 과잠을 껴입은 보이시한
단발머리 수련이와 절친 동글이 안경 지민이가 치킨카레와
치즈카레를 간절히 기다린다.

멜빵바지 입은 지민이가 잘게 금이 가 깨져 있는 아이폰
액정 화면에 눈을 꽂은 채로 말한다.

"수련아, 우리 꼬라지 좀 봐라. 이게 좀비지, 어디 꽃다운

대한민국 여대생의 몰골이냐? 뭔 민족중흥의 역사적 사명을 띠고 구국운동을 한다고, 일주일마다 3일씩 집에 못 가고 작업실에 박혀 있어야 하는지……. 의류학과 졸작인데 물감칠을 해댄 천조각에 큐빅은 왜 붙이고 하느냐 말이다."

"지민이 너야 그렇다 치고, 하나원 거쳐 학교 들어가느라 동기들보다 한 살 더 많은 내가 꽃다운 나이는 무슨……. 그리고 까라면 까야지 뭐 별수 있냐? 그 고생을 하고 이제 졸업만 남았는데."

카레가 나오자 가장 가까운 테이블에 자동적으로 앉은 둘은 아무 말 없이 카레를 들이켠다.

갑자기 또 억울해진 지민이가 포크를 놓고 하소연을 한다.

"넌 그래도 기숙사라 다행이지, 난 뭐냐? 자취방이 수원이라 왔다 갔다 하는 데만 반나절에, 주말이면 할머니 뵈러 시골 내려가야 되고……, 교통비는 또 어떻고? 저번에 친구 언니 옥수동 힐스테이트 신혼집 가니까 강남역, 한남동 다 가깝고 정말 좋던데……. 나도 취직해서 이쁘게 차려입고 꼬옥 그런 데 살면서 돈 벌러 다녀야지~."

지민이 하소연에 아랑곳하지 않고 수련이가 딴 얘기를 한다.

"맞다. 너네 할머니 시골이 강냉이랬지?"

먹는 데 혼신의 힘을 다하던 지민이가 입까지 길게 늘어진 치즈를 포크로 말아 끊으며 쳐다보지도 않고 대답한다.

"뭐? 강냉이?"

"응. 하나원에서 두 번이나 탈북한 같은 방 아줌마가 그러던데? 강원도는 강냉이, 부산은 보리문둥이, 전라도는 깽깽이, 충청도는 멍청도, 수원은 깍쟁이……."

"미친년, 쌍팔년도 개그하네."

지민이가 유치하다는 눈을 수련이한테 치켜뜨고는 포크로 수련이 카레 위 조각치킨 두 개를 한꺼번에 찍어 입에 넣는다.

"지민아, 할머니 동네에 맛집 한 곳 추천해라. 맛에 취해, 술에 취해, 달빛과 바다, 그리고 나한테 취해 남자가 죽어도 집에 돌아가기 싫어할 그런 데로."

"완전히 미쳤구만. 왜? 자빠트릴 놈 생겼냐?"

"힘들게 38선 건너 반오십 살 꺾이는 마당에 말이 그게 뭐냐? 자빠트리다니? 사랑에 빠트리는 거지."

"닥치고 밥이나 먹어, 이년아. 나 오늘 밤 힘쓰려면 잘 먹어야 돼. 무용과 애들하고 클럽 가기로 했어. 이렇게라도 미친년처럼 놀지 않으면 지금 스트레스에 소화기 들고 교수님 방 쳐들어가 뿌려버릴지도 몰라."

"우리 나이에 갈 클럽도 있어?"

"나이야 잇빠이지만, 이래 봬도 내 엉덩이가 허리에 가 있어서 치마에 힐 신으면 다리는 봐줄 만하거든."

"똑똑하고 잘난 남자들이 클럽 다니는 거 봤어? 넌 아직도 영혼 없는 것들과 놀고 싶냐?"

"남친 없은지 1년 넘었다. 그나마 술 사주고 밥 사주고 껄떡여주는 클럽 찌질이 어벤저스라도 만나보려고, 삭신이 쑤신대도 이따위 안경 벗고 풀세팅해서 용쓰고 다니는 노고를 네가 어찌 알것냐?"

"쯧쯧. 너도 참 답답하다. 술만 처먹으면 사냥개처럼 대드는 너를 어느 남자가 좋아하겠냐? 니 또라이 성격부터 먼저 고치든가. 아니다, 너 술 먹다 생긴 치질부터 고쳐야지."

"아이잉~ 아니께, 고만하소. 전 남친 그놈은 내가 까라면 까라는 대로 말을 안 들으니까 그랬던 거고……."

"그러게 왜 꼰대처럼 술 처먹고 훈계를 해서는……. '여자 말을 잘 듣자'가 가훈인 남자 아니고선, 남자는 고쳐 쓰는 게 아니라 골라 쓰는 거야."

"됐다. 이미 포기각이다. 언젠가 진정한 나를 알아줄 왕자님이 나타나겠지. 아무튼 너도 클럽 갈 거면 꾸질한 옷 말고 몸에 걸친 거 최소화해서 헐벗게 환복하고 와. 오늘 컨셉은 몽환이니까. 11시 홍대 사거리 포차 앞이다."

"정신 차리라우. 동무래, 일없습네다. 어쨌든 속초에 맛집 하나 알아둬라. 나랑 우리 낭군님은 다음 주말 여길 뜰 것이오니."

#23 연인

동서울터미널. 아침 일찍 수련이와 정 교수가 속초행 버스에 올라탄다.

수련이가 핑크색 Y잭이 달린 이어폰을 정 교수와 자기 귀에 꽂는다. 노트북에 다운받아 온 영화 〈패밀리맨(FAMILY MAN)〉에서 니콜라스 케이지가 베르디의 오페라 아리아 〈La Donna è Mobile(여자의 마음)〉를 따라 부르기 시작한다.

화면이 좁아 어쩔 수 없어 그러는지, 수련이는 정 교수에게 찰싹 기대 영화를 본다.

홍천휴게소.

수련이가 돈가스를 정성스럽게 썰어 나란히 줄 세운다. 남자친구 생기면 꼭 같이 먹고 싶었던 그 장소에 그 메뉴다.

정 교수가 우동을 입으로 후후 불며 묻는다.

"속초에서 맛있는 거 뭐 먹고 싶어?"

돈가스를 오물대던 수련이가 노란 단무지를 입에 넣어 아삭거리며 말한다.

"정 교수님, 애들 풀어서 다 어레인지해 뒀으니 이 소녀를 따라오기만 하면 되시옵니다."

"미안. 마라톤하고 서핑하러 양양은 몇 번 갔었는데, 바로 옆인데도 속초는 처음이라……, 이런 건 원래 남자가 알아봐야 하는 건데."

"씩씩한 제가 다 알아서 할 테니 걱정 붙들어 매시고 저만 믿으시와요. 교수님~."

속초에 도착한 둘은 수련이가 숙박 사이트에서 예약한 모텔에 짐을 푼다.

절친 지민이가 할머니에게 여쭤봐 알려준 「88 생선구이」와 외옹치항 「옥경이네」 횟집, 그리고 「아바이 순대」 중에서, 이북 실향민촌에 있다는 순댓집으로 먼저 간다.

'생선구이는 내일 먹으면 되고, 산낙지와 소주가 있는 횟집은 오늘 밤 비밀병기니까…….'

이북식 오징어순대에 '벌떡주'라는 낯 뜨거운 뚜껑이 씌워진 전통주를 곁들인다. 도수 높은 술인데 의외로 부드럽고 맛있다.

낮술로 알딸딸해진 둘은 술기운에 속초 시내를 거닌다. 골목골목을 걸으며 커피도 마시고 아이스크림도 먹고, 〈가을동화〉에서 송혜교가 탔다는 갯배도 타보고.

어둑해지자 「옥경이네」 횟집으로 향한다.

작은 바다 앞에 방파제가 둘러쳐진 좁은 만에 도착해 수련이가 나란히 서 있는 횟집들 사이에서 파란색 간판을 찾았다. 폴짝폴짝 뛰며 손가락으로 가리킨다.

"저기예요, 저기. 할머니가 속초 분이신 친구가 추천한 데예요. 여기 주인아주머니 남편분이 낚싯배를 가지고 계셔서 그날그날 잡은 해산물만 팔고, 매운탕 서비스에, 무제한 야채는 가게 뒤 텃밭에서 직접 따오신대요. 상차림비도 없고요."

해산물 담긴 빨간 대야들과 어항이 놓인 오픈된 작은 주방을 지나 노란색 모노륨장판 깔린 방에 조촐한 식탁상 네 개가 놓여 있다. 열린 뒷문 사이로 텃밭에 심어진 상추와 고추가 보인다.

수련이가 식탁상 밑의 방석을 빼서 정 교수에게 내어주고, 주방에 대고 외친다.

"사장님, 산낙지 한 접시 주세요."

반투명 비닐 위생 식탁보가 깔리고 쓰키다시와 싱싱한 멍게와 해삼, 개불, 전복이 나온다.

"어? 우리 산낙지만 시키지 않았어?"

"요것들 모두 서비스로 나오는 거래요. 그쵸, 사장님?"

주인아주머니가 웃어 보이며 방 안에 냉장고를 가리킨다.

"저기서 술은 알아서 꺼내 드시면 돼요."

"네!"

수련이가 냉장고에서 맥주와 소주를 꺼내 맥주잔에 소맥을 만다.

"그저께 지난달 알바 월급 받았으니까 여긴 제가 살게요. 많이 드세요. 교수님, 우리 건배해요. 짠~."

식전주 건배를 하고 남자는 멍게를, 여자는 개불을 집는다.

'오돌오돌.'

'꼬독꼬독.'

"맛있다."를 연발하며 서로에게 소맥을 만들어주며 알아서들 쭉쭉 들이켠다. 드디어 메인, 바다향 물씬한 미역 위에 꾸물꾸물 몸부림치는 신선한 산낙지가 나온다. 소맥은 애피타이저로 나온 요리까지로 마무리하고, 수련이가 작은 잔으로 바꿔 소주를 담아 세팅한다. 된장에 참기름과 와사비, 다진 마늘, 청양고추를 넣어 버무린 막장 종지 안으로, 젓가락을 피해 교묘히 움직이는 산낙지를 집어 푹 담근다.

"자, 본격적으로 후반전 돌입이에요. 교수님~."

둘이 왼손에 소주잔을 치켜들어 건배를 하고 잔을 말끔히 비운다. 오른손에 수제 막장 소스로 코팅된 하얗디하얀 꼬물거리는 산낙지를 입속으로 무자비하게 쑤셔 넣는다.

소주가 세 병째 들어가면서도 정신없이 먹느라 둘이 별말이 없다.

나온 해산물을 거의 다 먹어 갈 때쯤 디저트로 매운탕 등장. 미나리와 쑥갓이 수북이 쌓인 탕 위에 수련이가 쌈 싸먹다 남은 깻잎을 손으로 잘게 찢어 담뿍 담는다.

정 교수, 잘 먹고 잘 마신다.

"나 박사과정 하면서 예심에서 본심까지 2년 걸렸어. 종시하고 예심까지는 어떻게 하긴 했는데, 본심은 역시……, 디펜스 못해 탈락했다가 아슬아슬하게 리벤지 통과, 그동안 논문 써보겠다고 2년을 300명을 설문해 코딩하고 통계를 돌렸는데……, 헐~! 엉뚱한 결과가 나와서 허걱했지."

아직 석사과정도 밟지 않은 수련이는 정 교수가 하는 말이 무슨 말인지 모른다.

"게다가 심사위원 다섯 교수님들이 제각기 지적하는 포인트가 하나같이 다 다르지 뭐야. 아예 제로베이스로 다시 돌아가 테마 자체를 바꿔야 하나 해서, 나 자신한테 얼마나 불평을 해댔던지. 그땐 소양이 모자라도 너무 모자랐어. 박사만 따면 나 자체가 독립된 연구기관이자 연구자 배출기관이라는 교만한 생각에 마음만 급했으니까."

정 교수가 박사과정을 하면서 받았던 고통을 토로하고, 수련이는 말없이 들을 뿐이다.

'많이 힘들었구나.'

수련이 자신은 아무런 고통이 전혀 없었던 것처럼.

추운 극동 러시아에서 어릴 적부터 마시던 담금술로 단련된, 술이 센 북녀(北女) 수련에게 취한 남남(南男) 정 교수의 고백.

"수련아, 처음 봤을 때부터 내가 널 더 좋아했어."

고백을 하고,
고백을 받는다.

속초,
산낙지와 소주.

그렇게 연인이 된다.

술에 취해 고개 떨군 정 교수를 앞에 두고, 수련이가 대학 면접 때 언니가 걸어준 십자가 목걸이 뒤에 작게 새겨진 〈위대한 개츠비〉의 문구를 본다.

'So we beat on, boats against the current,
borne back ceaselessly into the past'
(그렇게 우리네 인생은 파도에 맞서 역행하는 보트처럼, 과거로 쉴 새 없이 떠밀려 가면서도 꿋꿋이 미래를 향해 헤쳐나가는 것이다)

'그래, 운명은 주어지는 게 아니라 만들어 가는 거야.'

#24 수련(水蓮, 뻘에서 피는 연꽃)과 처녀(處女, 마음의 거처를 찾은 여인)

수련이는 술이 덜 깬 정 교수를 데리고 썰물이 빠져나간 방파제로 갔다. 간조로 방파제 사이에 작은 뻘이 만들어져 있다.

"와! 동해안이라 갯벌이 없을 줄 알았는데……."

정 교수 말에 대꾸 없는 수련이가 신발을 벗어 맨발로 방파제 밑으로 내려간다. 쪼그려 앉아 핸드폰으로 깜깜한 뻘을 비춰 뚫어져라 쳐다본다. 방파제 위에서 정 교수가 수련이를 지켜본다. 수련이가 뭔가를 찾는지 오리걸음으로 뻘바닥을 매직아이 눈이 되어 촘촘히 살핀다.

"찾았다!"

뿅뿅 뚫린 구멍. 벌떡 일어나 작은 두 발로 구멍 위에서 트위스트를 열심히 비벼 춘다. 비비면 비빌수록 수련이 키가 작아진다. 뻘이 어느 정도 파이자 수련이가 팔을 걷어붙여, 뻘의 구멍 속으로 손을 푹 쑤셔 넣고선 후비적댄다.

조금 지나,

"잡았다!!"

보잘것없는 작은 조개 하나를 든 수련이가 함박웃음으로 자신의 놀라운 성과를 정 교수에게 보란 듯이 알린다.

술 덜 깬 정 교수가 감탄한다.

바다가 있는데 뻘이 없을 수 없다. 뻘이 있는데 조개가 없을 수 없다. 얕고 깊음, 보이고 안 보이는 차이일 뿐.

수련이가 잡은 조개를 바위 사이 맑은 물에 씻어 방파제 위에 올려두고는, 다시 초집중.

조개잡이에 에스컬레이트된 수련이와, 그녀를 지켜보는 정 교수가 방파제에 한동안 있는다.

수련이가 잡은 조개들을 뻘에 놓아준다.

'방생(放生)'.

수련이가 뻘에 고인 물에 발을 헹구고, 맨발인 채로 편의점으로 가서 폭죽 두 개와 성냥을 산다.

방파제로 다시 올라가 폭죽에 불을 붙여 정 교수와 한 개씩 나눠 갖는다.

폭죽놀이를 처음 해보는 정 교수가 밤하늘을 향해 '*치~이 직, 치직.*' 타들어 가는 불꽃의 최면에 빠진다.

"Любовь - это все, Любовь - это все!(루보이 에덕셧, 루보이 에덕셧!, '사랑이 전부다, 사랑이 전부야!')"

신이 난 수련이는 알아듣지 못할 러시아말로 소리를 지르 면서 폴짝폴짝 뛰다가, 총천연색으로 활활 타오르는 폭죽 든 팔을 냅다 휘휘 저어 있는 힘껏 돌린다.

힘껏 저으면 저을수록 더 빨리 타들어가는 불꽃.

하늘에 폭죽을 태운다.

불꽃에 자신을 태운다.

모텔에 들어온 두 사람.

수련(水蓮)이가 샤워를 한다. 뻘에서 묻은 더러운 진흙을 깨끗한 물로 말끔하게 닦아낸다.

정결(淨潔)하게,

사랑하는 사람을 위해, 다시 태어날 자신을 위해.

둘이 사랑을 하고, 사랑을 받는다.

언니 외에는 아무도 모르게 꽁꽁 숨기고 다녔던 어깨의 문신을 정 교수에게는 보일 수 있었다.

과거란 목줄의 거죽을 벗었다.

정 교수가 벗겨줬다.

남자와 잤지만,

처녀(處女)가 된 수련.

"드르렁드르렁."

세상모르게 코를 골고 자는, 사랑스러운 남자.

수련이가 침대 옆 바닥에 흩어진 정 교수의 옷가지를 개 어두고 밖으로 나간다.

고요한 바닷가에 혼자인 수련이가 이어폰으로 러시아 민 요를 팝송으로 번안한 메리 홉킨(Mary Hopkin)의 〈Those were the days(지났던 날들이 있었지)〉를 듣는다.

볼륨을 끝까지 올린다.

'무탈(無頉)'.

숙소에 따뜻한 커피를 사 들고 들어간 수련이는 러시아 원어로 된『부드러운 쟁취, 사랑이란 그 이름(Любовь - это все)』을 꺼내 읽다 잠이 든다.

아침. 수련이가 정 교수의 자는 모습을 보고 있은 지 한참이다.

부스스 깨어난 정 교수가 해장하자며 수련이 손을 잡고 모텔 슬리퍼를 끌고 편의점에서 삼각김밥과 컵라면, 고추참치와 소주를 산다.

그해 겨울 둘은 정 교수 부모님이 계시는 미국으로 가 인사를 올리고는, 뉴욕 맨해튼에서 화이트 크리스마스를 보낸다.

이후로 매해 연말이면 둘은 뉴욕에 들러 크리스마스를 보내고, 1월에 해변 마라톤 대회가 열리는 마이애미로 향한다. 마라톤과 서핑을 좋아하는 정 교수는 해변 도로와 푸른 파도 위를 내달리고, 일광욕을 좋아하는 수련이는 마이애미 해변에서 비키니를 매끈하게 입고 코코넛 선탠오일을 바르고 누워 대서양의 햇살 밑에서 망중한을 즐긴다.

#25 재세(在洗, 씻김)

"언니, 학교 올 때 꽃다발 가져오는 거 알지? 당근 목동제 일고 핵얼짱 출신인 내가 뽑힐 테니까!"

진짜였다. 수련이는 5월에 열린 〈Miss University〉 선발대회에서 학생투표로 메이퀸에 뽑힌다.

학교생활에 적극적인 수련이는 기독학생회 봉사활동과 함께 폴댄스 동아리 회장, 학과 작품전 패션모델, 학교 홍보대사로 학생들의 인기를 한몸에 받고 있었다.

학교 대강당에서 메이퀸 티아라를 브라운 숏커트 머리에 얹고, 언니가 사준 하이힐 신은 수련이를 멀끔한 정 교수와 고등학교 친구 아린이와 혜진, 대학 단짝 지민이가 에워싸고 있다.

뿔테안경 너머로 동생 수련이를 찾느라 강당을 두리번거리는 안 기자를 발견한 수련이.

"안 기자! 어이, 안 기자님, 언니! 여기야, 여기!"

오늘의 주인공 5월의 여왕답게 큰소리로 대차게 외쳐 부른다.

수련이가 미소 띤 눈짓으로 정 교수를 언니한테 소개한
다.

"언니, 여기 내가 말한 정 교수님이야. 그리고 여긴 우리
언니 연합채널 안지현 기자님."

"안녕하십니까. 정재세라고 합니다. 수련이에게 언니분
얘기 많이 들었습니다."

'수련이 남자친구?'

들었던 거보다 더 반듯하다.

"우리 수련이 대학원 넣어줬다면서요?"

"예, 제가 책임지고 마치도록 하겠습니다."

정 교수가 단호하게 말한다.

"언니, 어때?"

수련이가 매력적인 입술을 귀에 걸고는 안 기자에게 묻
는다.

'극도로, 다행이다.'

기자를 하면서 반골이 된 그녀도 첫인상에 끄덕일 남자.
띠동갑 넘는 나이 차이라도 서로가 참 사랑스럽기만 하다.

'미현이도 이랬으면⋯⋯.'

정 교수는 대학 수업 외에 기업 특강을 해 모은 돈으로 수련이 어깨에 깊이 패인 러시아어 문신을 12번의 수술로 어렵사리 지워줬다.

하지만 여전히 남은 기다란 직사각형의 허연 상처, 잔상처럼 몸과 마음에 남겨진 뿌연 흉터 자국.

북한에서 러시아로 건너간 벌목공의 딸로, 아동성애 늙은이의 노리개로 희망도, 원망도, 죽음조차도 생각할 수 없었던 수련이를 인천 사창가에서 구해내, 탈북자로 신분을 세탁해 새 삶을 안겨주고 세상에 둘도 없는 언니가 되어준 안기자. 사랑하고 사랑받는 교수 남자친구까지 가진 더없이 행복한 수련이지만, 언제나 암울한 그림자가 깊숙이 드리워 있는 언니를 보며 죄스러울 정도로 안타까워한다.

언니가 힘들게 털어놓은, 수련이를 보고 있으면 오버랩된다는 친동생에 관한 고통스러운 얘기들. 지옥 속에서 철저히 유린당했던 자신의 철천지 과거를 생생히 기억하는 수련이에게 사랑하는 언니의 고통은 본인의 이야기였다.

세상에 속고 당하면서 어느 누구도 믿지 못하는 수련이가 유일하게 믿고 의지하는 단 한 명의 세상능력자, 안 기자.

'내 생명의 은인, 언니를 위해 난 무엇을 할 수 있을까.'

대과거(大過去)_1

#26 바나나우유
(1983년 구(舊)소련 대한항공 007편 격추 사건)

"여보, 얼려놓은 우유들 빼놔줘. 이제 싣고 가려고."

주말인데 양복 입은 중년 남자가 연립주택 3층 계단을 살얼음 언 우유박스를 3단으로 쌓아 들고 낑낑대며 내리고 오르기를 반복하고 있다.

후암실업 이광현 사장. 고등학교 졸업 후 대한케이블공사 기술직으로 입사해, 강성노조 활동으로 동료들의 총대를 짊어지고 해임당했었다. 배운 게 도둑질이라고, 전선업 벤더를 하려고 아등바등하다가 지난해에야 간신히 조달청 납품업체로 등록됐다.

토요일 아침, 기분 좋게 바쁘다. 오늘은 지역 공무원 체육대회에 바나나우유 찬조가 있는 날. 접대할 돈이 있지도 않지만, 지난달 소련의 KAL기 피격으로 한국인 승무원과 승객 전원이 사망해 국가적으로 침체된 분위기 속에서, 공무원들이 자신 같은 업자들과 식사하는 것도 꺼려, 공식적인 체육행사에 얼린 바나나우유 정도로 후원하려는 것이다.

"엄마, 바나나우유 한 개만요."

"나두! 나두!"

안경잡이 현섭이가 잡고 있던 누나 손을 뿌리치고 두 손을 번쩍 들고 보챈다. 엄마가 단지우유에 빨대를 꽂아 조막만 한 고사리 손들에 쥐여 주고는, 아빠에게 인사하러 가자며 남매의 손을 잡고 1층으로 내려간다.

양복 윗도리를 벗어 던진 채로 양팔 소매를 걷어붙인, 땀으로 범벅된 이광현 사장이 누런 우유 박스를 포니Ⅱ 승용차 트렁크에 싣고 있다.

"여보, 왜 꼭 당신은 공무원들 행사에 바나나우유를 가져가요?"

이 사장이 이마에 송골송골 맺힌 땀을 맨팔로 훔친다.

"아, 그야 바쁜 공무원들이 업무가 많아 당이 빨리 떨어지니, 달달한 바나나우유라도 마시고 나면 부드러워져서 일처리 좀 빨리 해줄까 싶어 그러지 뭐, 허헛."

남매가 얇은 빨대로 바나나우유를 쪽쪽 빨면서, 우유박스 싣는 아빠를 빤히 보고 있다.

"아빠 오늘 일찍 들어올 테니까 저녁은 길 건너 미용실 옆에 생긴 양념치킨집에 갈까?"

아이들의 환호성.

#27 유린(蹂躙)

"이 사장님, 일부러 또 불러주셔서 감사합니다."

출장 운전기사가 백미러로 뒷좌석에 거나하게 취한 이광
현 사장에게 인사를 한다.

"별말씀을요. 저 같은 전라도 사람이 부산 오면 전혀 길을
모르는데, 마음 편하게 부탁할 권 기사님이 계셔서 제가 편
하죠. 지난번하고 같은 호텔로 부탁해요."

"예, 사장님. 그럼 「아리랑 호텔」로 모시겠습니다."

술 취한 이 사장은 기사의 대답이 떨어지자마자 곯아떨어
진다.

흰색 포니Ⅱ가 부산역 앞을 지난다.

"사장님, 거의 다 왔습니다."

뒷좌석, 말이 없다.

차가 호텔 정문에 도착한다. 기사가 프런트에서 방을 확인하고, 이 사장을 너끈히 부축해 호텔방에 오른다.

"이 사장님, 방 앞에 다 왔습니다."

"어, 이런, 내가 깜빡 잠들었었네. 고마워요. 권 기사님. 조심히 들어가고요."

"예, 사장님. 차는 호텔 지하 2층 주차장에 주차해 두고, 키는 프런트에 맡겨두겠습니다."

성실한 이광현 사장의 사업은 차근차근 커져갔다. 조달청 일이 늘어나면서 물류업으로 부산에 사세를 확장 중이던 이 사장은 2년 전 부산 출장 때마다 대리운전을 부탁하던 권 기사를 전라도 광주 자택 근처에 집을 얻어주고는 수행기사로 두었다. 권 기사는 서울에서 사업을 하다 부도를 맞고 나서, 부산에서 30년 넘게 기사식당을 하는 홀어머니가 계신 대변으로 내려가 낮에는 건설 노동자로, 밤에는 대리기사를 하고 있었다고 했다.

이른 저녁, 광주 고급 주택가의 2층 붉은 벽돌집.

이광현 사장이 자신의 출장용 여행 캐리어를 싸고 있는 아내에게 겸연쩍게 말한다.

"여보. 해외출장이 너무 잦아 미안하오. 애들도 수련회 갔는데 혼자 적적해서 괜찮겠어?"

"천만의 말씀이십니다. 혼자 영화도 보고 책도 읽고 미술관에도 가볼 거예요. 나한테는 간만의 휴가예요. 출장이나 잘 다녀오세요, 이 사장님~."

현관에서 가죽잠바 입은 건장한 권 기사가 캐리어를 건네받는다.

"사장님, 차 트렁크에 실어두겠습니다."

"그래, 권 기사. 금방 나갈게."

붉은 벽돌 저택에서 프레스토 승용차가 공항으로 출발한다.

"내일 내려간다고?"

이 사장이 뒷좌석에서 백미러로 권 기사의 눈을 맞춰 묻는다.

"예, 사장님. 출장 다녀오시는 동안 부산 내려가 어머니 뵙고 오려고요. 식당도 너무 오래돼서 제가 손도 좀 봐야 할 거 같고……."

"그래, 조심히 다녀오게나."

"차는 댁에 가져다두고 들어오시는 모레 공항으로 모시러 가겠습니다."

공손한 권 기사.

이 사장을 공항에 바래다주고 온 프레스토가 붉은 벽돌집 주차장으로 미끄러져 들어간다. 권 기사는 정원을 안 거치고 좁은 차고 계단과 직접 연결된 현관 안쪽 문으로 올라가 거실에 들어선다.

"사모님, 사장님 공항 모셔다드리고 차고에 차 넣어 두었습니다. 여기에 차 키 두겠습니다."

벽난로 선반에 자동차 키를 둔다.

"수고했어요. 권 기사님, 내일 시골에 내려가신다고요? 이거요. 어머님께 한우라도 사서 가세요."

두툼한 노란 봉투를 건넨다.

"예, 사모님. 번번이 감사합니다."

'꾸벅.'

권 기사가 정원을 지난다.

'철컹.'

대문이 닫히고.

권 기사는 붉은 벽돌집 주위를 떠나지 않는다.

한 시간째 벽돌 담벼락 밑에서 연달아 담배를 피우며 사장 댁 거실 불빛을 확인하고 있다.

1층 거실등이 꺼지고, 담뱃불도 꺼진다.

권 기사가 저택을 나오면서 잠가두지 않은 주차장으로 들어가, 차고 계단으로 올라간다.

현관문을 소리 없이 열고 신발을 신은 채 불 꺼진 거실에 들어서 안방이 있는 2층으로 올라간다.

"어머나!!"

안방 욕실에서 방금 샤워를 하고 나와 머리에 수건을 두른 알몸의 사모님이 화들짝 놀라 가운 깃으로 몸을 감싼다.

"권 기사, 뭐…… 잊고 간 거라도…… 있나요?"

여자가 떨고 있다.

가죽잠바,

알몸의 여자를 덮친다.

부산 기장 출신으로 각 지방을 돌며 팔씨름 대회에서 이겨 번 돈으로 투견장을 전전하던 권교만. 서울로 올라와 명동 사채골목 고리대금업자 밑에서 일하다가, 피해자들의 신고로 경찰의 추적을 피해 부산으로 도망쳐 내려가 공사판 전기배선 일과 대리운전 기사를 했다. 장돌뱅이 신세로 사채 뒤치다꺼리를 하면서 폭행, 절도, 자본시장법 위반 전과 3범인 권교만은 광주에서 조달청 납품사업을 하는 이광현 사장을 부산에서 출장 대리기사로 만나 운전기사로 일하지만, 타고난 인간 말종(末種)의 본성을 드러내고야 만다.

#28 해태(害殆, 해로운 위험)

명동 뒷골목 5층 사채업자 '해태'의 개인사무실.

"형님, 신설동 마무리 담아와 회사에 입금해두고 왔습니다."

물소 가죽 소파에 깊이 파묻혀 등받이 위로 숱 없는 윗머리가 보이는 짤막한 남성이 신문을 덮으며 검정 가죽잠바 덩치의 인사를 받는다.

"그려, 교만아. 고생했구먼. 근댜, 자잘한 것도 중헌디, 어쨔 본업에도 집중 좀 허야 되지 않건냐? 후암실업 건 말여."

뜨뭇뜨뭇, 가죽잠바.

"옙, 형님. 그찮아도 광주 내려가 가르마 타서 오려고 합니다."

"그라야지. 아따~, 와 엔딩을 아직도 못 치고 있는지 모르겄다. 집에 찾아가 가족들 앞에서 야무지게 잡들이를 하든, 허리를 접어버리든 어떻게 해서라도 후딱 떠야지 않겄냐? 물 들어올 때 겁나게 노 저서 버리더라고."

권교만이 부산에서 이 사장을 만나기 전부터 허드렛일을 해주고 있는 사채업자, '해태'.

전라도 광주에서 건설 시행으로 기반을 잡아, 명동 사채에 진출한 잘나가는 고리대금업자로 전문분야는 일명 '회사를 떠오는 작업'이다.

'펄(pearl, 진주)'과 '쉘(shell, 껍데기)'.

주가를 띄울 소스(source, 재료)인 '펄'이 될 만한, 자금이 필요한, 개미들이 혹할 회사를 찾아 돈을 빌려준다. 온갖 술수로 돈을 못 갚게 해, 이자빚에 망하기 직전 떠온다(인수한다). 사채돈으로 거액의 상장사(shell) 인수 대금을 일시적으로 납입하는 '찍기'로 무자본인수한 쉘에, 떠온(인수한) 펄을 자회사로 붙인다. 유증(유상증자)을 때린다는 공시와 언론플레이를 한다. 상장사 주가가 치솟으면 거액의 시세차익을 챙겨 엑싯(exit, 이익실현)을 하고 상폐(상장폐지)시킨다. 개미들은 모조리 죽어나가고.

권교만은 해태의 가방모치를 하다가, 이광현 사장의 수행기사로 취업해, 건실한 조달청 납품업체 후암실업을 '펄'로 떠오는 작업에 들어가 있었다.

#29 고아 남매

검정 가죽잠바를 입은 권교만이 공사장에서 신는 쇠 박힌 안전화를 신고 담배를 문 채로 붉은 벽돌집 거실에서 무릎 꿇린 이광현 사장의 목을 두꺼운 손으로 무지막지하게 조른다. 벽난로 옆에서 어린 남매가 부둥켜안고 운다.

"이 사장! 이러시면 안 되지. 당신 똥 닦아준 세월이 얼만데!"

권교만이 이 사장을 벽난로 쪽으로 휙 하니 내동댕이친다.

'켁, 끅!'

이 사장이 자신의 목을 두 손으로 감싼 채 권교만에게 통사정을 한다.

"이봐, 권 기사, 아니 권 사장. 이거 왜 이러나? 자네가 소개한 사채 쓰다가 회사가 언제 날아가도 이상하지 않은 상황에, 아내는 하늘나라 보내고. 내 사정 누구보다 자네가 잘 알잖나?"

"뭐라꼬! 그럼, 세트로 죽자는 기가? 큰 거 석 장이면 되는데 진짜 와 이라노!"

"콜록, 컬럭!"

누나 옆에 딱 달라붙어 있는 안경잡이 현섭이가 마른기침을 한다.

"지금 돈이 어디 있어서 30억을 마련한단 말인가, 권 사장."

"콜록, 컥! 컥!"

기침하는 현섭이 목에서 피가 섞여 나와 바닥에 튄다.

권교만이 남매를 쏘아 본다.

"니 새끼들 이 집에서 쫓겨나 거리에 나앉는 거 보고 싶나? 됐고! 내일까지 원금에 이자, 모조리 현찰로 안 가져오면, 회사 넘길 도장이나 준비하고 있으래이! 안 그러면 저 딸내미하고 사팔뜨기 폐병쟁이 아들 보는 마지막 날이 될 테니까!"

권교만이 삐딱하게 물고 있던 담배를 카펫 위에 던져 더러운 안전화 발로 지근지근 비벼끈다. 직성이 안 풀렸는지 가래침을 기도에서부터 끌어올려 "캬야악, 퉷!" 뱉고 나간다.

남매가 이 사장에게 달라붙는다.

아이들이 떨고 있는데, 아빠가 더 떨고 있다.

이 사장은 이날 새벽 친척들에게 죄송하다며, 미안하다며, 극단적인 선택을 할 수밖에 없는 자신을 이해해 달라며, 먼저 간 아내가 너무 보고 싶다며, 친척들에게 남매 현주랑 현섭이를 부탁한다는 유서를 남기고 극단적인 선택을 한다.

이 사장은 큰 조달 오더를 쳐내려고 무리하게 부산 양산에 물류센터를 건립했다. 초기엔 호황을 누리지만, 경기가 누그러지면서 작은 오더만 띄엄띄엄 들어오더니, 대형 라인의 작업등이 하나둘씩 꺼져갔다. 후암실업의 자금순환은 점점 어려워지다, 결국 자본잠식에 들어간다.

다급해진 이 사장이 주거래은행 담당자에게 골프를 접대한다. 권교만이 운전하는 차로 은행 담당자를 태우고 돌아오는 길에 이 사장은 어음 연장을 부탁하지만 거절당한다. 권 기사가 기회를 틈타 자신이 잘 아는 돈 많은 자산가 형님이 있다며 명동 '해태'의 사채를 소개한다.

이 사장이 해태에게 돈을 빌린다. 해태 지인이 진행하는 사업에 투자하는 조건으로. 그건 완벽한 사기였고 투자금은 공중분해 된다.

해태의 사주를 받은 건달들은 이자가 하루만 늦어져도 후암실업 사장실에 떡하니 앉아 있었다. 거래처가 회사에 찾아와도 회의를 할 수 없었고, 직원들마저도 하나둘 출근하지 않게 된다.

이자가 원금을 넘은 지 오래. 설상가상으로 사랑하는 아내는 원인 모를 이유로 자살을 하고……. 사채 압박으로 매일을 두려움과 공포에 떨던 이 사장은 생의 고통을 이겨내지 못하고 아내의 뒤를 따른다. 사장이 없는 후암실업은 도산해 사라져버린다.

고아가 된 현주, 현섭 남매는 친척집을 전전하면서 전학에 전학을 다니다가, 전주에서 유치원을 운영하는 이모네에 보내진다.

현주가 고등학교에 들어가면서 받은, 친척들이 보관하고 있던 부모님 유품인 엄마의 일기와 아빠의 서류. 현주는 사랑하는 엄마, 아빠의 기억을 되살리려 이모와 유품들을 들춰보다 단순 자살로만 알고 있던 부모님 죽음의 이유를 알게 된다. 권교만이 집에 운전기사로 일하면서 엄마를 범했고, 그로 인해 엄마가 자괴감과 수치심에 자살하고, 무지막지한 사채의 고통 속에서 아빠마저 스스로 목숨을 끊었다는 것을.

친척들이 유품을 증거로 경찰에 제출해 신고하면서 수사가 시작된다. 뒤늦게야 사건의 전말이 밝혀지고 전과 3범에 집행유예 기간 중인 권교만에게 강간, 사기, 공갈, 협박으로 지명수배가 내려진다.

#30 현주(賢柱, 착한 기둥,
1988년 서울올림픽 개최)

88서울올림픽이 성공적으로 치러졌다. 'KOREA'란 국가 브랜드가 세계에 알려지고 저금리, 저유가, 저달러의 '3저(低) 호황'을 발판으로 전국 공업단지의 컨베이어벨트가 24시간 시끄럽게 풀가동된다.

전주공업단지의 반도체칩을 만드는 16개 라인을 보유한 '대성반도체'.

'뿌~~~~ 뿌~~~~.'

아침 7시. 철야조가 빠지고, 오전 교대조 투입을 알리는 부저가 울리자 벨트라인과 기계들의 규칙적인 소리가 천천히 속도를 줄여간다.

시끄럽게 작용과 반작용을 거듭하던 거대한 로봇팔이 가동되던 관성에 못 이겨 아직도 머리 위에서 느슨하게 철컹거리는 제7기판 라인. 병아리 사육장처럼 노란색 방진모와, 같은 색 작업복을 입은, 방진 마스크를 눈 바로 밑까지 치켜올려 쓴 여공들이 작업교대 준비로 분주하다.

유독 남들보다 팔이 길어서 자신의 작업 고도보다 높게 설치된 컨베이어벨트 위로, 빠르게 칩이 지날 때 낚아채야 하는 타이밍을 놓치는 소녀 직공.

작업반장이 앳되어 보이는 여직공의 귀에 박힌 솜을 뽑고 손을 모아 귀에다 대고 소리친다.

"현주야! 벌써 퇴근 시간이다. 너 이렇게 손이 느려터져서야 어디 납기일 맞출 수 있겠냐? 오늘은 오전조 마치고 오후조에 바로 들어갈 거니까 기숙사에서 밥 먹고 잠깐 눈 붙이고 12시 점심 교대시간에 맞춰 나와라!"

현주가 마스크를 벗어, 외치듯 큰소리로 대답한다.

"넵! 반장님 고맙습니다. 오후에는 더 빠르게 작업할게요."

학창 시절부터 팔이 길어 긴팔원숭이란 별명이 붙었던 현주는 반도체 D램 접합부에서 일하는 통에 액상접착제를 만지는 손은 갈라져 있었고, 칼랑거리는 기계음 사이로 귀에 솜을 박고 내야 하는 목소리는 점점 커져만 갔다. 한창 멋부리고 싶은 사춘기 소녀인데 발가락 양말을 신는다. 통풍 안 되는 절연(絶緣)화를 신고 하루 열 시간 이상 서서 일하느라 발이 항상 땀에 절어 있어 무좀과 습진을 달고 살기 때문이다.

오늘 같은 철야 다음 날이라야 아침에 시간을 낼 수 있다. 현주는 어젯밤 기숙사에서 나올 때 버스 토큰을 챙겨왔다. 허기짐과 졸음을 참아내며 노란 작업복 차림 그대로, 공장 기숙사가 아닌 버스로 40분을 가야 하는 공단 외곽 주택가에 있는 경찰서로 곧장 출발한다.

안경 쓴 동생 현섭이가 해지고 색이 바랜 티셔츠를 걸치고 동네 슈퍼마켓으로 들어간다. 어제 출근하는 누나가 사오라고 한 바나나우유를 얇은 검정 비닐봉지에 담아 나온다.

경찰서 앞에서 기다리는 현섭이에게 멀리서 노란 작업복 입은 현주가 긴 팔을 흔들어 보이며 다가온다. 힘든 내색을 숨기려고 억지웃음을 보이는 누나.

미성년자 현주가 소중히 보관하고 있던 자신의 유일한 신분증인 학교 다녔을 때의 학생증을 경찰서 1층 안내데스크에 맡기고 방문증을 받아 3층 형사 2팀으로 동생 손을 잡고 올라간다.

"안녕하세요. 아저씨."

"콜록, 컬럭!"

검은 봉지를 든 현섭이가 가슴 막힌 기침을 한다.

"어, 현주 왔구나. 동생은 방학이고?"

당직 근무로 피곤해 보이는, 밤새 자란 수염으로 덥수룩해진 초췌한 형사가 남매를 맞는다.

"예, 현섭이는 다음 주까지 방학이에요."

"이 아침부터 또 왔네. 얘들아, 밥은 먹었냐?"

방금 화장실에서 이빨을 닦았는지, 칫솔 든 컵을 들고 사무실에 들어선 고참 형사가 말을 건다. 현섭이가 고개를 절레절레 흔든다.

"콜록, 콜럭!"

불룩한 알이 버거워 보이는 안경이 기침하는 현섭이 작은 코 위에서 가까스로 버틴다.

누나가 머뭇거리다 동생 손에 쥔 봉지에서 바나나우유를 꺼내 덥수룩 형사에게 내놓는다.

"현주야, 넌 왜 올 때마다 바나나우유를 사오니?"

형사 아저씨의 물음에 아랑곳 않고 현주가 묻고 싶은 걸 묻는다.

"……아저씨, 저희 엄마, 아빠 죽인 놈은 찾았나요?"

"음…… 현주야, 그게……."

고아 남매는 수시로 경찰서에 찾아가 엄마와 아빠를 죽인 놈을 찾아냈는지 물어보았고, 경찰은 어린 남매를 매번마다 대응할 수 없는 노릇이었다.

초등학생 현섭이가 유치원 원장님인 이모한테 경찰보다 힘센 게 누구냐고 물었다. 이모는 TV에서 본 대로 경찰보다 검사가 높다고 했다.

"누나, 나 커서 검사 될래. 그래서 우리 엄마, 아빠 죽인 놈 찾아내서 똑같이 죽여 줄 거야. 반드시!"

고등학교 1학년 때, 전봇대에 붙은 「여공 구함」 전단지를 본 현주는 학교를 그만두고, 시끄러운 반도체 접합공장에서 여공 일을 시작했다. 체력만 허락된다면 철야근무가 무제한으로 있어 연장근무수당이 기본급보다 많은 달도 있는 데다, 철야하는 날에는 기숙사에서 무료로 숙식이 해결되기 때문에 곧 있을 계획을 위한 돈을 모을 수 있을 것 같아서다.

현주의 실낱같은 꿈을 이루기 위한 처절한 계획.

'동생을 검사로 만드는 일!'

현섭이가 학교를 졸업하기 전부터 시작된 고시 뒷바라지 준비가 현주 인생의 전부가 된다. 철야작업으로 빠짝 말라 가는 몸에, 어린 나이에도 불구하고 류머티즘 관절염을 앓아 전신에 신신파스를 붙이고 살지만 정작 고통은 딴 데 있다. 밤마다 각혈을 해대며 복수를 위해 공부하고 있을 불쌍한 동생. 현주는 열네 명씩 한 방에서 생활하는 공장 기숙사 2층 침대에서 이불을 덮어쓰고 가슴을 치며 소리 없는 통곡을 할 뿐이다.

가슴 찢어지는 통곡의 나날.

#31 현섭(賢攝, 현명하게 다스림)

고양시 사법연수원 본관동 5층 형사법도서관 '사법시험 3차 면접장'.

면접관들이 한 시간 넘는 집단면접 막바지에 다섯 명의 면접자들에게 대한민국 '검사선서'를 알고 있느냐고 묻는다.

머뭇거리는 면접자들.

끝에 앉은 이현섭이 의자에서 일어나 손바닥을 편 오른손을 든다.

"선! 서!

나는 이 순간 국가와 국민의 부름을 받고 영광스러운 대한민국 검사의 직에 나섭니다.

공의의 대표자로서 정의와 인권을 바로 세우고,

범죄로부터 내 이웃과 공동체를 지키라는 막중한 사명을 부여받은 것입니다.

나는 불의의 어둠을 걷어내는 용기 있는 검사,

힘없고 소외된 사람들을 돌보는 따뜻한 검사,

오로지 진실만을 따라가는 공평한 검사,

스스로에게 더 엄격한 바른 검사로서,

처음부터 끝까지 혼신의 힘을 다해 국민을 섬기고 국가에 봉사할 것을 나의 명예를 걸고 굳게 다짐합니다!"

이현섭이 흡족해하는 면접관들의 얼굴을 정면으로 쳐다보고, 나오려는 기침을 참으며 다시 한번 강력하게 소구(訴求)한다.

"저는 대한민국 검사로서 사명감과 소명의식으로, 매일의 하루를 열심히 견뎌가는 약자들에게 대한민국이 지켜낼 인간 존엄의 가치를 수호하는 검사가 되겠습니다. 이상입니다!"

차마……
반드시 찾아서 죽일 새끼가 있다는 말은 하지 않고.

1000명 중, 차석으로 합격한다.

대과거_2

#32 교만(憍慢, 건방짐)

'뿌우~ 뿌~우.'

경찰차가 뒤에서 간헐적으로 사이렌을 울린다.

"2328, 2328 그랜저! 우측에 붙이세요. 2328 그랜저, 우측으로 붙여요!"

"이런 제기랄, 어디 짱 박혔다 나온 거야? 재수 없게!"

우측 차도에 비상등을 켜고 멈춰선 검정색 신형 각(角)그랜저 앞으로 경찰차가 정차한다. 사이렌이 그친다. 경찰이 운전석으로 다가가 가볍게 경례를 붙인다. 담배를 삐딱하게 문 가죽잠바 덩치가 귀찮다는 표정으로 차창을 내리고 차 문에 터질 듯한 두꺼운 팔뚝을 '툭.' 하니 걸쳐 올린다.

"선생님, 차선 변경 위반하셨습니다. 운전면허증 주세요."

가죽잠바가 담배연기를 경찰 얼굴에 대고 뻐끔거리며 말한다.

"이봐, 경찰 나으리. 무슨 위반이야, 위반은? 그냥 차선 변경이지."

경찰을 쏘아붙인다.

"실선에서 차선 변경하시면 안 됩니다. 면허증 주십시오."

"실선이었어? 몰랐는데."

깐죽.

"면허증 주세요."

"그런 거 요즘 누가 들고 다녀?"

"차량등록증 있나요?"

"없어요, 없어. 경찰 나으리~."

비아냥.

"주민등록번호 불러주세요."

"뭐였더라, 그게…… 요새 치매 오려나? 깜빡깜빡하네."

"이러시면 공무집행방해죄 적용됩니다. 민증번호 대세요."

더 깐죽대봤자 좋을 게 없을 거 같다.

"빡빡하긴, 520325-113……."

조회기에 쳐본다.

"권교만?"

"그렇소. 근데 왜 말이 짧아져?"

경찰 눈빛이 바뀐다. 오른쪽 어깨에 걸린 무전기 스위치를 누르려 한다.

권교만은 이런 시추에이션을 잘 알고 있다.

'부우~~웅.'

순간적으로 시동 걸린 그랜저가 급후진을 한다.

'죽기 아니면 까무러치기다.'

뒤에서 달려오는 차와 부딪히기 일보 직전.

'끼이~~익.'

그랜저를 1차선으로 몰아붙여 유턴을 해 중앙선을 넘는다. 반대 차선에서 달려오던 차가 무법 그랜저를 아슬아슬하게 피한다.

경찰이 무전기에 대고 외친다.

"용의차량 도주, 용의차량 도주. 명동대로 남쪽 방향, 검정색 그랜저, 2328, 2328. 반복한다. 용의차량 도주, 용의차량……!!"

권교만이 액셀 페달을 차 바닥이 뚫려라 밟아 전속력으로 내달린다.

경찰차가 사이렌의 데시벨을 최대한 올려 추격해 보지만, 이미 멀어져 있는 차간 거리에 사이렌 소리가 공허하다. 그랜저가 교차로를 쏜살같이 지나자 신호가 빨갛게 바뀐다. 경찰차를 따돌린다.

무법차는 대한민국의 모든 교통법규를 무시하고 쏘아 달려, 남산 1호 터널을 지나 한강을 건너 강남에 진입해 뒷골목들이 빼곡한 논현동을 헤쳐나간다.

권교만이 청담동 호텔 사우나 회원전용 라운지로 '해태'를 만나러 간다.

#33 밀항

바닥에 가운이 끌릴 정도로 작달막한 해태가 라운지에 들어선다.

"어, 동상. 먼 일이여? 급하다는 것이?"

"형님, 저 수배 때려진 거 같은데요."

"무시여? 집유(집행유예) 중이라 한동안 잠잠히 별일 없었잖은가?"

"예, 그런데 아까 신호위반 걸렸는데, 경찰이 무전을 때리더라고요."

"그려? 그럼 빡세게 되는디. 가중처벌 받잖여?"

크고 푹신한 소파에 몸을 묻은 해태가 메뉴판을 들어 주문을 한다.

호텔 여직원이 수박주스를 내려놓는다. 권교만이 순간적으로 여직원의 가슴과 엉덩이 라인을 눈으로 훑는다.

방금 사우나를 마쳐 발그스레한 볼의 해태가 수박주스를 단숨에 들이켜고, 벽돌 같은 핸드폰을 들어 어딘가 전화를 건다.

"동상, 잘 지내는가?"

의례적인 안부가 오가고,

"우리 식구가 수배 떨어진 거 같은디 한번 알아봐줄 수 있겠는가?"

해태가 권교만에게 민증번호를 적으라며 테이블에 놓인 볼펜과 메모지를 들이민다.

권교만이 후암실업 건으로 기소중지자가 되어 지명수배 내려진 걸 알게 된다.

교통경찰에게 적발되고 얼마 안 지나 권교만의 도피설이 신문에 실린다. 그나마 대포폰을 쓰고 조금이라도 돈이 모이면 전국의 투견 도박장을 기웃거리다가, 돈이 떨어지면 이곳저곳 떠돌며 반달(반쪽만 건달) 생활로 연명하던 권교만은, 주민등록상의 주소지와 소재지가 불분명해 체포를 피할 수 있었던 것이다.

해태가 잠잠해질 때까지 외국에 나가 있으라며 권교만에게 도피자금을 마련해준다.

부산역 앞 초량시장 먹자골목 순댓국집. 양철통 안에 방금 삶아낸 돼지머리에서 김이 모락모락 피어난다. 이 건물 3층, 창문 한 장 한 장에 한 글자씩 「선」, 「원」, 「모」, 「집」이라고 적혀 있다.

각그랜저가 좁은 시장 골목에 들어선다. 차에서 내린 권교만이 순댓국집 옆으로 난 좁은 계단을 두 계단씩 오른다.

'키이익.'

뻑뻑한 미닫이 샤시문이 열린다. 책상 두 개와 가운데 4인용 소파, 자욱한 담배 연기.

"우째 오셨소? 가죽잠바 걸친 허우대로 원양어선 타러 온 건 아닐 끼고."

담배를 물고 소파 테이블에 불량스럽게 양다리를 올리고 있는 남자가 묻는다.

"명동 해태 형님 소개로 왔소."

테이블 위의 발이 내려간다.

"아! 고객님이시네. 전화는 받았소. 앉으이소."

권교만이 앉자, 옆 책상에 앉아 있던 날렵해 보이는 짧은 곱슬머리 남자도 소파에 앉는다.

　"부산 출신이시라고……."

　"그만 씹딱거리고 본론만 말합시다. 동남아 어디든 가야 하는데 얼마에 어떻게 하면 되오? 최대한 빨리 떠나야 해서."

　"급하시긴, 뭔 큰 죄를 지으신 모양이네……, 좋소. 다음 주 목요일 정오 출발 시모노세키 경유해 베트남 가는 배가 있는데 그걸 타이소. 여비는 500이고, 베트남에서의 서류는 별도 비용……."

　권교만이 안주머니에서 만원짜리 다발을 꺼내 테이블에 놓는다.

　"200이요. 배 타는 날 300 더 가져오리다. 베트남 서류는 일단 됐고."

　"좋을 대로 하이소. 나 혼자 광주 갔다 동네 양아치들한테 식겁했을 때 제대로 신세졌던 해태 형님 소갠데 뭘. 출발 날 새벽 3시까지는 컨테이너에 올라야 하니까 2시까지 4부두 하역장으로 오이소."

　권교만이 일어난다.

　"어! 그리고, 형씨. 베트남 가는 길이 빡세니 육체도, 정신도 각오 단디 하고 와야 합니데이. 유람선 타고 놀러가는 거 아니니까."

'끼~긱 탁!'

권교만이 뒤도 안 돌아보고 샤시문을 닫고 계단을 내려간다.

곧바로 국제시장으로 가, 타고 온 각그랜저를 처분하고 전대와 배낭을 구입한다. 이날부터 부산역 뒤편 부두길에 있는 허름한 여인숙을 잡고 밀항 날을 기다린다.

약속한 목요일 새벽, 4부두 컨테이너 하역장. 배낭을 짊어지고 허리에 전대를 찬 권교만이 순댓국집 3층 사무실에서 본 곱슬머리에게 잔금 다발 뭉치를 건넨다.

"따라오이소."

곱슬머리가 시커먼 컨테이너가 쌓여 있는 하역장 사이사이를 가로질러, 부두 바로 옆에 있는 컨테이너에 쇠사슬이 몇 번이나 감긴 굵직한 자물쇠를 풀어 문을 연다. 컨테이너 안에서 미리 와 있던 일본과 동남아로 밀항하려는 하얀 눈동자들이 권교만을 쳐다본다.

"이거 마시면서 가면 되고, 여기에 똥오줌 받으이소."

곱슬머리가 1.5L짜리 물통 3개와, 두루마리 휴지가 든 엉덩이 크기의 둥근 덮개가 싸인 파란색 플라스틱 통을 권교만에게 떠안겨준다.

권교만이 허리에 찬, 비닐에 싼 여권과 달러 뭉치, 신문조각 든 빵빵한 전대를 앞으로 돌려매고 열댓 명의 남녀가 쪼그리고 앉아있는 컨테이너 안에 자리를 잡자 곱슬머리가 문을 닫으며 말한다.

"시모노세키까지는 술집에 일하러 가는 여기 예쁜 아가씨들하고 담소라도 나누면서 가이소. 일본 지나 동남아부터는 형씨처럼 살벌한 남정네들만 실려있을 테니."

'털컥!'
'덜크덩!!'
밀항자들을 실은 컨테이너가 배에 실린다.

배가 몇 번을 멈췄다 움직였다를 반복한다.

낮의 철제 컨테이너 안의 살인적인 열기도 열기지만, 흔들거리는 배의 울렁거림이 배 가장 밑바닥에서부터 그대로 전달돼 밀항자들이 연신 구토와 배설을 해댄다. 배급받은 파란색 오물통은 내용물이 차고 넘쳐 무용지물이 된 지 오래다.

얼마나 갔을까. 문이 열리고 일본 밀항 아가씨들이 내린다. 오물통이 교체되고, 물이 다시 지급된다. 물통 6개, 오물통은 2개. 이번엔 모두 두 배다.

다시 가고 멈추기를 수십 번 반복한다.

얼마나 갔을까.

'털컹!'

컨테이너 문이 열린다. 똥오줌 아수라장에서 살려고 튀어나온 질식 직전의 사람들이 강렬한 태양빛에 눈이 부셔 손으로 얼굴을 가린다.

'우웩!!'

'꽤엑!!!'

오물로 범벅이 된 너덜너덜한 사람들이 갑판에 널브러져 여기저기에 토를 해대기 시작한다. 작은 키에 새까맣게 탄 얼굴의 선원들이 소방용 고무호스로 걸레가 된 사람들에게 물을 뿌린다. 권교만이 물 뿌리는 선원에게 눈을 부라리며 우악스럽게 호스를 뺏어 혼자 독차지한다. 갑판 중앙의 높은 단상에 서서 파이프 담배를 피우는 땅딸한 구레나룻 수염의 사내가 그런 권교만을 본다.

밀항자들이 탄 대형 선박은 360도 어디를 봐도 바다만 보이는 망망대해에 홀로 떠 있다.

단상 위의 파이프를 문 구레나룻 사내가 갑판의 엉망진창 밀항자들에게 외친다.

"여러분, 고생들 많으셨습니다. 이제야 여섯 번의 순찰선 검문을 마치고 1차 안전지대로 나왔습니다. 여기 음식들 있으니 요기들 하세요. 너무 급하게 먹지는 마십시오. 컨테이너에 다시 들어가면 더 탈 나니까."

선원들이 큼직한 주먹밥 비슷한 것과 비닐로 된 우비를 한 개씩 나눠준다. 권교만이 배식을 하는 선원에게서 주먹밥 세 개를 더 뺏는다. 파이프 구레나룻 눈에 권교만이 또 들어온다.

"앞으로 도대체 얼마나 더 가면 상륙하는 거요?"

밀항자 중 누군가가 물었다.

"이대로 환적(換積)해 가야 할 해로를 따라가면 12일 정도 남았습니다. 그래도 다행인 건 오늘 밤부터 순찰선이 없을 때는 저기 뒷갑판에서 먹고 잘 수 있습니다. 나눠준 우비를 덮고 자세요. 밤엔 춥습니다. 하루에 한 번 이상은 순찰선을 마주칠 테니 그때는 재빨리 지시에 따라 컨테이너에 들어가야 합니다."

"이런 미친."

권교만이 혼잣말을 내뱉는다.

밤에는 춥고 낮엔 더웠다. 컨테이너 안의 하얀 눈동자들은 대부분이 실신한 상태로 죽었는지 살았는지 모르게 하루 종일 퍼질러 있었고, 순찰선을 만나면 몇 시간이고 쥐 죽은 듯 고요해야 했다. 파도에 부딪힐 때마다 심하게 흔들리는 춥고 뜨거운 컨테이너 안에서 똥, 오줌, 구토를 보고 맡고 몸으로 뭉갰지만, 물이 귀한 배에서 씻을 수조차도 없다. 급기야 피부병이 돈 허연 눈동자 몇은 보일러실 옆 '지옥굴'이라 불리는, 너무 뜨거워 습기가 전혀 없어 균이 생기지 않는 챔버에 격리되었다.

#34 뱃사람의 법

"마! 도! 로! 스!"

"마! 도! 로! 스!"

노을이 지고 바다의 소금기로 눅눅한 저녁. 앞갑판에서 아우성이 들린다. 2, 30명쯤 되는 선원들이 마도로스를 외치고 있다.

순찰선이 없는 늦은 시간, 지는 노을 햇살이라도 맞으려 뒷갑판에 나와 있던 밀항자들이 소리에 끌려 앞갑판으로 가본다. 컨테이너를 처음 나왔을 때 일장 연설을 하던 구레나룻이 파이프 담배를 입에 문 채로 키 작은 선원과 드럼통 위에서 팔씨름을 하고 있다. 권교만이 가까이 다가간다.

"와! 와! 와!"

두 남자 사이에 심판을 보는 선원이 털이 숭숭 난 둘의 맞잡은 손을 두 손으로 움켜쥐고 잡아 흔들어본다.

"자아, 시~작!"

'쾅!'

바로 끝났다. 구레나룻이 이겼다.

함성이 다시 쏟아져 나왔다.

"마! 도! 로! 스!", "마! 도! 로! 스!"

구레나룻을 상대로 다음 선수들이 나왔지만 역시 상대가 안 된다. 승리자가 주먹 불끈 쥔 두 손을 하늘을 향해 높이 치켜들고 환호를 만끽한다. 권교만이 지켜본 것만 세 명째. 구레나룻이 세 명의 선원을 연달아 이겼다.

권교만이 드럼통 바로 옆까지 가 갑판에 침을 뱉으며 큰 소리로 말한다.

"케엑, 퉷! 미친놈들, 별거 아닌 거 갖고 난리치기는. 쳇!"

승리의 팔을 치켜든 구레나룻과 히죽거리는 권교만의 눈이 강렬하게 맞부딪힌다.

권교만의 기분 나쁜 눈빛.

마도로스라 불리는 구레나룻 승리자가 권교만에게 말을 건다.

"어이!! 형씨. 팔뚝이 꽤 쓸 만한데, 어디 나랑 한번 겨룰 자신이나 있소?"

권교만이 승리자의 말을 무시하고 뒷갑판으로 걸어간다.

마도로스가 권교만의 등에 대고 소리친다.

"이봐! 이 배 선장이 얘기하는데 못 듣는 척하는 거요?"

'선장?'

마도로스 구레나룻은 이 배의 선장이었다. 사방이 시퍼런 바다 위에서 인간이 발을 디딜 수 있는 유일한 판때기인 대형 국적선의 선장, 무소불위(無所不爲).

권교만이 마도로스 선장에게 다가간다.

"난 내기 아니면 팔씨름 같은 거 안 하오."

선장이 바로 되받아친다.

"그럼. 나야 뭐, 이 배의 모든 게 다 내 거라서 걸 게 많지만, 밀항자인 당신이 내기에 걸 만한 게 있기나 하오?"

'텅!'

권교만이 배에 채워져 있는 전대를 풀어 드럼통 위에 던졌다.

"달러로 2만 불이요. 어찌 되겠소?"

"와! 와!!"

선원들이 탄성을 쏟아낸다. 흡족해하는 마도로스가 큰소리로 묻는다.

"당신이 원하는 거는 뭐요?"

'떡밥을 물었다!'

"당신 방! 선장인 당신 방에 있는 모든 것!"

그랬다. 앞으로 10일은 더 가야 하는데 밀항자 신세로의 배 생활이 권교만은 견디기 싫었다. 대형 국적선 선장의 방에는 개인 샤워실도, 냉장고도, 위스키도 있다.

"좋소. 그럽시다. 내가 이기면 2만 불을 우리 선원들과 나눠 갖겠소. 만약 둘 중 하나가 딴소리하면 바다에서는 바다의 법, 뱃사람들의 법도를 따르는 걸로 합시다."

'뱃사람의 법'.

배에서 쿠데타를 일으키거나 거짓말로 변절한 자, 이유 없이 살인한 자는 바닷속에 빠뜨려 죽이는 뱃사람의 법.

심판이 전대 속 달러를 확인하고는 자신의 목에 둘러맨다.

드럼통 위에 보통 사람 넓적다리만 한, 두 남자의 팔이 올려진다.

단판 승부인 배 위에서의 팔씨름.

손 샅바싸움이 길어진다. 권교만이 몇 번이나 잡았던 손을 털며, 잡고 놓기를 반복한다.

잡았다가 놓고……, 잡았다 놓고…….

열 번째.

"우~~ 우~~~."

선원들이 야유를 보낸다.

그러고도 한참 후에야 두 팔뚝이 자리를 잡고, 어렵사리 잡힌 두 손을 심판이 양손으로 잡아 살짝 흔들어본다.

준비를 알리고,

"시~~~~~작!!!"

'꽝!!!'

결과는 의외로 간단했다.

권교만은 세 번의 경기를 지켜보며 이미 선장의 기술을 간파하고 있었고, 어느 정도 팔힘 풀린 상대를 충분히 이길 수 있다고 확신했다. 그나마 남아 있던 선장의 경직된 근육 힘을 최대한도로 소진시켜 버리기 위해 자신의 손에는 힘을 주지 않고 손 샅바싸움만 질질 끄는 전략. 거기에 전국구 장돌뱅이 팔씨름꾼 권교만의 기술은 힘 빠진 선장의 손목을 단번에 꺾어 드럼통 모서리가 찌그러질 정도로 처참히 내리꽂아 버리기에 충분했다.

그날 밤부터 선장은 갑판원들 숙소에서 생활하게 되고, 선장의 방과 그 안의 것은 모두 권교만의 차지가 된다.

그날 이후 선원들과 밀항자들은 권교만의 이름에 선장을 부르던 '마도로스'를 붙여 '마도로스 권'이라고 불렀다. 졸지에 마도로스가 된 권교만은 선장의 방에서 호화로운 밀항자 생활을 즐길 수 있었다. 냉장고에는 얼음과 시원한 물이 구비되어 있고, 각종 통조림과 레토르트 식품이 넘쳐났다. 매일 두 번씩 샤워를 하고 위스키를 원 없이 마셔댔다. 그리고……, 진짜 마도로스처럼 구레나룻 수염을 기르기 시작한다.

종착지인 베트남 하이퐁.

선박이 부두에 접안하자 하역 통로로 지게차가 미끄러지듯 들어온다. 덥수룩한 구레나룻 수염의 권교만이 긴 연기를 뿜어내는 파이프 담배를 입에 물고 손짓을 해대며 외친다.

"오라이~ 오라잇!"

구석에 나무 팔레트 위에 꼼꼼히 랩핑되어 쌓여 있는 물품들을 가리킨다.

"에브리씽 미? 마이? 에브리씽 다 내 거, 여기 있는 게 다

내 거라고!"

지게가 짐들을 말끔히 담아 올린다.

선장 방에 있던, 체스 말 밑에 꼬다리가 달려 흔들리는 배에서도 체스를 둘 수 있는 선박용 체스판이 붙어 있는 나침반 달린 탁자와, 선장이 해군 장교로 복무했을 때 입었던 코트 등을 전리품으로 챙겨 보세창고 귀퉁이에 10달러를 내고 맡긴다.

배에 찬 전대와 자신의 유일한 역사인 팔씨름 우승패 든 배낭은 배 탈 때 그대로다.

권교만은 출입국 브로커 사무실이 있는 하노이로 가 대금을 치르고 위조된 도장을 여권에 날인하고 체류 허가서류를 받는다.

#35 여수댁

"요번 계약 잘한 거야, 동생. 외국계 보험사라 안전한 데다 요즘같이 해외로 나가는 시대에 세계 어디를 가도 연계되는 상품이거든. 우리 같은 서민은 곧 죽어도 보험이 다야. 나도 우리 애들 때문에 이런저런 보험 다 들어둬서, 근근이 맞춰 가면서도 마음은 편하게 살고 있잖아."

전라남도 여수에서도 문화 혜택과는 거리가 먼 시골 가난한 집 무남독녀로, 교통사고로 부모님을 여의었을 때 그녀를 살린 건 어머니가 옆집 아주머니 부탁으로 마지못해 들었던 생명보험이었다. 고아인 자신을 지켜준 보험제도를 맹신하는 그녀. 돈도 벌고, 어릴 적 자기처럼 남들도 불의의 사고에서 지켜줄 보험을 업(業)으로 하기 시작해, 숙맥에 혈혈단신으로 힘든 하루하루의 척박한 삶 속에서도 서울과 지방을 오가며 꿋꿋이 보험모집인 일을 한다.

작고 하얀 얼굴에 가냘픈 외모로 씩씩하게 사는 그녀를 흠모한 보험영업소 소장 안철호와 결혼한다. 안철호도 호남 출신으로, 어릴 적 신문배달로 시작해, 나이 들어 지역 보험영업소 소장에 오르기까지 성실히 일해온 노총각이었다.

둘 사이에 첫애가 생기고, 모아두었던 돈으로 대구에 내려가 신발 접착 하청업을 시작한다. 사업 초창기 회사에 운전자금이 돌지 않았을 때 아내가 자신의 보험 고객들에게 돈을 빌려와 부도 위기에 놓인 힘든 시기를 견뎌낼 수 있었다. 결혼하고서도 올곧이 보험일을 하는, 여린 외모에 한없이 착하고 조금은 미련할 정도로 순진한 아내를 고객들은 신뢰했다.

작게 시작한 사업이었지만 스포츠용품 메이커의 하청이 들어오면서 호조를 띠게 된다. 하지만 오더는 라인을 풀로 가동하고도 모자랄 정도로 넘쳐나는데, 계약과 달리 납품 때마다 대금을 깎고 지불 일자를 미루는 원청업체의 횡포가 날로 심해져갔다. 이런 사정을 한국에 잠깐 들어온 동남아에서 리조트 개발사업을 한다는 불알친구와 막걸리를 마시다가 토로하게 되고, 친구의 권유로 안철호는 인건비 싼 동남아로 이전을 고민한다.

"야, 철호야. 왜 힘들게 한국에서 생고생하냐? 나이키고 삼성이고 다 공장이 다국적인 마당에. 베트남은 내 나와바리야. 다 요이땅 해둘 테니까, 기존에 제조 관련해서 환경 라이선스부터 노동까지 레퍼런스 있는 공장을 싼 이자에 부채 안고 인수해서 2, 3년만 고생하면 된다니까 그래. 그럼, 바로 답 나오는 거지!"

안철호는 친구의 말을 믿고 하노이에 공장을 이전하기로 결심한다.

그동안 들었던 보험을 포함한 전재산을 싸그리 정리해 사랑하는 딸과 아내가 머물 아파트와 공장부지, 기계장비 매입 자금을 불알친구에게 쏘아주고는, 벅찬 희망을 안고 베트남으로 출발을 준비한다.

딸애 손을 잡은 안철호가 명동 롯데백화점 본점에서 임신해 배가 불룩한 아내에게 샤넬 매장 쇼윈도의 마네킹이 쓴 레이스 달린 챙 넓은 하얀 모자를 가리킨다.

"여보, 저 모자 어때? 베트남은 흐린 날에도 햇살이 은근히 세다더라고."

"명품이라 엄청 비쌀 텐데요……."

"당신 같은 미인을 아내로 뒀는데, 이 정도는 내가 더 노력해 벌면 되지 뭐. 들어가서 써보자고."

딸애가 매장에 안 들어가려고 한다. 안철호가 무릎을 굽히고 딸에게 눈을 맞춘다.

"우리 공주님, 엄마 이쁜 모자 한 번 써보고, 요 앞에 「개화」라는 유명한 중국집에서 엄마 배 속 동생이랑 넷이서 유니짜장에 탕수육 먹을까요?"

좋아라하는 딸애 손을 잡고 매장에 들어가 아내에게 쇼윈
도의 모자를 씌워보고는 상당히 만족해한다.

아내를 위해 남편은 태어나 처음으로 거금을 주고 명품을
구입했다.

#36 불알친구

안철호가 친구에게 전화를 수도 없이 해대고 있다.

"The number you have reached is no longer in service."

다시 또 해본다.

"The number you have reached is no longer……."

안철호 가족이 베트남에 도착해 공항에서 기다린 지 6시
간째, 밤이 될 때까지 꼬박 한나절을 안철호의 불알친구만
을 기다리고 있다. 보채는 어린 딸과 샤넬 모자를 쓴 임신한
아내가 힘들어한다.

안철호 가족은 공항에서 밤을 새운다.

불알친구가 안철호가 평생 모아둔 돈을 고스란히 가지고 사라졌다.

아내와 딸 볼 면목이 없는 안철호는 비상금으로 가져온 달러를 환전해 친구를 찾아다닌다.

돈이 다 떨어진 안철호는 한국의 지인들에게 돈을 빌려 송금받아, 코리아타운을 이 잡듯이 뒤져가며 수소문해 보지만, 한몫 제대로 챙긴 불알친구는 베트남에서 흔적도 없이 종적을 감춰버린다.

안철호는 술에 의존한다. 베트남의 칠흑 같은 밤거리를 술에 취해 비틀대며 하염없이 걸어 다닌다.

몇 번이나 술 취해 길거리에 쓰러져 경찰에 인계되어 소지하던 여권으로 신고된 안철호는 알코올중독자로 분류된다.

경찰은 안철호에게 재외동포재단이 운영하는 중독재활 치료센터를 소개한다. 안철호는 센터에서 자신처럼 사업상 베트남에 들어와 향수병에 술을 마시다가, 너무 많이, 너무 자주 마시다가 같은 치료그룹에 들어온 서울 여자를 알

게 된다. 서울 강남의 대치동에서 재첩국집을 크게 한다
는 여자는, "안 사장님, 안 사장님~." 하면서 '대화 치료(talk
therapy)'란 명분으로 안철호의 허벅지 위에 두 손을 가지런
히 포개고는 조곤조곤 동병상련의 인연을 이어갔다.

"호호, 안 사장님. 우리처럼 술에 찌든 사람은 알코올에
의존하는데, 대마초는 술, 담배보다도 중독성이 없다니까
요. 대마초가 결코 나쁜 게 아니에요. 오죽하면 캐나다 같은
선진국은 대마초가 합법이겠어요? 걔네들이 바보도 아니
고…… 호호홋."

의지가 약해진 안철호는 친절하고 매너 있는 마녀의 주접
떠는 유혹에 영혼이 팔려 한국보다 쉽게, 너무나도 손쉽게
구할 수 있는 대마초를 사서 피운다.
피워대는 횟수가 점점 늘더니 얼마 지나지 않아 당장이라
도 지구의 종말이 올 듯 마구 피워댔다.

안철호는 대마초에 취해 거리를 헤매고 다니다, 사람보다
오토바이와 차가 우선인 하노이 찻길에서 교통사고를 당한
다. 그러고도 중증의 사고 통증을 마녀가 제공해주는 마약

으로 잠깐잠깐 잊어가면서 남아 있던 돈마저 탕진해 버리고 만다. 사랑하는 아내와 딸에 대한 죄책감으로 집으로 돌아갈 수 없었고, 결국엔 가족과 연락을 끊고 영원히 빠져나오지 못할 약쟁이들이 모여 사는 부랑자 지역에서 참담한 생을 마감하면서 가족들에게서 영원히 사라진다.

#37 회장님(1992년 한국과 베트남 국교 수립)

'어쨌거나 여기서 아이들과 터전을 잡아야 한다.'

가족의 모든 걸 걸고 온 타국에서 전재산을 사기당해 한국에 돌아갈 집도 없이, 교통사고로 장애를 가진 남편의 생사조차 모른 채 안철호의 아내는 혼자 둘째 딸을 출산한다. 행방불명된 남편을 마냥 기다려야만 하는 여수댁. 산후조리할 새도 없이 남편이 돌아올 때까지 두 딸과의 생계를 위해 궁여지책으로 친척들이 십시일반 모아 보내준 돈으로 하노이 뒷골목에 조그맣게 자신의 고향 이름을 딴「여수댁」이란 작은 한국 식당을 차린다.

한국 음식을 먹는 베트남 사람도, 한국 사람도 없는 불모지에 생뚱맞은 가게였다. 우연히 지나가는 한국 관광객 한두 명이 들어와 백반을 시키거나 호기심 많은 현지인 혼자 들어와 간단히 먹고 가는 것 외에는 한 달에 손님 있는 날보다 없는 날이 더 많았다. 힘든 상황이지만 딸들을 보통의 아이들처럼 현지 교육기관에 보내고, 영어 이름으로 부르며 베트남에 적응시키려고 부단히 노력한다.

「여수댁」으로 진회색 수트를 단정하게 차려입은 금테 안경을 쓴 짧은 백발의 노신사가 들어선다. 노타이에 편해 보이는 굽 낮은 부드러운 검정 로퍼를 세련되게 신었다. 더운 나라에서 수트를 입고 있다는 것만으로도 범상한 사람은 아니다.

"어서 오세요."

노신사가 자리에 앉아 벽에 붙은 메뉴판을 쓰윽 훑는다. 여수댁이 냉장고에서 물과 컵을 꺼내 손님 테이블에 놓는다.

"사장님, 여기 된장찌개 하나 주세요."

부드러우면서도 정확한 발음에 힘이 들어간 목소리.

"네, 알겠습니다. 금방 밑반찬 내올게요."

여수댁이 양철 쟁반에 반찬을 담아 나온다. 구운 김에 뱅어포 조림과 콩자반, 고춧가루 묻힌 단무지. 단출하지만 정성스럽게 준비된 음식들이다.

노신사가 반찬들을 찬찬히 들여다본다. 젓가락으로 단무지를 집어 맛을 본다. 시큼하고 담박하다.

"사장님, 고춧가루에 버무린 단무지는 처음이에요."

"예, 저희 고향에서 해 먹는 절임이에요."

밥과 된장찌개, 계란프라이가 나온다. 노신사가 숟가락을 된장찌개에 가져가 국물을 음미한다. 정갈하다.

'만족.'

만들어준 정성만큼 맛깔나게 먹는다.

"저기, 사장님, 여기 소주 하나 주세요. 이거 뭐 너무 맛있어서 반주 안 하면 안 될 거 같네요. 허허."

"예, 감사합니다……. 죄송한데 오픈한 지 얼마 안 돼서 아직 소주잔이 없어서요."

"허허, 원래 나같이 건설하는 노가다는 물컵 사이즈가 소주 마시기 좋아요. 여기 딱 맞는 잔이 있네."

테이블 위에 놓인 컵에 담겨있던 물을 단번에 들이켜 빈잔을 들어 보인다.

「여수댁」 문이 열리고 칼날같이 선 양복 왼쪽 가슴에 반짝이는 니켈 배지를 단 여섯 명의 노련해 보이는 40대와 50대 신사들이 섞여 들어온다.

문 앞에 도열(堵列)해 노신사에게 깍듯이 인사를 올린다.

무리 중 7 대 3으로 정갈하게 가르마를 탄 50대 남성이 노신사가 식사하는 테이블로 조심스레 다가간다.

"회장님, 비행은 피곤하지 않으셨는지요. 비서실에서 하노이에 오신다는 연락을 뒤늦게 받아 이제 왔습니다. 죄송합니다."

"비서실도 내가 여기 와 있는 거 몰랐을 거네. 책 하나 쓰는 게 있어서 조용히 혼자 온 걸세. 자, 자리들 하지."

남자들이 서열대로 일사분란하게 두 테이블에 나누어 앉는다. 여수댁이 물과 컵을 내준다.

"박 법인장, 여기 다 맛있을 거 같아. 한 종류씩 다른 것들로 먹어봐들. 난 된장찌개 먹었는데, 에이플러스 합격이네."

여섯 명의 남자가 메뉴판을 올려본다. 각기 다른 음식을 시킨다. 낙지덮밥, 김치찌개, 제육볶음, 콩나물국밥, 잡채밥, 김치볶음밥. 여수댁 창업 이래 최고로 바쁜 날이다.

노신사가 물컵을 들고 법인장이라고 하는 남성이 앉은 테이블로 가면서 주방에 말한다.

"사장님, 바쁘신데 저희가 알아서 여기 테이블당 소주 세 병씩 가져갈게요."

주방에서 여수댁이 고개를 끄덕이며 미소 지어 보인다. 이 사인이 끝나기가 무섭게 끝자리에 앉은 감색 스트라이프 넥타이를 맨 남자가 냉장고에서 소주병들을 꺼내 두 테이블에 세 병씩 놓아둔다.

"이봐들, 물컵에 소주 채워서 착공 기원 건배들 하자고."

여섯 개의 컵에 일사불란하게 소주가 부어지고 있다.

"회장님, 쓰고 계신다는 책이……."

잔이 채워지는 사이 박 법인장이 여쭙는다.

"별거 아냐. 맨날 내가 얘기하는 거 있잖나. 우리 회사명인 태우(太宇). 클 태, 우주 우. 세상은 우주같이 넓고 할 일은 많다. 뭐, 그런 거."

"아, 예. 전체조례 때마다 말씀하시는……."

"자, 자. 잔들 들고. 구호나 외치자고. 막내 장 부장이 선창하지 그래."

끝자리에 앉아 잔 채우느라 바빴던 스트라이프 넥타이가 일어나 잔을 들어 올린다.

"베트남 사업추진본부 저 장진우 부장이 건배사를 제의하겠습니다. 그럼, 가슴 높이에 잔들을 들어 주십시오."

모두의 가슴 높이에 잔이 들린다.

"저희 그룹 회식 구호로 하겠습니다. 선창을 하면 후창을 외쳐주시기 바랍니다. 들어가겠습니다. 자, 태우를 위해!"

"개나발!(개인과 나라의 발전을 위하여!)"

일곱 명의 남자들이 아랫배에 힘을 주고 가게가 떠나갈 듯 우렁차게 외친다.

테이블당 소주가 두 병씩 더 세팅된다. 그리고 다시 '개나발'이 재창되고…….

음식도 나오기 전인데 물컵으로 세 잔째 원샷이다.

주문한 식사가 나온다.

"난 밥 다 먹었으니 개의치 말고 식사들 하게나."

회장님의 말이 떨어지자 법인장이 먼저 수저를 들고, 다른 직원들도 식사를 시작한다.

식사를 마치신 회장님이 기다릴세라, 3분도 채 안 돼서 그릇들이 말끔히 비워졌다.

"여기 맛이 어땠나?"

"제가 시킨 낙지덮밥은 트리플에이 합격이었습니다."

회장님 앞에서 초지일관 허리를 꼿꼿이 세우고 있는 박

법인장이 대답한다.

"하하, 그지? 근데, 원래 중국집이든 돈가스집이든 무조건 통일로 한 종류만 시키는 게 매너인데, 우리 같은 진상들이 와서 일곱 명이 일곱 종류를 시켰으니 여기 사장님 혼자서 얼마나 힘드셨겠나? 대신 이번 공사하면서 우리 식구들 식사는 여기에 맡기도록 하게."

"예, 회장님. 조치하겠습니다."

국내 재계서열 3위의 태우그룹 김 회장. 그룹의 상사 계열 태우인터내셔널 건설부문이 일본 기업과 합작으로 하노이 중심부와는 조금 떨어진 이곳 부지를 대대적으로 매입해 5성급 호텔을 지으면서, 공사 기간 동안 「여수댁」은 인부들 함바(はんば, 飯場)집과 사무직원 식당으로 쓰인다. 덕분에 식당을 차리려고 한국의 친척들에게 빌린 돈을, 식대 정산이 처음 시작된 둘째 달 말일부터 갚아나갈 수 있었다.

그래도 안심할 수만은 없다.

'호텔이 오픈하기까지는 견디겠지만 다 지어지고 나면 호텔 안에 직원식당도 따로 있을 텐데……, 그때는 또 어떻게 살지…….'

완공 이후가 다시 막막하다.

말이 안 통하는 베트남에서도 아이들을 위해 보험비만은 단 한 번도 밀린 적 없는 그녀.

'보험비 내고 입에 풀칠은 해야 하는데……'

새벽과 아침, 점심, 저녁. 식사 때마다 50명에 달하는 인부들과 직원들 끼니를 챙기고 치우고, 챙기고 치우는데 파김치가 되어버리는 여수댁. 밤에도 주말에도 가게문을 열어 손님을 맞는다. 딸들과 살아남기 위해 저녁 장사 때는 술도 팔아야 했다. 술 취한 인부들끼리 싸움이라도 나면 밥값, 술값을 못 받는 일도 허다하다.

입은 다 헤지고, 쇠해져가는 기력으로 본인도 언제까지 버텨낼 수 있을지 모른다.

그래도 있는 힘, 없는 힘을 다해 식당일에 목숨을 건다.

엎친 데 덮친 격으로 하노이 경찰로부터 남편의 교통사고 사망소식을 접한다.

'타국에서 강하게 커야 하는 아이들에게 아빠가 죽었다는 걸 알리지 말자!'

#38 천둥

'드르륵.'

억수같이 비 내리는 일요일 밤. 「여수댁」 문이 열린다.

"국밥하고 소주 하나 주소."

술에 취해 심하게 비틀거리는, 배낭 멘 권교만이 문 앞 테이블 자리에 풀썩 앉는다.

"아, 예. 손님, 저희가 공사장 새벽 장사를 해야 해서, 곧 문을 닫아야 하는데……."

권교만이 눈을 무섭게 부릅뜬다.

"알았으니까. 어서 술 먼저 달라고!"

애기 업은 여수댁이 소주와 잔, 김치를 내준다.

땅바닥에 배낭을 팽개친 권교만이 전대에서 찢겨진 신문 쪼가리를 꺼내 기사 내용을 술 취한 흔들리는 눈동자로 읽는다.

> 「후암실업」
> 「부부 자살」
> 「강간, 사기, 공갈, 협박」
> 「권교만 지명수배」

"쳇!"

자기 얘기가 실려있다.

"마틸라, 동생 좀 보고 있어."

여수댁은 업고 있던 아기를 가겟방에서 TV 보던 왼쪽 눈 옆에 빨간 점 있는 여자아이에게 건네고 주방으로 간다.

권교만이 소주잔을 무시하고 놓여있는 물컵에 소주를 가득 부어 들이마신다.

"한 병 더!"

"예, 손님, 저…… 죄송한데, 이걸 마지막 병으로 해주세요. 마감해야 되서요……, 부탁드려요."

따끈한 콩나물국밥과 소주 한 병이 더 나온다. 권교만이 컵에 소주를 들이붓는다.

여수댁이 간판불을 끄고 가게 입간판을 들여놓는다.

방을 열어 아이들을 확인하고 건너편 화장실로 간다.

하이퐁항에서 하노이까지 와, 며칠을 변변한 데서 잠도 제대로 못 자고 낯선 타지를 떠도는 권교만은 말도 안 통하는 베트남에서 콩나물국밥과 소주의 뜨끈한 위로에 불순한 '딴 생각'이 든다.

'쿠쿵!'

천둥이 친다.

'쿠쿵!'

권교만이 가게 문 쪽으로 걸어간다.

'철컥.'

가게 안에서 걸어 잠근다.

'쿠우쿵!'

천둥이 연달아 친다.

'쿠쿵!', 쿠우쿵!'

권교만이 전대를 풀어 의자 위에 두고, 여수댁이 들어가
있는 화장실로 따라 들어간다.

덮친다.
반항한다.

'컬렁!!'
여인의 버둥거림에 화장실 도구통이 떨어진다.

두꺼운 팔과 큰 덩치로 여수댁을 제압한다.
여인은 아무런 소리를 낼 수 없다.
바로 앞방에 아이들,
'우리 딸들이 위험해져선 안 된다!'
여수댁은 헤진 잇몸이 눌려 피가 흥건히 젖은 이를 악물
고 소리 없이 흐느낀다.

#39 정착

　권교만이 「여수댁」 식당 의자를 다닥다닥 붙여 비좁게 자고 있다.

　"사장님, 굿모닝입니다!"

　어제 내린 비로 진흙이 잔뜩 묻은 작업화 신은 인부 네댓이 문을 열고 들어서 우렁찬 목소리로 인사한다. 그 뒤로 여섯 명 더, 그 뒤로도…… 드문드문 한글이 적힌 하이바 든 베트남 인부들이 섞여 있다.

　"오늘 국물은 뭐예요?"

　인부들이 여수댁과 동료들에게 말을 걸며 가게에 들어선다.

　구석에 의자들을 모아 그 위에서 쪽잠을 자고 있던 권교만이 화들짝 놀라 깬다. 베고 자던 전대를 재빨리 허리에 차고 바닥의 배낭을 확인한다.

　순식간에 6시까지 출근하는 새벽반 인부들이 가게를 빼곡히 메워 시끌벅적하다. 어젯밤 일어난 일에 고통을 감내할 겨를도 없이 딸들과의 생계를 위해 주방에서 눈물로 밤을 새우며 여수댁은 새벽 장사를 준비했다.

뚜껑 열린 업소용 압력밥솥에 하얀 쌀밥에서 배어 나온 하얀 김이 뭉게뭉게 피어오른다.

철제 식판을 하나씩 든 손님들이 음식이 놓인 선반 쪽으로 간다. 공사장 인부들답게 밥도 반찬도 푹푹 많이 푸고 국도 몇 번이나 퍼 나른다.

밤새 의자 침대가 불편했던지 뒷목을 만지작대는 잠 덜 깬 덩치 권교만이 눈곱 붙은 눈으로 어수선해진 가게를 멀뚱멀뚱 본다.

뽀글뽀글 끓는 구수하고 부드러운 된장국, 타닥타닥 구운 빠삭하고 쫀득한 생선 냄새가 난다. 밀항한 후로 베트남에 들어와서 처음으로 맡아 보는 냄새, 아니 향기다.

'배고프다. 갓 지은 쌀밥을 된장국에 말아 생선을 얹어 먹고 싶다.'

권교만이 식판을 집어 선반 쪽에서 슬금슬금 다가가, 따뜻한 밥을 넉넉히 푸고, 방금 구워 나온 생선 세 덩어리를 집고선 김치 한 뭉탱이를 식판에 올린다. 파가 송송 썰려 올려진 두부된장국을 국그릇에 넘칠 정도로 붓는다. 아무데나 빈자리에 껴앉아 먹기 시작한다. 당장 새벽 현장으로 나갈 옆에 앉은 인부들 모습과 다름없다.

들어오고 나가고, 들어오고 나가고. 한 시간이 채 안 되어서, 마지막으로 남아 있던 새벽팀들이 카운터 식사장부에 체크를 하고 사라진다. 어느새 홀이 텅 비었다. 밥통도 반찬통도 국통도.

주방의 여수댁은 새벽보다 더 바쁘다. 이번엔 9시 출근팀 맞을 채비를 해야 한다. 본사에서 파견 온 사무직 직원들이어서 좀 까탈스럽기도 한 데다가, 머릿수도 새벽팀의 두 배다.

텅 빈 홀에 어젯밤부터 지금까지 가게에 있는, 맛있고 따뜻한 음식으로 충분히 배 불린 권교만이 쭈뼛하게 앉아 있다. 새벽 전쟁을 치른 너저분한 식당과, 주방에서 땀 흘리며 일하는 여수댁을 번갈아 본다. 홀에 아무도 없는데 괜히 눈치를 보며 우물쭈물한다. 일어선다. 테이블로 가 귀퉁이마다 산더미같이 쌓여 있는 무거운 철제 식판들을 주섬주섬 챙겨모은다.

탑처럼 쌓인 수십 장의 식판을 한 번에 들어 주방 설거지통 안에 놓는다.

'두리번두리번.'

물주전자 옆 파란색 플라스틱 잔반통으로 간다. 통 속에 넘치기 일보 직전의 음식물 쓰레기봉투를 묶는다. 통에서 번쩍 들어 빼내 다시 두리번, 주방 뒷문으로 가져가 속이 꽉

찬 쓰레기봉투들을 모아둔 더미에 얹어둔다.

주방 싱크대에서 행주를 가져와 테이블에 남아 있는 잔해를 훔친다. 부산 어머니 기사식당 일인 듯.

주방 안 가겟방에서 기어 나오려는 작은딸 눈이 권교만과 마주친다.

다음 날 새벽, 어제도 홀의 작은 의자들을 붙이고 잔, 베트남 어디에도 갈 데 없는, 어느 누구도 허락하지 않은 숙식을 제공받는 권교만이 「여수댁」 입간판을 내놓고 있다.

다음 날도, 그다음 날도……,

그다음 날에도…….

늦은 저녁. 여수댁의 큰딸애가 권교만이 송곳으로 구멍 낸 비닐봉지를 대나무에 달아 만들어준 잠자리채를 가지고 잠자리를 잡겠다고 주방 뒤꼍 작은 마당에서 뛰고 있다. 유모차에 탄 작은딸이 어제까지 비가 내려 질퍽한 땅을 철퍽철퍽 밟아 뛰는 언니를 보고 까르르 웃는다.

권교만이 식자재 창고에서 20kg짜리 쌀 포대 네 개를 양 어깨에 이고 뒷문으로 가게에 들어선다. 여수댁이 설거지를 하고 있고, 권교만은 홀 선반 밑에 쌀을 차곡히 옮겨두고는 소맷귀로 땀을 훔친다.

홀 중앙테이블에서 한국 남자 둘이 김치찌개에 소주를 마시고 있고, 끝 테이블 위에 「안전제일」이라고 적힌 노란 하이바를 둔 베트남 인부가 혼자 국밥을 먹고 있다.

권교만이 밖으로 나가, 가게 앞 대나무 그늘에 쭈그리고 앉아 손에 라이터를 쥐고 주머니를 뒤지더니, 일어나 털레털레 마을 초입으로 간다. 담배 파는 점방까지 가려면 식당이 외져 꽤나 걸어나가야 한다.

"소주 한 병 더요!"

여수댁이 김치찌개 테이블에 소주를 한 병 더 내주고는, 짬을 내어 쉴까 하고 주방 구석에 놓인 바퀴 달린 하늘색 앉은뱅이 의자에 쪼그려 앉는다.

"캬~, 베트남 날씨가 덥다더니 진짜루 덥네, 더버."

소주를 원샷하고 찌개를 한술 뜨며 말하는 더벅머리의 하소연에 마주 앉은 대머리가 물수건으로 이마부터 정수리까지 박박 문지르며 말을 받는다.

"그래도 먹여주고 재워주는 게 어디여? 여기서 뼈 빠지게 빠짝 벌어서 한국 들어가 이런 식당이라도 하나 해야 결혼이란 거 한 번은 해볼 거 아니여?"

"그건 그래. 여기서 베트남 아가씨 만나서 같이 들어가도 되고. 크크."

더벅머리의 경상도 말과 대머리의 전라도 말. 호텔 공사에 이번에 투입된 인부들이다.

"여기, 한 병 더 주이소."

소주가 추가된다.

"내일부터 현장 들어가니까 오늘은 실컷 마셔보더라고."

술이 둘의 입으로 쫙쫙 들어간다.

한국 아재들 스타일대로, 한 병씩 주문하는 게 귀찮아졌다.

"아줌씨, 우리가 알아서 소주 들고 갈끼예."

더벅머리가 선반 옆 냉장고를 열고 소주 두 병을 꺼내간다.

"기억나나? 우리 방에 재벌집 아들내미 하나 있었다 아이가? 얼굴 허옇게 생긴 귀공자."

"그랴, 맞어. 내공이 쩔었었제……."

"그러니까. 그때 나 의외로 금마 때문에 힘 받았다 아이가. 내가 선고받고 침울해 식당에서 밥을 깨작대는 걸 보고,

그 고매하신 분이 나 같은 놈한테 다가와서는 시간이 다 해결해줄 거니까 식사 잘 챙기시라며 위로를 해주는데. 마, 눈물이 벌컥. 캬~, 괜히 재벌가 교육, 재벌가 교육이라고 하는 게 아니라, 다 이유가 있구나 싶더라카이. 크크크."

동부구치소 감방 동기인 이들은 소주를 사이에 두고 조잘조잘 말들이 많다.

아까부터 전라도 대머리가 풀린 눈으로 주방에 쪼그리고 앉아 있는 여수댁을 훔쳐보다 말을 건다.

"아줌씨 곱상헌디? 이리 와보더라고. 한잔 줄랑께."

흠칫.

여수댁이 놀란다.

"아, 예. 고마워요. 근데, 제가 술을 잘 못 마셔서요."

적당히 거절한다. 호텔 공사로 매일 식사 때마다 마주칠 인부들이고 손님들이다.

"잘 마시지 말고, 대충 마시면 되니까 이리 와보소. 마!"

더벅머리 경상도가 한술 더 뜬다.

대머리가 자리에서 일어나 주방으로 간다.

"그랴~ 이리 와 앉아 보랑께. 아따, 우리 나쁜 사람들 아니여. 내일부터 일 들어가면 피곤해서 분냄새도 못 맡을 낀데,

그냥 술친구나 하자니까 그랴."

주방에 들어온 대머리가 여수댁 치마를 잡아끈다.

"어머나! 왜, 이러세요?"

여수댁이 내려가는 고무줄 주름치마를 순간적으로 부여잡는다. 엄마의 놀란 목소리에 더 놀란, 뒤뜰에서 동생과 있던 마틸라가 주방 뒷문을 빼꼼히 연다. 구석에서 국밥 먹던 베트남 인부가 남자들을 쳐다본다. 더벅머리가 자리에서 벌떡 일어난다.

"저 새긴 뭐꼬? 와! 야릴끼가?"

베트남 인부가 쳐다보던 눈을 내리깐다.

"아줌마, 우리 내일부터 출근이야. 여기 있으면서 한 번씩 돌아가며 분냄새 맡을 곳이 필요하당께. 이리 와서 술 한잔 빨더라고, 빨랑!"

대머리가 거친 손으로 치마를 잡아 다시 세게 잡아끈다. 벗겨지는 치마를 여수댁이 두 눈을 질끈 감고 두 손으로 안간힘을 다해 움켜쥔다. 공포. 자신의 위험에 대한 공포만이 아니다. 뒤뜰에서 노는 아이들이 가게로 들어와선 안 된다는 생각.

'쾅!'

가게 문이 세게 열린다. 화들짝 놀란 술 취한 더벅머리와 대머리가 문 쪽을 처다본다. 아까 가게에서 쌀 포대 네 개를 한 번에 들어 옮기던 권교만이 서 있다.

"뭐꼬?!! 이런 그지 새끼들은!!!"

권교만이 주방에서 여수댁 치맛자락을 잡고 있는 대머리에게 뚜벅뚜벅 다가간다. 테이블에 앉아 있는 더벅머리가 권교만을 막아선다.

"형씨, 친구가 장난친 거 가지고 와 이라요? 진짜, 씨벌!!"

'껵!'

더벅머리가 주방으로 향하던 권교만의 왼손에 목젖이 접힌다.

"뭐시여! 저 잡것은, 확 그냥 난다리를 처버릴랑께. 조사 버리기 전에 그 손 안 놓겄냐!"

대머리가 소리치며 주방에서부터 달려든다. 권교만이 한 박자 빠르게 한 발 앞으로 더 나아가 오른손으로 대머리의 멱살을 잡아낚아채 땡겼다 옆벽에 붙여 번쩍 들어 올린다. 대머리가 허공에 들려 까치발로 버둥거린다. 목젖 접힌 더벅머리와 멱살 잡힌 대머리, 꼼짝을 못한다.

"헛짓거리 말고 처먹은 값 내고 빨랑 꺼지라! 아스팔트 바닥에 면상 갈리고 싶지 않으면!! 베트남까지 와서 사고 치기 싫다, 이 새끼들아!!"

이런 상황이 익숙한 권교만이 자신의 양손에 맥없이 제압당한 둘을 식당 바닥에 내동댕이친다.

'쾌당.'

'우당탕탕.'

더벅머리와 대머리가 구석까지 밀쳐져 넘어지면서 베트남 인부가 국밥을 먹고 있던 테이블을 집다가 테이블과 같이 넘어간다.

"케……켁."

"으……윽."

"얼른 안 꺼지나? 확 지근지근 밟아버리기 전에……."

두 손으로 자기들 목이 붙어 있는지 확인하는 더벅머리와 대머리. 주머니에서 있는 돈을 몽땅 꺼내 테이블 위에 놓고는, 공포에 질린 눈으로 슬금슬금 휘청거리는 뒷걸음질로 가게를 빠져나간다. 이 상황을 모두 지켜본 베트남 인부가 입을 다물지 못한다.

주방 뒷문에서 빼꼼히 지켜보던 큰딸 마틸라가 권교만과 눈이 마주친다.

이 일이 건설현장의 베트남 인부들과 한국 인부들에게는 물론 하노이 일대에까지 삽시간에 퍼진다.

　이후로 「여수댁」에서는 그 어떤 싸움도, 추행도 일어날 수 없었다.

　정신없고 항상 아슬아슬하기만 한 가게가 조금씩 자리를 잡아가고, 남자도 가게에 자리를 잡아간다.

　그렇지 않아도 혼자서는 언제까지 할 수 있을지 모를 부대낌에 불안했던 여수댁.

　'아이들에게도 언젠가는 아빠가 필요할 텐데…… 혹시, 만에 하나라도…….'

　우기(雨期)가 끝나가는 하노이.

　그칠 것 같지 않게 내리던 비로 진흙 바닥이었던 땅이, 날이 지나 맑은 햇살을 머금어 점점 굳어지고 있다.

#40 뱃놀이

여수댁은 가게 옆에서 호텔이 지어지는 동안 밤낮없이, 평일과 휴일에도 열심히 일해 어느 정도 돈을 모을 수 있었다.

다음달 한국에서 추가로 들어오는 인부들을 맞기 위해, 월세 내는 가게터와 붙어 있는 자투리땅을 융자를 받아 매입해 테이블을 더 늘리기로 한다.

대형 업무용 냉장고를 할부로 들여놓는 날, 권교만은 평탄화를 위해 바닥에 시멘트를 덧바르고 수도와 가스배관을 새로 깔아 주방을 말끔히 보수했다.

연장을 잡은 김에, 다음 날 주방 뒷문 창고 옆 한켠에 작은 컨테이너를 개조해 무럭무럭 커가는 딸애들 방도 따로 만들어주었다.

"이건, 뭐예요?"

권교만이 몰고 온 차에 실린 전구 박스와 전기인두, 펜치 같은 공구들과 투박한 철제물을 보고 여수댁이 묻는다.

"어, 장 둘러보다가 누가 버린 걸 주운 건데, 쓸 만한 거 같아서."

권교만이 버려진 물건들을 뚝딱이며 짬짬이 배전판에 납땜을 하고, 프레임 귀퉁이에 소켓을 달아 전구를 연결하더니 멀쩡한 네온 간판이 완성되었다.

새 간판에 환하게 불이 켜진 날 저녁, 가게 앞 대나무 밑에 대나무 돗자리를 깔고 여수댁 가족은 삼겹살 파티를 했다.

오랜만에 느끼는, '가족'.

여수댁은 아이들이 더 커가면 엘리베이터 갖춘 번듯한 호텔은 아니더라도 코딱지만한 호텔이라도 차려 안정적으로 살 수 있지 않을까 하는 작은 꿈을 조심스레 가져본다.

맨날 동네 촌장네에서 차를 빌려와 쓰다가 가게에 필요한 짐을 실을 덜컹이 중고 4인승 픽업트럭을 하나 장만한다.

권교만이 운전하는 덜컹이를 타고 호숫가로 가족 피크닉도 하고, 큰딸애 학교도 바래다주었다. 한 달에 한 번은 지역에서도 손꼽히는 5일장 열리는 옆 마을 장터로 시장을 보러 간 김에 외식과 간소하게나마 쇼핑도 했다.

"다음엔 하롱베이 가서 배 타고 나가 고기나 구워 먹어볼까? 「서울식품」 강 씨가 그러는데, 소형 모터보트 면허증은 교육받고 그 자리에서 나온다네."

덜컹이 트럭 뒷좌석에 아이들을 태우고 권교만이 운전대를 잡는다. 플레어 원피스에 레이스 달린 챙 넓은 모자를 쓴 여수댁이 조수석에 오르면서 모자를 벗어 무릎 위에 소중히 둔다. 험한 외국 땅에서 애들 아빠에 대한 유일한 추억이 깃든 모자. 베트남에서 처음 가보는 나들이에, 한국을 떠나올 때 백화점에서 아이들 아빠가 큰맘 먹고 선물해 준 모자를 챙겼다.

베트남 들어와 팬티 한 장 못 사 입어 행색은 남루한 여수댁이지만, 작고 하얀 얼굴에 원체 가녀리고 단아한 스타일이라 뭘 입어도 잘 어울린다.

가족은 하롱베이에서 권교만이 운전하는 보트로 육지와 꽤 멀리 떨어진 작은 섬에 들어가 해안가에서 바비큐를 해 먹었다. 섬에서 폴라로이드로 세 모녀의 첫 사진도 찍었다.

권교만이 즉석에서 나온 사진을 흔들어 바람에 말리다가 형태가 또렷해진 사진과 큰딸애 얼굴을 번갈아 본다.

"돈 모이면 마틸라 점부터 빼줘야겠어. 여자가 눈가에 뻘건 점이 있으면 피눈물 볼 팔자를 타고난 거라던데."

"그렇지 않아도 한국에서 점박이라고 친구들한테 놀림당해 빼려고 병원에 갔는데, 마틸라가 병원을 너무 무서워해서 시술을 못 받았어요. 얼마나 기겁을 하던지……. 의사 선생님이 커가면서 점점 연해지고 작아지니까, 뺄지 어쩔지 그때 생각해도 된다고 했어요."

"그럼 좀 기다려봐도 되겠네."

'딸들을 걱정해주는 사람.'

하롱베이에 간 김에 한인 부동산에 들러 바닷가 근처에 작은 호텔을 할 만한 건물이 있는지 물어봤다. 당장 살 돈이 있는 건 아니지만, 여수댁과 권교만은 설레는 마음으로 새로운 희망을 조심스레 살포시 들여다보고 있다.

여행을 마치고 돌아오는 길에 하이퐁 항구 번화가에 들러 사진 액자를 하나 사고, 창고에서 권교만의 짐을 찾아왔다.

집에 돌아온 권교만이 모녀가 찍은 사진을 액자에 넣으면서 자신의 과거를 액자 뒤에 심는다.

평생 정처 없던 장돌뱅이 떠돌이가 생각에 잠긴다.

연명(延命), 혹은

정착(定着).

가족이란,

안식처(安息處).

여수댁은 권교만을 법적인 남편으로 맞는다.

#41 본능

큰딸이 8학년이 되고 얼마 후 「여수댁」 옆 호텔 공사가 끝났다. 한국과 베트남 최초의 국교 수립 행사장으로 「하노이 태우호텔」이 낙점되었고, 호텔 완공식도 행사일에 맞춰졌다.

한국에서 온 높은 사람들과, 베트남의 정치인과 관료들이 호텔의 성대한 완공식을 양국 매스컴의 카메라 앞에서 알렸다.

예전의 공사 인부들은 없고, 「하노이 태우호텔」에 오는 한국 손님들은 5성급 호텔에 잘 갖추어진 한국 레스토랑 「경복궁」을 이용한다. 한국 음식을 먹으러 일부러 여수댁을 찾아오는 베트남 손님은 당연히 없고…….

하루가 1000일이다. 매출이 제로인 날이 허다한데 가게 자리를 사려고 빌린 빚의 원금에 이자와 주방 집기 할부금은 다달이 꼬박꼬박 내야 한다.

장사는 안 돼도, 신선한 재료를 구비해둬야 하는 게 식당이다. 가뭄에 콩 나듯 오는 한국인 단체 관광객이 언제 올지 모르니 정기적인 최소한의 사입량을 줄일 수도 없다. 매일매일 손님을 기다리다 창고에 쌓인 식자재들이 썩어 버려진다. 매주 결제하던 도매상의 외상값을 못 낸 지도 4개월째, 근근이 내오고 있는 딸애들 보험료도 이번 달부터 걱정이다.

점심때 간만에 반가운 한 통의 전화가 온다. 하노이 한인회 40명이 저녁에 소고기 바비큐 파티를 하겠다고 한다.

'얼마 만인가!'

부랴부랴 도매상에 전화해 쌀과 고기를 주문한다. 도매상이 밀린 사입 대금을 갚으라고 한다. 이번만 보내주면 일부라도 꼭 갚겠다고 했지만, 일부가 아니라 먼저 완납하지 않으면 납품을 할 수 없단다.

단체손님 예약이 취소된다.

악순환(惡循環).

다음 날에도 공을 쳤다. 손님 있는 날보다 없는 날이 더 많다.

다시 처음으로 돌아온 거다.

'드르륵.'

"어서 오세……, 어? 회장님."

"허허. 잘 지내셨나요?"

인사를 건네는 태우그룹 김 회장 뒤로 예전에 같이 왔던 남자 둘이 따라 들어온다.

"편하신 데 앉으세요. 회장님."

"아니, 오늘은 식사하러 온 게 아니고요. 뭐 좀 상의드릴까 해서요."

"네?"

김 회장이 선 채로 말한다.

"저희 호텔 직원들 전용식당으로 사장님 가게랑 계약이 되나 해서요."

"……."

"현지 그룹사 직원까지 치면 한 100명 정도 되는데, 삼시 세끼에다 야식하고 새벽조까지 식사하려면 하루에 최하 300인분 식사인데 부탁드려도 될까요? 물론 결제는 일시불 선결제에 현금이고요."

"아니, 회장님…… 그런……."

"하하, 그간 우리 공사 인부들하고 직원들의 사장님 음식 평판이 어찌나 대단하던지. 아무튼 그렇게 부탁드릴게요. 필요한 식당 부지나 설비는 여기 박 법인장과 장 부장에게 뭐든 얘기해 주세요. 안 그래? 박 법인장?"

"조치토록 하겠습니다. 회장님."

꿈같은 제안에 여수댁이 눈물을 보인다.

"회장님, 정말 감사합니다. 직원분들 정말 맛있고 건강하게 잘 모실게요. 고맙습니다. 감사합니다."

"그래요. 잘 부탁드려요."

김 회장이 여수댁에게 팔을 뻗어 격려한다.

이때, 가게로 들어온 권교만이 김 회장에게 삿대질을 한다.

"그 더러운 손 안 치우나! 이 씨팔 이번엔 뭔 뒷방 영감새
끼가 양복쟁이 똘마니들 데리고 와서 씹탕질이고!!!"
박 법인장이 권교만에게 다가간다.
"당신 뭐야! 무슨 말투가 그래!! 당장 사과하세요!!"

'쾅!'
권교만의 쏜살같은 기술이 들어갔다. 주방까지 던져져 고
꾸라진 박 법인장.
얼어버린 마네킹이 된 여수댁.
장 부장이 김 회장을 모시고 황급히 나간다. 간신히 중심
을 잡고 일어선 박 법인장이 뒤를 따른다.
열린 가게 뒷문 사이로 점박이 마틸라가 빼꼼히 보고 있다.

언젠가부터 권교만은 여수댁과 둘이 다니던 시장을, 손님
도 없으니 장을 조금만 봐와도 된다며 혼자 차를 몰고 다녔
다. 여수댁과 다닐 때는 한 달에 한 번 열리는 5일장을 다녔
는데, 어느 날부턴가 다른 마을에 서는 장까지 가야 한다며

일주일에 한 번씩 다니더니, 이젠 장 한 번 보러 나가면 2, 3일 동안 집에 돌아오지 않는 건 일도 아니게 되었다.

장을 보고 돌아온 차에 식자재는 실려있지 않았다. 그러다 하루 이틀 지나면 또 재료비를 챙겨 장에 다녀오겠다고 한다. 장을 본 건 없고 장 보러 갈 때마다 장 볼 돈만 필요했다.

"빠이트! 빠이트!"

대나무로 얼기설기 엉성하게 짜인 네모난 울타리를 사람들이 빙 둘러 고함을 지른다. 안에서 '컹! 컹컹!' 짖어대는 사나운 개 두 마리가 서로를 문 채 엎치락뒤치락 엉켜 모래 먼지를 날리면서 온몸으로 바닥을 비비며 뱅뱅 돈다.

"뭐하노? 물어! 물어뜯으라꼬!!"

권교만이 지폐 다발을 쥐고 군중 속에서 유일하게 한국말로 외쳐대고 있다.

'연달아 몇 번만 이기면 베팅한 돈의 수십 배를 벌 수 있다. 꿈의 호텔을 갖는 것도 한방이면 된다.'

투견 중독자, 권교만은 투견장에 있을 때면 강력한 '한방'의 최면에 걸려 있다. 인간이 하는 축구도, 기계가 하는 파친코도, 인간사 모든 게 조작되는 갬블의 세계에서, 피 냄새에 발정 나 자신의 살점이 덩어리째 떨어져 나가는데도 물고 뜯는 개들에게 온전히 운명을 맡겨야 하는 투견. '날것'에 대한 원초적 본능을 가진, 솔직하리만치 욕구에 충실한 권교만에게 투견은 마약이다.

권교만은 투견 하우스가 있는 장들을 알아둔다. 방에 걸린 달력에 뻘겋고 굵은 동그라미로 몇 번이나 둘러쳐 표시해둔 장터가 열리는 날이 투견이 열리는 날이다. 잠시 끊었었지만, 중독에 다시 중독된다. 재중독의 가속도는 타의 추종을 불허했다.

나쁜 일은 혼자 다니지 않고 팀플레이를 한다고 했던가? 장사가 안 돼 빚과 도매상 외상이 늘어 아이들 보험비도 못 낼 형편에, 권교만은 한동안 잊고 있었던 자신의 중독증, 투견 도박에 푹 빠져 있었고, 여수댁이 두 딸을 위해 아끼고 아껴 꼬박꼬박 지키고 있는 보험료 내는 날은 빠듯하게 조여왔다.

권교만은 장 볼 돈을 투견으로 다 날려 장을 보러, 아니 투견을 하러 가지 못하는 날이면 밖에서 술을 마시고 인사불성이 되어 늦은 밤 집에 들어와 자고 있는 여수댁의 귀에 대고 소리쳤다.

"어차피 인생은 몰빵이야! 딱 한방이면 다 해결될 수 있다고. 까짓거 호텔도 지을 수 있다고!"

"……."

하루하루 힘든 삶에 들은 척 안 하는 여수댁. 대답 없는 여수댁에게 권교만이 본색을 드러낸다. 만취한 권교만이 누워있는 여수댁 위에 올라타 장 볼 돈 내놓으라며 사정없이 뺨을 갈긴다.

이때부터 시작된 첫 번의, 단 한 번의 손찌검이 매일이 되고, 마구잡이가 된다.

권교만은 때린 다음 날 언제 그랬냐는 듯이 사과를 하고, 밤이 되면 또 때리고, 사과를 하고. 밤이 되면 또……. 매일이 반복이고 매일이 악몽이다. 여수댁에게 작은 호텔이란 희미한 꿈은 이미 망상이 돼버렸다.

밤마다 맞는 여수댁은 술 취한 권교만이 때리다 지쳐 잠이 들면 아이들 방에 가서 두 딸을 꼭 안고 잤다. 아이들을 지켜야 하니까.

투견을 해야 하는 권교만은 급기야 여수댁이 베트남 올 때 가져온 패물이라도 팔아 도박 밑천을 마련할 생각으로, 매 맞고 옆방에서 아이들과 잠든 여수댁의 소지품을 샅샅이 뒤진다. 화장대 서랍장들을 빼내자 밑에서 수두룩한 보험증서들이 쏟아져 나온다. 술 취한 권교만의 두 눈이 번뜩인다.

오늘도 아침, 점심 장사를 공친 여수댁. 주방 앞 테이블에서 김치에 베트남 옥수수로 만든 40도짜리 독주를 세 병째 마시고 있는 권교만. 게슴츠레한 눈으로 여수댁을 쳐다보며 말한다.

"여보, 내일 고기하고 술 잇빠이 아이스박스에 넣어서 배 타고 나가 섬에 가서 고기 구워 소주 한잔 어떻노?"

여수댁이 멈칫한다.

"장사해야죠. 태우호텔에서 내일부터 한국 기업 행사라 손님이 있을지도 모르는데."

'탁!'

마시던 술잔을 테이블에 깨져라 놓는다.

"뭐라꼬!! 뭔 여편네가 남편이 한번 외출하자는데 이렇게 말이 많노!"

"……."

다음 날 아침 출발하기로 한다.

#42 실족사_1

아침 일찍 출발해 햇살 좋은 점심에 하롱베이에 도착한 부부. 권교만이 두꺼운 팔로 커다란 푸른색 아이스박스를 빈 박스처럼 가볍게 들어 소형 모터보트 뒷머리에 싣는다.

'부우우~ 부웅.'

철썩이는 파도를 헤치며 하롱베이의 외딴 섬을 향해 전속력으로 나아가는 모터보트. 권교만이 한 손으로 조종대를 잡고, 다른 한 손으로는 투명한 옥수수 독주 병을 들고 길게 난 구레나룻 수염을 휘날리며 운전을 한다. 여수댁은 달리는 보트에 앉아, 강한 바닷바람에 날아가지 않도록 머리에 쓴 레이스 달린 챙 넓은 하얀 모자를 양손으로 누르고 있다.

한 시간쯤 바다를 달렸다. 권교만 손에 든 병에 술이 떨어지자 어디를 둘러봐도 바다뿐인 바다 한가운데에서 보트 속도가 줄어든다. 모터 돌아가는 시끄러운 기계음에 옆에 탄 여수댁이 말을 알아듣지 못할까 봐 멈춰 세우려는지.
"여보, 아이스박스에서 맥주 좀 꺼내 온나!"
여수댁이 살랑이는 파도에 흔들리며 멈춰서는 작은 보트 위에서, 조심스레 중심을 잡으며 배 뒷머리에 실은 아이스박스로 간다.
뚜껑을 연다.

박스 안에는 아무것도 없다. 텅 비어 있다.
배에는 고기도 술도 실려 있지 않았다.

'첨벙!'

여수댁이 살그머니 뒤에서 다가온 술에 밀려, 도박에 밀려 바다에 빠진다.

'부우웅~.'

보트의 모터가 풀가동된다.

깊은 곳이었다. 아주 깊은 곳.
사방에 섬도, 배도 보이지 않는.

노을이 길게 드리워질 무렵, 사라졌던 보트가 제자리로 돌아온다. 바람도 파도도 없이 주황색 노을이 내려앉은 거무스름한 바다 위에 챙 넓은 모자가 파도에 살랑이며 덩그러니 떠 있다.
권교만이 모자를 집어 들어 전속력으로 육지로 향한다.

돌아오는 배에는 남편만 있었다.
억지로 끌려간 둘만의 뱃놀이.

권교만은 부인(夫人)이 달리는 보트에서 실족해 바다에 빠져 실종됐다고 신고한다. 보트를 전속력으로 몰고 섬에 도착해 뒤를 보니 모터 옆에 앉아 있던 부인이 없어졌다고 했다. 시끄러운 모터와 파도 소리에 부인이 바다에 빠지는 소리를 듣지 못했다며……. 급하게 배를 돌려 찾으려고 바다를 헤맸지만, 남겨진 건 바다 위에 떠 있던 모자뿐이었다고.

여수댁의 실종 신고를 마친 권교만은 하롱베이에 온 김에 호텔용 건물을 알아보려 인근 부동산을 돌며 3일을 더 머문다.

권교만.
하노이에 들어와 「여수댁」이란 한국식당 사장이 된다. 아니, 뺏었다.
부인과 두 딸이 있다. 아니, 생겼다.
부인과 뱃놀이를 갔다가 부인이 실족해 물에 빠져 죽는다. 아니, 죽인다.

매일 밤 새아빠한테 죽도록 맞던 엄마가 불길함을 감추며 큰딸에게 한 마지막 말.
"애슐리 잘 보고 있어. 엄마, 아빠랑 뱃놀이 갔다 올게."
마틸다가 본 마지막 엄마의 모습은, 두 팔을 벌린 것만큼 큰 챙 넓은 모자를 예쁘게 쓰고 계셨다.

큰딸이 보험사의 엄마 사고경위 보고서를 본다.

「실족사(死)」

권교만이 처음 「여수댁」에 찾아와 엄마를 범한 날, 큰딸 마틸라는 화장실에서 무슨 일이 있었다는 것을 어른이 되기 전에 이미 알고 있었다.

그때도 허우적대던 엄마의 소리를 낼 수 없던 절규.

#43 마도로스의 탄생

자매의 엄마가 사고로 죽은 지 6개월 후, 보험 심사가 끝나고 보상금 지급 절차가 마쳐졌다.

한국계 은행 하노이 지점.

"권교만님. 「하노이 해상보험」으로부터 일괄 입금 확인되었습니다."

"……."

"권교만 고객님, 안 계십니까?"

구레나룻 덩치가 성큼성큼 다가선다.

"권교만님?"

구레나룻이 답한다.

"입금 확인은 잘 했소만, 난 권교만이 아니라, 이제부터 마도로스요. 마도로스 권."

마도로스 권이 뚜벅뚜벅 은행을 빠져나간다.

여수댁이 두 딸의 장래를 위해 들어둔, 자매에게 갈 보험금이 딸들이 미성년자라는 이유로 법적 친권자인 의붓아버지 권교만에게 고스란히 갔다.

'고진감래라더니. 공소시효까지 개기다 보니까 이런 종잣돈이 다 굴러오는군. 잔돈푼도 아니고, 나이도 처먹었는데 이젠 정신 차리고 제대로 살아야지. 흐흐……'

뱃놀이 갔다가 배에서 실족해 물에 빠져 죽은 여수댁 사망보험금 입금을 은행에서 확인하고 진탕 술을 마시고 휘청이며 가게로 돌아온 권교만.

"드디어 이 지긋지긋한 식당 접고 호텔을 지을 수 있게 됐네. 하롱베이에서 보고 온 강과 바다 사이에 한적한 출판사 건물 자리가 조금만 손보면 괜찮을 거 같더라니!"

권교만이 가겟방으로 들어가 옷을 홀러덩 벗어 던지고 서랍장 위의 액자를 집어 사진을 본다. 어린 자매와, 자매의 엄마가 챙 넓은 모자를 쓰고 웃고 있다. 액자 뒤를 열어 안에서 나온 자신의 기사가 난 신문 쪼가리를 술 취한 눈으로 응시한다.

「후암실업」
「부부 자살」
「강간, 사기, 공갈, 협박」
「권교만 지명수배」

'그래, 어떻게든 공소시효만 지나자!'

#44 절대존재

팬티도 입지 않은 맨몸뚱이 권교만이 주방 뒷문으로 나가 슬리퍼를 질질 끌고 작은 마당을 지난다. 자신이 손수 만들어준 창고 옆 작은 컨테이너 딸애들 방으로 간다.

문을 홱 하니 연다. 아홉 살 차이인데도 언니의 눈 옆 점을 빼면, 같은 판에 박은 듯한 얼굴형과 또렷한 이목구비의 자매가 이불을 덮어쓰고 눈만 내놓고 떨고 있다. 권교만이 작은딸을 보며 말한다.

"애슐리, 오늘은 네가 아빠 방에 들어오거라. 너도 이제 점박이 마틸라 언니랑 돌아가며 아빠랑 자야지. 첫날밤이니 깨끗이 씻고, 속옷은 입지 말고 들어와라. 허튼짓할 생각은 추호도 말어! 내가 이 두 눈으로 24시간 감시하고 있다는 거 알지? 말 안 들으면 너희 엄마 죽인 바다에서 똑같이 죽여버릴 거야!"

마틸라는 섬뜩한 두 눈으로 의붓아빠가 가까이 오기만을 기다리며 그의 일거수일투족을 주시한다.

이불 속 손에 부엌칼을 쥐고.

'꽉!'

그날 마틸라는 동생을 지키겠다며 권교만에게 칼을 휘둘렀고, 법적 친권을 가진 권교만은 큰딸이 정신착란을 앓고 있다며, 입원동의서에 사인을 하고 기독재단 정신병원에 보낸다.

권교만은 마틸라를 애슐리와 영원히 떨어뜨리기 위해 해외입양을 신청한다.

정신병원에서 마틸라가 임신 5개월째란 걸 알게 된다. 아이가 아이를 가졌다. 사회복지NGO가 조사에 나섰고 소녀는 아기 아빠가 누군지 모른다고 했다. 결국 수술을 받는다.

정신병자 딸을 입양 보내려는 의붓아버지와, 애 아빠를 모른다는 아이를 임신한 의붓딸.

재단과 복지회가 가정법원에 낸 입양허가신청이 받아들여진다.

마틸라는 캐나다로 입양된 후 낙태 후유증으로 생긴 폭식 장애로 성인이 되어서는 몰라볼 정도로 몸에 살이 붙고, 악마에게 혼자 남겨진 동생 애슐리 생각에 주위 사람들과 어울릴 수 없었다.

7년 후, 「하롱베이 국제학교」 미술시간. 여학생들이 '아미 (Amie, 프랑스어로 친구라는 뜻의 전통 나무조각상)'를 만들고 있다.

바닥에 뭔가가 뚝뚝 떨어진다.

"꺅!!!"

한 여학생이 비명을 지른다.

"꺄아악!!!"

옆에 있던 여학생도 칼날 같은 비명을 지른다.

"선생님! 애슐리 손목에서 피가 흘러요!"

"꺄아아악!!!"

여자 선생님이 뛰어와 더 경악한다. 가녀린 여학생이 조각칼로 자신의 팔목을 긁어대고 있다. 태연히, 조각할 나무를 긁듯.

'절대존재'에게 마비되어 차가운 얼음이 된 애슐리는 분노할 수도, 억울할 수조차도 없었다.

무력한 자신이 할 수 있는 유일한 탈출 행위를 할 뿐.

학교에서 손목을 긁으면 병원으로 보내진다. 그러면 애슐리를 욕정으로 기다리는 감시인이 있는 집에 가지 않아도 됐다.

애슐리는 언니가 입양 가고 자신이 고학년이 되고서 커터칼로 손목을 수도 없이 긁어 병원에 있는 날이 많았다.

제2외국어로 불어를 택한 애슐리는 프랑스 식민지였던 베트남 병원 라디오에서 나오는 오후의 샹송 프로그램을 들을 때,

그때만 살아 있었다.

만남

#45 재회(2011년 동일본 대지진 발생)

언론사 사회부와 인천공항, 대기업 그룹사 출입을 거친 안 기자는, 바이스캡으로 기동취재팀을 지휘해 국무총리실 직속 대테러위원회 양민규 의장의 군납 비리를 밝혀내 취재보도 부문 한국기자상을 수상하고 그 공로를 인정받아 탐사보도팀 PD로 자리를 옮긴다.

당직들만 남은 늦은 시간의 연합채널 본사 17층 회의실에서 안 기자와 후배 기자들이 방송 내레이션을 모니터링하고 있다.

"국제기상센터에 따르면 지난주 발생한 '동일본 대지진'은 일본 관측 역사상 최대치인 리히터 규모 9.0으로, 6000명이 희생된 한신(阪神) 대지진의 180배 위력입니다. 바로 옆 나라 우리 한국은 어떨까요? 지자체와 중앙정부의 공조가 절실한 응급의료체계는 제대로 구축되어있는 걸까요?"

"이번 이슈는 서로들 폭탄 던지기만 할 텐데?"

안 기자가 리모컨 정지 버튼을 누르며 말한다.

"그렇다고 여기서 꼬리 자르기 하는 거 보고만 있을 순 없잖아요? 엄연히 팩트가 있는데."

홍 기자가 말을 받는다.

"안 기자님 말이 맞아요. 언어유희로 물타기하다 말겠죠."

최 기자가 거든다.

"팩트가 있어도 뻔한 말장난의 딜레마라는 게 있잖아."

여걸이란 별명과 세트로, PD가 되어서도 기자로 불리는 그녀. 뼛속까지 기자이기에.

"어차피 사달이 나봤자 지금 이상 뭐 있어? 재난은 막아야지."

안 기자가 단호하다.

"맞아요, 안 기자님. 할 건 하자고요. 밑밥 깔다가 나 몰라라 싸잡아서 아도 칠 거에는 대비해 둘게요."

"2부 나가기 전까지 깔고 앉아 뭉개서 인터벌 두다가, 썰 풀어 약 치고 나서 밀빵하자고. 저번처럼 역풍 맞아 독박 쓰지 말고, 홍 기자는 야마 다시 잡아서 데스크에 올리고, 최 기자는 온에어 되고 나서 설거지할 거 대비해."

안 기자가 직접 이름 지은, 탐사보도 프로그램 〈마틸라 (material, 자료) 파일〉 회의, 기자들이 쓰는 은어와 왜색 용어가 남발한다.

회의실 문이 열린다.
"배달시키셨죠?"
앱으로 시킨 떡볶이와 튀김이 야식으로 왕림하셨다.
홍 기자가 법인카드로 계산을 하고 영수증을 받으며 후배 최 기자를 닦달한다.
"여의도에 있는 회사로 강남에서까지 떡볶이를 시키냐? 배달비랑 음식값이 똑같네, 똑같아."
"선배, 드셔보시면 알아요. 걍, 쩔어요."
"뭔 이유가 있겠지. 어차피 회삿돈인데 맛있게들 먹자고."
젓가락을 드는 안 기자 핸드폰이 울린다. 번호가 길다. 국제전화.
"안 기자님, 안녕하세요. 김인희 특파원입니다."
"아, 김 기자님? 잠시만요."
안 기자가 회의실을 나와 전화를 받는다.
"기자님. 어떻게, 알아봐 달라고 부탁드린 건······."
"예, 확인해 보니 베트남과 범죄인 인도조약이 체결되

기 전에, 하노이의 어떤 한인회에도 소속되지 않고 전문 브로커를 통해 현지인과 위장 결혼해, 다른 이름으로 영주권 (thẻ thường trú)을 취득하고 하롱베이로 옮겨 호텔업을 하고 있어서 찾을 수 없었던 거예요. 그런데 공소시효가 지나고 나서 자신이 운영하는 「마도로스 호텔」을, 이번에 관광공사 지정 '굿스테이' 호텔로 등록하면서 해외 숙박업자 사업주 한국 이름에 떴어요. 확보한 주소 방금 문자로 보내드렸어요."

"정말 감사드려요. 우리 미현이는요?"

"동생분은 어릴 때 주소지가 말소돼서 찾을 수가 없어요."

"아! 그렇군요. 어쨌든 감사합니다. 제가 지금 바로 들어갈게요. 고마워요. 정말 고맙습니다."

18년을 찾아 헤맸다.

사랑하는 동생 미현이를 혼자 감시인의 지옥 속에 남겨 두었다는 죄책감.

'조금만 기다리고 있어. 언니가 반드시 구해낼게.'

안 기자가 회의실로 돌아가 야식을 중단시킨다. 팀 전원이 군말 없이 나무젓가락을 내려놓고 식어가는 떡볶이를 뒤로한다.

다시 시작된 회의가 에센스만으로 짧게 마무리 지어진다.

안 기자가 택시를 불러 집에서 자신의 여권들을 챙겨 곧장 인천공항으로 내달린다. 택시 안에서 홍 기자에게 문자를 한다.

　　「우리 쪽 공항출입 누구야?」

곧바로 답장이 온다.

　　「제 동기 조환익 기자요」
　　「나한테 빨리 연락하라고 해」

곧바로 전화 온 공항출입 조 기자에게 당일 티켓 어레인지를 지시하고 바로 보도국장에게 전화한다.

"국장님, 죄송해요. 집안일로 갑자기 해외에 가야 해서 공항 가는 길이에요."

"뭔 소리야? 방송은 어쩌고?"

"다음 방송분은 로우키(low-key)로 가기로 했고 톤(tone)

은 잡아뒀어요. 나머지 워딩(wording)과 스탠스(stance)는 원격으로 홍 기자와 조율하기로 했고요. 방송에 차질 없도록 할게요. 죄송합니다, 국장님."

어렵사리 승낙을 받아낸 안 기자. 어차피 허락 못 받았어도 공항으로 갔을 거다.

'띠링.'

조 기자에게서 두 시간 후 호찌민 떤선녓 국제공항행 표를 구했다고 문자가 왔다. 동일본 대지진으로 해외여행이 급감해 당일인데도 호찌민행은 구할 수 있었다며.

수련이에게 문자를 보낸다.

「중요한 일로 급히 베트남 가야 하니까 갔다 와서 얘기할게」

'띠링.'

바로 답장이 온다.

「오리엔테이션 뒤풀이 와 있어~ 조심히 다녀와」

인천공항은 한산했다. 출발 시각 30분 전에 가까스로 공항에 들어선 안 기자가 'PRESS' 패스트트랙으로 수속을 마치고 비행기에 오른다. 비행기 문이 곧 닫히는데도 자리가 많이 비어 있다.

좌석을 찾아 선반에 가방을 얹으려다, 먼저 올려 있던 누런 군용 백팩을 통로 쪽에 앉은 젊은 남자 머리에 떨어뜨린다. 사과를 하고 남자 옆 창가 좌석에 앉으려다가, 떨어뜨린 백팩 때문에도 그렇고 자신이 옆에 앉아 비좁아질 자리로 미안한 마음에 입구에서 안내하는 승무원에게 빈자리로 옮길 수 있냐고 묻지만 거절당한다.

다행인지, 불행인지. 동생은 지옥 속 감시인과 같이 있었다.

베트남 주재 김인희 특파원이 「마도로스 호텔」 투숙을 문의하는 손님으로 가장해, 만날 시간과 장소가 적힌 쪽지를 미현이에게 몰래 건넸다.

하지만, 동생은 언니를 만나러 나오지 못했다.

기약할 수 없는 만남.

그리고,

같은 내용의 두 번째 쪽지가 미현이에게 다시 전달되었다.

#46 얼음 마네킹

하롱베이, 「마도로스 호텔」 근처 펍레스토랑 『*Bar tác chién(바 따크치엔)*』에서 세 시간째 동생을 기다리고 있는 안 기자는 물 한 모금 마시지 못한다. 미현이를 만날 수 있다는 기대에 꿈만 같았는데, 첫 번째 만남이 불발로 끝났다.

'불안하다.'

제발 나오기만을, 눈을 감고 졸여오는 가슴으로 기도하고 있다.

"언니……."

미현이 목소리, 눈을 떴다.

목이 잠기고, 머리가 막혀 동생의 이름이 입 밖으로 나오지 않는다.

바에 들어선 미현이에게 달려가 와락 껴안는다.

'크~흑, 컥!'

부둥켜 맞닿은 심장에서 찢어지는 소리가 난다.

안 기자가 미현이를 물끄러미 바라본다. 왼쪽 팔목이 언니에게 보일까 봐 긴 소매를 자꾸만 잡아내리는 동생. 가려도 가려도 보이는 빗금 진 상처들에 갈기갈기 찢기는 언니.

미현이의 그간의 고통이 밀물처럼 밀려오는 안 기자는 '어떻게 지냈니?'는 고사하고 어떤 말도 내뱉을 수 없다. 미현이도 입을 못 뗀다.

여기엔 아무도 잘못한 사람이 없는데,

둘 다 소리 없이 울 뿐이다.

'지배, 사육, 세뇌'.

마네킹이 되어버린 동생.

미현이는 '절대존재'가 자신이 지금 호텔에서 나와 있는 걸 알기 전에 돌아가야 한다고 했다. 절대자 감시인이 섬 투어 나간 여행객들을 데리고 두 시간 있으면 돌아올 거라고.

안 기자가 당장 탈출해야 한다고, 언니는 해낼 수 있다고 말한다.

멍하게 얼어붙은 미현이.

언니의 혼신의 힘을 다한 설득 끝에 미현이가 목숨을 걸고 탈출하기로 마음먹는다.

안 기자가 베트남 특파원 김인희 기자에게 전화를 건다.

"김 기자님! 정말 죄송한데요……."

미현이가 출국 전에 숨어 지낼 은신처를 제공해 달라고 부탁한다. 김 기자가 흔쾌히 승낙한다.

여행객들과 감시인이 돌아오기 전에 둘은 호텔에 들러 엄마와의 기억들을 호텔에서 빼내온다.

"여기서 3일만 숨어 있어. 언니가 다 준비해둘게!"

안 기자는 미현이를 동료 기자가 마련한 은신처에 안착시킨다.

헤어진 날부터 같은 하늘 아래, 다른 자리에서 또다시 따로 떨어져 울어야 했다.

안 기자, 이제 울 만큼 울었다.

〈설계〉에 들어가자.'

'절대자' 감시인의 공소시효는 이미 지났다. 처벌을 할 수 없는 상태.

대한민국이 아닌 국외 영주권을 획득한 '절대존재' 앞에서 얼음 마네킹이 되어버리고 마는 미현이. 섣불리 자칫 실수라도 하게 되면 미현이가 다신 빠져나올 수 없는 감시인의 지옥 속에서 영원한 종속물이 되어버리고 만다.

'동생을 감시인이 추적할 수 없게 한국으로 빼돌려야 한다.'

호찌민 떤선녓 공항에서 출발한 비행기가 인천에 들어오면서 저공비행을 한다.

"승객 여러분, 즐거운 여행 되셨습니까? 저희 비행기는 곧 인천국제공항에 착륙하겠습니다."

아직 비행기는 하늘 위에 떠 있지만, 미리 켜둔 안 기자의 핸드폰 안테나에 불이 들어오자 홍 기자에게 문자를 한다.

「전원 스탠바이 하고 있어!」

즉시 답장이 온다.

「서울에 들어오신 거예요?」

「비행기 지금 내려서 어디 잠깐 들렀다 회사 들어

갈게」

「네 알겠습니다」

바퀴가 활주로에 닿아 비행기가 흔들린다. 국정원 3차장
에게 전화를 건다.

"차장님, 안녕하셨어요? 안지현이에요."

"오~ 우리 안 기자가 웬일로 전화를 먼저 다 주시고."

"지금 어디 사무실에 계세요?"

"왜, 무슨 일 있어?"

긴급으로 약속을 잡는 안 기자. 공항에서 택시를 잡아타
고, 역삼동 상록회관 국정원 사무실로 간다.

#47 설계

인천국제공항 제1여객터미널 111호실. 정방형 방에 입국심사장이 훤히 보이는 큰 유리창이 붙어 있다.

"웬일이야? 후배라도 갈구시러 납신 거야?"

하얀색 와이셔츠에 검은색 수트를 입은 중년의 말끔한 남성이 방에 들어오면서, 유리창 밖을 주시하고 있는 안 기자에게 뭔가 탐탁지 않은 듯 말을 건다.

"오랜만이세요. 황 국장님."

"차장님께 연락받았어. 국무총리실 양 의장 건 보답으로 오늘은 여기서 상황대기 하라던데, 무슨 일 있어?"

어쭙잖은 질문에 대답 없는 안 기자가 창밖만 응시하자, 황 국장이 모니터가 놓인 책상 위에 팔짱을 끼고 앉아 안 기자와 창 사이를 가로막는다.

"우리가 중정(중앙정보부)일 때 부훈(部訓)이 '음지에서 일하고 양지를 지향한다'인데, 우리 차장님 훈령은 뭔지 알아?"

"네?"

"정보는 고생하는 게 아니라, 공생하는 거다. 뭐 같이 먹고 살자고 하는 얘기지. 거, 저번 양 의장 일처럼 너무 센 거

갑자기 터트리지 말아줘. 어떻게 우리보다 빨라? 깜빡이는 켜고 들어와야 상도덕이지, 그런 거 있을 때 찔끔찔끔 던져주고 하면 좀 좋아? 이렇게 필요할 때만 연락하지 말고."

"알았어요. 다음에 큰 거 있으면 미리 공유해 드릴게요. 이번엔 고마워요."

"그래, 그래야지. 제발 그래만 주라. 나도 회사에 면이 서야 야매로 지시를 받아도, 뭘 돕든가 말든가 할 거 아냐."

안 기자는 황 국장의 어깨 너머 창밖만 바라보고 있다.

"안녕하세요, 선배님."

사무실에 들어온 편한 캐주얼 차림의 남자가 안 기자에게 깍듯이 인사한다.

"어, 조 기자. 티켓 부킹 고마웠어. 지금 바쁘니까 이따 얘기하자."

"네, 선배님."

황 국장이 또 말을 건다.

"벌써 7, 8년 됐나? 그때 탈북자 민증번호 받게 해준 여자애는 잘 지내? 이름이……, 민…… 수…… 뭐였던 거 같은데……."

"학교 다녀요."

"봐라, 봐. 우리한테 고마워할 거 많잖아? 서로 돕고 좀 삽시다. 그래야⋯⋯."

"그만!"

안 기자가 낮은 소리로, 갑자기 손을 들어 111호실을 일 순간 멈춘다.

캐나다발 보잉747 인천공항 착륙.

넓은 챙 하얀 모자에, 굵은 테 안경을 쓰고 과할 정도로 진하게 화장한 여인이 입국심사대 앞에 선다. 법무부 출입국 직원이 캐나다 여권을 받아 적외선 판독기에 스캔한다. 모니터에 깜박이는 붉은 글씨.

「외교 17호 / 별정 패스」

직원이 형식적으로 여권과 여자를 번갈아 본다. 사진 속에 학창 시절 취업을 하기 위해 다이어트했던 안경 낀 마틸라. 얼굴형, 이목구비, 헤어스타일⋯⋯, 아까 화장실에서 그린 왼쪽 눈가의 빨간 점은 어차피 테에 가려 안 보인다.

"미스 마틸라?"

"예."

"한국에 오랜만이시네요?"

"네, 취직하러 왔어요."

'외교 17호', 프로토콜(protocol)에 따른 적정한 요식행위를 마치고,

　통과.

이 광경을 진짜 마틸라가 안에서만 밖이 보이는 인천공항 국정원 분소인 '111호실'이라 불리는 사무실에서 지켜보고 있다. 그녀 허리춤에 채워진, 공항 어디든 아무런 제재 없이 들어갈 수 있는 출입증. 굵고 빨간「PRESS」란 글자가 선명히 박힌 출입증의 통실한 상반신 사진 밑에「기자 안지현」이라고 적혀 있다.

공항 출국장 앞 주정차 금지구역.「연합채널」이라고 쓰인 취재차 운전석에서, 선글라스 낀 메이퀸 수련이가 처음 보게 될, 한 살 터울의 둘째 언니를 기다린다.

'외교 17호.' 국가정보원 대외협력국 정무기획팀의 승인

을 받은, 망명대상자 일시적 무여권 입국 처리규정.

3개월 후 안미현은 법무부 국적심의위원회의 심사를 마치고 자신의 한국 이름으로 여권을 발급받는다.

동생 미현이가 감시인에게 추적되지 않으려면 조회가 안되는 신분으로 한국에 들여와야 했다.

안 기자는 그녀가 지금까지 해온 가장 잘하는 것을 하기로 한 것이다.

취재와 탐사보도의 기본,

'설계'.

1. 조사를 한다.

2. 판을 짠다.

3. 변수를 통제한다.

여동생 미현이를 베트남 호찌민에서 캐나다를 거쳐 자신의 영어 이름으로 한국에 입국시킨다. 한국과 캐나다 복수국적을 가진, 공항 출입기자를 거친, 한국기자상을 수상한베테랑 기자에겐 어렵지 않은 일이었다.

여태껏 자신이 설계한 수많은 기획들처럼, 이번에도 의연하게 프로젝트를 성공시켰다.

휴가를 낸 안 기자는 몸도 마음도 지쳐 있는 미현이와 전남 완도로 내려가 회복과 치유 여행을 다녀온다.

긴 여행을 마치고 미현이가 어느 정도 안정을 찾자, 자신이 출입하던 회사에 인턴으로 미현이를 추천한다.

#48 미현(美現, 아름다움이 드러남)

종로 뒷골목의 숯불 전문 이자카야.

'타닥타닥 타다닥 탁.'

석쇠 위에서 은행알들이 노릇하게 익어간다.

단체석에 빠릿빠릿한 양복쟁이 열댓 명과 하얀색 긴 팔 블라우스에 검정 펜슬스커트를 입은, 윤기 있는 긴 생머리에 반짝이는 하얀 피부의 아가씨가 앉아 있다.

머리가 희끗한 부장님이 말한다.

"오늘은 우리 해외사업부에 채용연계형 인턴으로 들어온

안미현 씨 환영식이야. 마음껏 먹고 마시고 우리의 미래와 렉센그룹의 번영을 기원해봄세. 자, 건배!"

일제히 원샷.

"부장님, 은행 다 된 거 같은데, 드셔 보시지요."

"은행? 무슨 은행? 신한은행? 국민은행?"

"……."

"……."

노답.

부장님이 시작부터 하이텐션이다.

"오늘 해외사업부 총량 부장, 연짱 과장, 당일 대리가 다 모였네."

"?"

"???"

업된 부장님이 하고 싶었던 아재 개그의 끝판을 모조리 발산한다.

"나로 말할 거 같으면 술 마시는 총량으로는 우리 부서에서 단연 1등이라 '총량 부장'이고, 여기 노 과장은 매일 마시니 '연짱 과장', 정 대리는 하루 마시는 양으로는 아무도 못 당해내니 '당일 대리'란 말이지."

"……."

"……."

회식 분위기가 애써 화기애애하다.

"안미현 씨는 면접 올 때부터 특출난 미모 때문에 회사가 난리 났었는데. 우리 부서에 그 꽃이 왔네그려. 자~ 자, 한 잔씩들 더 들자고."

중년에 접어들어 넓어지는 이마를 왁스에 떡진 앞머리로 무리하게 가린 건장한 노총각 김재현 대리는 구석에 다소곳이 앉아 있는 가녀린 홍일점에게 눈이 슬금슬금 가는 자신이 부끄럽다.

"자~ 자, 남정네 사원분들. 이번에 들어오신 아름다운 안미현 어린 양에게 눈독들이지 말고 젠틀하게, 언제나 젠틀하게 알지? 우리는 대기업 다니는 젠틀한 렉센맨이란 거. 오케이? 그리고 이봐, 김 대리. 오늘 우리 안미현 씨 집 무사히 들어가는 거 책임지고 알아서 해. 자네 특전사 출신 아닌가?"

"아, 예, 부장님……. 그런데 특전사 얘긴 말아주세요. 집이 어려워 말뚝 박았던 건데요, 뭘."

"오케이, 오케이. 어쨌든 잘 부탁해. 특전사!"

2차 노래방에 3차로 노가리에 맥주까지 마쳐지고, 김 대리는 새로 들어온 인턴을 그녀가 언니와 같이 산다는 집 근처 목동 파리공원까지 택시로 바래다준다. 정중히, 부장님 말씀대로 젠틀하게.

지하철로 돌아오는 내내, 자꾸 그녀가 생각난다.

'이러면 안 되는데.'

해외사업부 주간 전체회의.

"김 대리는 노 과장이 올렸다가 반려된 상신(上申)에 임원 분들 의견 적용해 다시 올려주고, 미현 씨는 미팅 내용 정리해 나한테 보내면서 그룹웨어에 공유하고!"

"예, 부장님. 알겠습니다!"

미현이가 씩씩하게 대답하고, 김 대리가 묵묵히 끄덕인다.

김 대리, 당연히 미현이가 신경 쓰인다. 부장님의 지시 내용을 처리하면서도 계속 그녀가 앉은 자리에 눈이 간다.

'잘하고 있으려나?'

그녀 쪽으로 가본다.

"미현 씨, 지금 작업하는 거 전체회의 내용인가요?"

"네, 대리님."

"잠깐, 볼까요?"

"그럼요."

방긋.

'이런!'

훑어볼 필요도 없다. 초반부터 헤매고 있다. 이러다간 오늘 내로 보고는커녕, 올려봤자 깨질 게 뻔하다.

'설교하거나 질척여선 안 된다.'

그녀가 세대 차이를 느껴서는 안 되니까.

"깔끔하게 잘했네요. 아 참, 내가 가지고 있는 예전 자료 내용을 보완하면 더 명료해질 거 같은데, 이거 나한테 토스해줘요. 그때 포맷에 얹어볼게요. 어차피 나도 부장님 결재라인 들어가 봐야 하니까 같이 보고드리죠."

"네, 대리님. 편할 대로 하세요."

김 대리는 자리로 가 자기 일은 제쳐두고 미현이의 회의 내용 보고서의 폭풍작업을 개시한다. 빛의 속도로, A부터 Z까지.

미현이의 보고를 받은 부장님이 미현이 옆에 서서 칭찬을 퍼붓기 시작한다.

"미현 씨, 보고 잘 받았어. 무슨 보고서를 이렇게 빨리 잘 써? 회사생활 처음이라며? 미모도 미모지만 재원일세, 재원이야. 다들 명심해둬. 우리 같은 샐러리맨들 업무는 보고로 귀결되고, 그 중차대한 보고는 타이밍이 생명인 거야!"

깔끔하게 결재가 마쳐진 자신의 보고서가 담긴 결재판을 건네받은 미현이가 뿌듯한 마음에 펼쳐본다. 결재판 안에는 자신이 작성하지 않은 처음 보는 개념어(概念語)와 그래프의 조합들이 일목요연하게 나열되어 있다.

#49 백곰

"김 대리, 아니 이젠 김 과장님이라고 불러드려야지. 승진 축하해."

머쓱.

"이번에 유럽 FTA(자유무역협정) TF도 맡으셨는데, 과장

직급에다 요즘 가장 핫한 이슈의 팀장 보직까지 꿰찼으면 당연히 한턱 쏘셔야죠!"

"맞아요, 김 팀장님~ 한턱내세요~!"

김 과장 동기와 후배들의 축하 인사에 총량 부장님이 한 술 더 뜬다.

"그럼 김 과장 말고, 김 팀장님이라고 불러야겠네. 어이, 김 팀장!"

수더분한 그를 해외사업부 모두가 축하해 준다.

"감사합니다. 아무 때나 말씀 주시면 제가 시원하게 쏘겠습니다."

하반기 인사발령. 노총각 김 대리의 과장 승진 발표가 났다. 부상으로 그룹 계열 콘텐츠 배급사의 영화티켓과 백화점 상품권이 나왔다.

"김 대리님, 아니 과장님, 축하드려요."

상큼한 미소와 향기.

안. 미. 현.

특전사답지 않게 얼굴이 빨개진다.

"어……, 미현 씨, 고마워요. 회사에서 상품권하고 영화티켓 나왔는데 언제 한턱낼게요."

김 과장이 널찍한 어깨와 두꺼운 엄지를 치켜세워 보인다.

"그럼요. 당연히 그러셔야죠. 풋."

자연스럽게 흘렀다. 아무도 눈치채지 못했다. 이 한마디를 타이밍 맞춰 더듬거리지 않게 말하려고 김 과장은 어찌 될지도 모를 승진 발표를 기다리며 엄지 제스처와 함께 거울 속 자신에게 수도 없이 말을 걸며 시뮬레이션을 돌렸다.

다음 주 일요일. 둘은 회사에서 나온 티켓으로 영화를 보기로 한다.

강원도 깡촌에서 나고 자라 사치도, 멋도 단 한 번 부려본 적 없는 김 과장. 특전사 시절부터 모아온 결혼준비자금이 불어나는 것만을 유일한 낙으로 삼으며 대기업에 다니는 지금도 월세 25만원짜리 고시원에서 숙식을 해결하는 짠돌이다.

그런 그가 미현이와의 주말 영화 데이트를 위해 약속이 잡힌 날부터 입고 갈 옷을 고르느라, 태어나 처음 남성패션 잡지를 사보고 인터넷 쇼핑몰을 뒤진다.

결국 자신의 촌스러운 감각을 믿지 못하고, 고향 친구들 중에서 옷을 제일 잘 입는다고 생각하는, 안산에서 코인노래방 하는 중학교 친구, SNS 닉네임 '우주 최고 패피' 친구에게 코디를 부탁한다.

김 과장은 승진 부상으로 받은 상품권을 챙겨 친구와 만나기로 한 압구정동에 있는 백화점에 간다.

저 앞에 친구가 보인다. 친구는 초등학생 때 아버지 따라간, 먼 친척 결혼식 이후 30년 만에 서울로 올라가는 설레는 마음에 올블랙 패션으로 과감하게 치장했다. 비니 모자, 나시 티, 반바지에 검정 양말과 샌들까지. 영락없는 까마귀다.

"고맙다, 친구야. 서울까지 와줘서."

"고롬! 친구 놈 부탁인데 와야지. 걱정 마라. 최고의 멋쟁이로 만들어줄게. 내 패션 신념은 하나! 멋은 부리는 게 아니라, 멋 그 자체로, 그 자리에 존재하고 있으면 된다는 거. 과유불급, 자연스러운 게 최고지!"

'잘 골랐다. 역시 멋진 놈!'

김 과장과 까마귀가 백화점 4층과 5층 남성복 매장을 하나도 빠짐없이 훑고 있다. 까마귀는 메모까지 해가면서 체크 포인트를 점검 중이다.

까마귀가 친구에게 이태리 아재 스타일이라는 하얀색 스키니 코르덴 바지에, 계절을 한 템포 앞서가야 한다며 연한

베이지색 캐시미어 목티를 백본(backbone)으로, 복고풍이 대세라 빼놓을 수 없다는 허리까지 껑충하게 올라간 청재 킷을 코디해준다. 패션피플의 화룡점정 조언. 검정색 양말에 검정 샌들을 신은 자신의 다리를 들어 보이며 말한다.

"마! 친구야. 패션의 기본 중의 기본에 연장효과라는 게 있어. 다리가 길어 보이려면 바지와 양말 그리고 신발 색 중에 두 개는 같아야 하지. 이 타이트한 백바지에 최적의 앙상블인 순백의 화이트 양말로 마침표를 찍자. 거기에 반짝이는 검정색 정장 구두는 너를 댄디의 극치에 이르게 하는 필수 아이템이 될 거야."

김 과장의 입꼬리가 올라간다. 친구의 조언으로 입고 왔던 옷들은 싸 들고, 방금 쇼핑한 최신 아이템으로 하얗게 빼 입은 김 과장과 새까맣게 차려입은 까마귀가 서로를 바라보며 뿌듯해한다.

"진짜 고마웠다, 친구야. 신세 많이 졌어. 패션하면 역시 너밖에 없구나!"

"별말씀을……. 크든 작든, 깊든 얕든, 빚을 지고 사는 게 인간이고, 빚이 있어야 열심히 사는 게 인간인 거야."

아무튼 말 많은 까마귀다.

"그래, 어쨌거나 고생했으니 맛있는 거 먹으러 가자. 나도 요즘 다이어트하느라 90킬로 안쪽으로 들어와서 요샌 정말 금방 지쳐. 오늘만은 원하는 거 실컷 다 먹자. 강남 한복판에서 제일 맛있는 파스타를 코스로 쏠게."

"빠스타? 그게 뭔데?"

"어? 어……, 스파게티."

"오~! 강남 쏴람~. 좋아. 강남에서 퐈~스탸 한번 원 없이 먹어볼 수 있는 거지? 고생한 보람이 있네."

둘은 잠실 롯데백화점 푸드코트에 가기로 한다.

역에서 내린 바둑판의 검은 돌, 흰 돌 두 개가 지하 푸드코트에서 토마토 파스타와 콤비네이션 피자를 주문한다.

"친구야, 만나는 아가씨가 도대체 누군데 나같이 최첨단의 코인사업하는 귀한 패셔니스타를 안산에서까지 불러들였냐?"

순간 김 과장의 눈이 마법에 홀린 듯 푸드코트 천장을 바라보다 미현이 생각에 푹 젖어든다.

"엉, 천사. 날개 잃은 천사."

"미쳤군, 미쳤어. 저 썩어 문드러진 동태 눈깔 봐라. 너 뽕 맞았냐?"

친구의 편잔에 아랑곳 않고 미현이를 떠올리는 것만으로

도 가슴이 벅차오른 김 과장.

"알았다, 알았어. 친구가 그토록 사랑하는 소중한 천사라면, 너의 그녀를 위한 비장의 팁을 하나 더 선물해주지……."

"친구야! 제발 좀 알려줘. 천사한테 네 얘기 잘해둘게."

"여자는 말이지, 남자들하고 비교도 안 될 섬세한 후각을 가졌는데 말이야……."

토마토 파스타 다음으로 크림, 알리오를 메뉴판 순서대로 다 먹어본다. 마지막에는 메스껍다며 식초와 겨자를 왕창 넣은 코다리 비냉 곱빼기로 마침표.

#50 데이트

일요일, 신사역 주유소 사거리 뒷골목 「둘리고시원」.

넓은 어깨를 가누지 못하고, 한쪽 어깨가 삐져나온 좁은 침대에서 김 과장이 부스스 일어난다.

고시원 공용화장실, 모서리 한 귀퉁이가 부채꼴 모양으로 날아간 거울 앞에서 벌써 머리를 세 번 감았다가 세 번째 말리고 있다. 헤어스프레이에 익숙하지 않은 데다, 오전에 내린 초가을 비로 꿉꿉한 날씨에 머리가 계속 떡이 진다.

'미리 가 있어야지!'

김 과장이 강남역에 내려 계단을 오른다. 그렇지 않아도 남들보다 두 배는 됨직한 허벅지와 종아리인데, 타이트한 스키니 바지 때문에 하얀 양말 위까지 밑단이 말려 올라가 있다. 숭숭 난 다리털이 적나라하다. 답답해하는 하체에, 간질거리는 캐시미어 목티가 조여와 땀으로 온몸이 흥건히 젖어 있다.

지하철로 오는 도중 역 지하상가에 찾아둔 올리브영 향수 코너로 간다. 패피 까마귀가 알려준 절대팁.

'여자들은 섬세해서 남자의 목젖에서 나는 은은한 향에 민감해한단 말이지!'

진열장에는 처음 보는 메이커들뿐이다. 옆 진열장에 낯익은 상표가 시야에 들어온다. 'FILA', 「No. 1 인기상품」이라고 스티커도 위풍당당하게 붙어 있다. 목과 겨드랑이에 덕지덕지 뿌린다.

점원이 다가온다.

"저, 손님. 죄송한데 테스팅하고 계신 향수는 살구하고 장

미가 믹싱된 여성 전용인데요."

'그러고 보니, 향이 달다.'

이미 왕창 뿌렸다.

김 과장 눈에 영화관 1층 할리스 커피 앞에 서 있는, 빨간 긴 팔 블라우스를 단정히 입은 미현이가 들어온다. 100킬로 밖이라도 노총각 김 과장은 그녀를 알아볼 수 있다. 미현이에게 다가가는 한 발자국 한 발자국이 머리 깎고 입대하던 때보다 더 떨린다.

"어! 미현 씨, 일찍 와 있네요. 미안해요. 먼저 와서 기다리려고 했는데……."

귀여운 그녀. 인사는 안 하고 하얀 이빨로 웃어 보이며,

"호호. 과장님 무슨 백곰 같아요. 까르르. 백바지에 하얀 양말, 검정 구두. 마이클 잭슨이에요? 까르르까르르. 바지가 터질 거 같아요. 까르르."

미현이가 입은 빨간 블라우스보다 더 빨개진 얼굴의 김 과장.

'그녀가 웃고 있다, 활짝이나. 어쨌거나 이 세상에서 그녀만 즐거우면 그만이다.'

영화관으로 올라가 캐러멜 팝콘과 콜라 콤보세트를 사서 영화를 본다.

여자에게는 재밌었고 남자에게는 내용이 기억에 없다. 미현이의 윤기나는 긴 생머리 샴푸 향기에 홀린 김 과장 눈에는 스크린이 하얗게 보이기만 했다.

엔딩크레딧이 오르고 영화관을 나온다.

"과장님, 영화관에서 희한한 걸레 냄새나지 않던가요? 나만 맡았나? 코가 제대로 가스라이팅 당했는지 지금도 계속 나네."

"……."

'백곰 코디에 이어, 향수와 땀과 습기가 만나 걸레 냄새까지……. 다신 안산 패피인지 피폐인지 모를 이노무시키 말을 듣지 않으리!'

김 과장이 재빨리 말을 돌린다.

"미현 씨, 좀 이르긴 한데 저녁식사는 뭘로 할까요?"

"저, 세상에서 대패삼겹살 제일 좋아해요."

'헉, 이슬만 먹고 살 거 같은데.'

"과장님은 뭐 좋아하세요?"

"아~ 예……. 전, 문어발 소시지에 케첩……."

한남오거리로 넘어가 김 과장 승진 날 동기들에게 한턱 쐈던 「한남북엇국」으로 간다.

대패 4인분을 시킨다. 당연히 소주도.

북엇국과 밑반찬이 깔리고 기본 서비스로 계란찜이 나온다.

"이모님, 청국장 시키면 밥도 딸려 나왔던가요?"

김 과장이 아주머니께 해맑은 눈으로 묻는다.

"그럼요. 왜, 대패 나올 때 아예 같이 내드릴까?"

"넵!"

얼마 안 돼서 은쟁반에 푸짐하게 담긴 대패삼겹살과 뚝배기에 담긴 뽀글뽀글 끓는 맛깔스러운 청국장이 공깃밥 한 그릇과 나온다.

대패삼겹살에 소주는 진리였다.

좋아하는 음식과 소주로 기분 좋아진 미현. 회사의 이 사람 저 사람 얘기로 즐거워한다. 거의 씹는 내용, 동조하는 백곰.

"저번 국내사업부랑 합동으로 회식할 때, 제가 거기 부장님 테이블에 앉았는데 부장님 말씀이 너무 많으신 거예요. 완전 TMI였어요. 안 물어봤는데 굳이 이 얘기 저 얘기로 꼰대 티를 어찌나 내시던지……. 부장님이 제 멘탈에 빨대를 꽂고 요리조리 쪽쪽 빨아 마시는 줄 알았다니까요."

술이 한 병 더 들어온다.

백곰이 용기를 낸다.

"미현 씨, 영화관…… 그 걸레 냄새……, 사실 저한테 나는 거였어요. 꿉꿉한 날씨인데다가, 땀에 범벅이 된 상태에 여성용 향수까지 떡칠이 돼서……."

고기 굽는 연기가 뭉게뭉게 피어오른다.

"그래요? 킁킁, 어? 지금은 괜찮은데……, 아무 냄새 안 나는데요. 풋!"

걸레 냄새 이실직고 전까지 으슬으슬했던 백곰의 마음에 갑자기 따뜻한 봄이 찾아온다.

곧바로 씩씩해지는 백곰.

"이모님! 여기 대패 3인분을 4인분처럼 더 주시고요. 공깃밥 눌러서 한 그릇 더 주세요."

백곰이 두 번째 은쟁반에 수북한 대패삼겹살과 같이 나온 스테인리스 밥공기 바닥을 팔꿈치로 두어 번 찍어, 먹다 남은 찌개에 덮어 부어 술밥을 만들기 시작한다.

술밥용 소주가 다시 들어온다.

2차로 옆 가게 「튀김마스터」.

먹음직한 후라이드 치킨을 앞에 둔 미현이가 2000cc 생맥 피처에 빨간색 참이슬을 들이붓는다.

"미현 씨 괜찮겠어요? 여태껏 소주 마셨는데, 소맥까지……."

"백곰 과장님!! 회사 들어와 술 배우고 나서 제 유일한 술친구가 뼛속까지 기자인 우리 언니예요. 웬만한 남자들은 술 상대가 안 되는 언니한테 배운 제조법이랍니다."

동문서답, 취했다.

여자는 취하고, 남자는 굳건히 지키고 있다.

"3차 어디로 갈까요?"

"취한 거 같은데, 가죠. 집이 그때 바래다줬던 목동이죠?"

"옙! 파리공원 앞 「현대 오피스텔」요. 백곰 과장님, 거기가 왜 파리공원인지 아세요? 제가 젤로 좋아하는 프랑스랑 우리나라 수교 100주년 기념으로 지어진 이름이래요."

꼬인 혀, 동문서답의 끝판.

치킨 가게 밖으로 나오니 깜깜해져 있다.

"미현 씨, 언니분께 전화해서 지금 출발하니까 걱정하지 마시라고 연락해 볼래요?"

"뭐라고요? 힝~, 저 한국 들어와서 처음으로 언니 아닌 사람하고 단둘이 술 마셔보는 거거든요. 딱 한 잔만. 딱~ 한 잔만 더 해요."

잽싸게 주위를 둘러보는 미현이 눈에 저 멀리 불 켜진 술집 초롱이 들어왔다. 가녀린 빨간 블라우스가 손가락으로 주황색 불빛을 가리키며 우직한 백곰의 팔을 잡아끈다.

"우리 딱, 딱! 한 잔만 더하고 12시에 헤어져요. 저기, 저기 저 「오뎅야」라고 써있는 데 가봐요."

오뎅집에 들어선 미현이가 취한 눈으로 벽에 걸린 메뉴를 순식간에 스캔한다.

"사장님, 여기 꿀에 찍어 먹는 떡구이하고, 미니돈가스, 베이컨 꽈리고추, 닭껍질이요. 그리고……, 매운 오뎅하고 참이슬 빨간 거! 근데 메뉴에 '스지'는 뭐예요?"

"아, 예. 일본식 소힘줄 수육이라고 생각하시면 돼요."

빨간색 참이슬 한 병이 순삭되고, 두 병, 세 병, 네 병째.

진짜 이슬만 먹는다.

"빨갱이 한 병 더 주세요!"

가게 사장이 말린다.

"죄송한데, 지금 드시고 계신 게 마지막이에요. 저희가 1인당 소주 두 병씩만 드려서요."

"저희 지금 시킨 게 네 병짼데요?"

어쩔 수 없이 한 병이 더 나오고……, 다섯 번째 빨간색 병뚜껑이 따인다.

취한 미현. 오뎅을 크게 한 입 베어 물었는데, 씹지 못하고 스르륵 눈이 감긴다. 앞에 놓인 오뎅통과 소주에게 절을 해대며 오뎅을 문 채 세상 평온하게 잠이 든다.

백곰이 오뎅통 속 꼬치에 대고 꾸벅꾸벅 졸고 있는 그녀 얼굴이라도 찔릴까 봐 꼬치들을 자기 쪽으로 돌려놓는다.

미현이를 지그시 바라보는 백곰, 소주 한 잔 털어 넣고 스지를 집어 초간장에 찍어 먹으려는데,

'꽈당.'

미현이가 의자에서 미끄러져 엉덩방아를 찧는다. 빨간 블라우스 입에 물려 있던 오뎅이 튀어나온다. 백곰이 놀라 쓰러진 그녀를 부축해 앉힌다.

술잠에서 잠시 깬 미현이가 다시 앉아 절을 하던 소주를 말없이 마시기 시작한다.

마시고……, 마신다.

또 마시다가는.
운다. 울고 만다. 울어버리고 만다.
울고, 우는데…… 눈물을 못 흘리고,
가슴에 박힌 소리를 못 낸다.

길바닥에 쭈그리고 앉아 한참을 토하고서야 백곰에게 업힌 미현이는 혼잣말을 계속 중얼거린다. 자기가 학교 다닐 때 프랑스어를 제일 잘했다고, 그래서 해외사업부에 지원한 거라고. 꼭 파리에 가서 엄마의 양팔을 벌린 것만큼 챙이 넓은 모자를 쓰고 샹젤리제에서 에스프레소를 마실 거라고.

백곰은 자신의 널찍한 등에 업힌, 난생처음 남자와 단둘이 술을 마셔본 미현이에게 마음속으로 약속했다.

'꼭 그렇게 만들어줄게요.'

등에 업힌 미현이가 또 혼잣말을 한다.

"아유, 구린 쉰내~ 희한하고 시큼한 걸레 냄새가 새록새록 다시 나네…… 옴냐~ 옴냐~~."

"……."

백곰의 두꺼운 목을 감고 있던 가녀린 팔이 풀려 힘없이 떨어진다. 풀어진 소맷귀 사이로…… 김 과장은 미현이 손목에 그어진 수많은 빗금 흉터들을 본다.

택시로 파리공원 앞까지 도착. 김 과장은 잠든 미현이를 깨워 그녀의 횡설수설을 간신히 알아듣고서야 언니와 연락이 닿았다.

초가을 모기가 극성인 파리공원 벤치에 가느다란 미현이가 듬직한 김 과장에게 기대어 앉아 있다.

팔짱을 낀 채로 검정색 카디건을 앞으로 바짝 쪼맨 안 기자가 공원에 들어섰다.

"미현아? 정신 차려! 괜찮아?"

"안녕하십니까? 저는 미현 씨 회사 동료……."

김 과장이 일어나 인사를 하는데, 술과 잠에 취해 중심을 잃고 옆으로 넘어지려는 미현이를 안 기자가 잽싸게 잡아챈다.

안 기자가 미현이 겨드랑이에 팔을 넣어 일으켜 세우다가 김 과장을 째려본다.

삭막, 까칠.

"죄송합니다, 제가……."

주저리주저리.

안 기자가 미현이를 부축해 공원 밖으로 데리고 나간다.

사라지는 자매를 김 과장이 멍하니 쳐다본다.

"나 출근한다. 오늘 패션 어때?"

미현이가 블라우스 소매 끝을 잡고 양팔을 들어 제자리에서 한 바퀴 돈다.

"머리 괜찮아?"

침대 이불 속에서 새어 나오는 잠 덜 깬 안 기자의 허스키 보이스. 이불 사이로 안 기자 눈이 부스스 뜨이면서 베개 옆에 팽개쳐져 있는 뿔테안경을 집는다. 지금은 개의치 않는, 눈 옆의 점 가림용으로 써오던 도수 없는 안경. 이젠 습관이 되어버려 눈 뜨고 있을 때 안 쓰고 있으면 왠지 허전하다.

"응, 머리는 견딜 만한데 속이 쓰리고……, 엉덩이는 왜 아프지?"

"어제 그렇게 변기를 잡고 토했는데 안 그러면 이상하지. 배고프겠다. 속 다 헐었을 텐데."

"엉, 콩나물국 만들어서 해장했어. 남은 거 가스레인지 위에 있으니까 출근하기 전에 먹고 가."

언니가 나가려는 미현이에게 묻는다.

"어제 그 남자 누구야?"

"회사 과장님."

"영화 약속 있다는 사람이, 그 터지기 직전의 근육질 스키니 백바지였어?"

"응."

"사귀어?"

"미쳤어? 내 타입 아냐."

"행실 잘해라. 남자 앞에서 취하지 마. 회사에서 이미지 관리해야지. 인턴이……."

훈계를 마친 언니가 안경을 벗어 베개 밑에 묻고는, 이불을 머리까지 뒤집어쓴다.

김 과장은 미현이를 처음 본 환영 회식 자리에서 청초하고 아름다운 그녀에게 첫눈에 반했고, 짝사랑 1년 반 만에 과장 승진을 빌미로 자신만의 첫 영화관 데이트를 성공시켰다.

그리고 조심스럽게, 정말 조심스럽게 그녀에게 다가간다.

#51 개화(開花)

장대비 내리는 정오. 그룹웨어 대화창이 바쁘다. 부서가 다른 친한 여직원들끼리 오랜만에 점심을 하기로 했다. 같이 가기로 한 여직원들 중 최고참인 경영지원팀 최 대리가, 밖에 빗소리가 덴뿌라 튀길 때 나는 소리 같다며 「지구당」으로 텐동을 먹으러 가자고 한다.

「everybody 콜~」로 대화창이 닫힌다.

미현이가 점심식사 나가려고 신발을 갈아 신는데, 대회의실에서 나온 부장님이 미현이를 부른다.

"미현 씨는 점심 나중에 먹고, 영국 법인이 신탁으로 보험사 통해야 한다니까 명동 가서 계좌 하나 터 와!"

"예, 부장님!"

이유 없다. 「everybody 콜~」 런치가 돌연 늦은 혼밥이 됐다. 미현이가 여직원들 카톡방에 「ㅠㅠ」을 적어 날린다.

김 과장이 부장님에게 다가가 조용히 말한다.

"부장님, 한 번 트면 계속 거래해야 하는데 미현 씨 혼자만 다녀오게 하기가…… 저도 같이 갈까요?"

"어, 그래? 괜찮겠어? 김 과장 점심식사 늦어지면 헐크로 변하잖아."

"언제 적 얘길 하세요. 이제, 저 과장입니다."

"김 과장이 같이 가주면 든든하고 좋지. 그럼, 복귀 시간 개의치 말고 다녀오게. 재무팀에다가 우리 팀이 서류랑 사용인감 수령할 거라고 얘기해둘 테니까."

"예, 부장님."

'빗발 날리는 날씨에 그녀를 지하철과 버스를 태워 무서운 세상 밖으로 혼자 내몰 수는 없다. 게다가 법인 상대 보험사 명동지점이면 날고 기는 선수들이 모인 곳이다.'

김 과장은 재무팀에 올라가 미현이를 대신해 법인등기부등본 불출대장에 서명하고 서류와 도장을 받아, 지하 주차장에서 하얀색 스포티지를 빼내 미현이를 태우고 명동으로 향한다.

둘의 첫 드라이브.

명동 법인금융센터 VIP룸. 임 차장이란 날씬하고 멀끔한
남자 직원이 김 과장과 미현이를 맞는다. 뭘 뿌렸는지 움직
일 때마다 은은한 머스크 향이 난다.

'생긴 건 기생오라비처럼 생겨 먹어가지고선, 걸레 냄새
도 안 나고…… 따라오길 정말 다행이다.'

임 차장이 렉센그룹 명의로 된 계좌개설 신청서를 가져다
준다. 김 과장이 미현이가 혹시나 실수라도 할까 봐 임 차장
이 내미는 서류를 하나하나 무섭게 살핀다.

"미현 씨, 여기까지는 도장 찍어도 될 거 같아요. 나머지
는 우리 법무팀에 확인해야 하고요. 임 차장이라고 하셨나?
나머지는 행랑으로 보내면 되죠?"

"여부가 있겠습니까. 편한 대로 하시면 됩니다."

센터장이 근처 일식집에서 점심을 먹다가 렉센그룹이 명
동지점에 신규계좌를 개설한다는 연락을 받고 버선발로 달
려왔다.

헐레벌떡 VIP룸에 들어온 센터장이 인사를 한다.

"렉센그룹이 저희 지점을 이용해 주신다니, 몸 둘 바를 모

르겠습니다."

명함을 교환한다.

「해외사업부 EU-FTA 대응 TFT 팀장 김재현」

"아, 김 팀장님이 저희를 담당하시는군요. 잘 부탁드립니다. 저는 법인금융센터장 정갑현이라고 합니다."

"아닙니다. 담당자는 제가 아니라 여기 안미현 씨이십니다."

미현이가 앉은 채로 얼떨결에 고개를 끄덕이고, 서 있는 센터장은 미현이에게 90도로 각듯하게 인사한다.

김 과장이 체크해 건네주는 스무 장이 넘는 서류에 미현이가 날인한다. 마지막 장에 도장을 찍고는 미현이가 다 됐다는 곁눈질을 하며 김 과장에게 고개를 끄덕인다.

김 과장이 다시 한 장, 한 장 꼼꼼히 확인한 후 임 차장에게 건넨다.

"자, 이걸로 됐습니까?"

"감사합니다. 앞으로 열심히 하겠습니다."

임 차장이 날인받은 서류를 챙겨 나간다.

"센터장님, 근처에 맛집 있나요? 저희가 점심을 아직 못해서……."

헐크로 변해갈 시간.

"아, 예. 저희 센터 옆 중국대사관 건너에 오래된 중국집이 있는데, 거기가 끝내줍니다."

"비도 오는데, 청요리 좋네요. 미현 씨 어떠세요?"

끄덕.

김 과장이 센터장의 탁월한 추천에 만족해한다.

양손에 쇼핑백을 든 임 차장이 들어와 센터장 옆에 조용히 앉는다.

"점심은 저희가 모시겠습니다. 임 차장! 당장 중국대사관 앞에 우리 항상 가는 데 2층 VIP룸에 최고급 코스로 네 명 예약해! 법인금융센터 VIP팀이라고 하면 없는 자리도 빼줄 거야!"

"아닙니다. 벌써 2시라 식사들 다 하셨을 텐데."

김 과장이 마다한다.

"이런 배려까지……, 알겠습니다. 제가 오버해 심한 결례를 범했습니다. 죄송합니다. 다음에는 꼭 한 번 기회를……."

"네, 가게 이름만 알려주세요. 알아서 찾아가겠습니다."

"넵, 대사관 대각선에 「개화(開花)」라는 집입니다. 근처 식당 사람들도 거기서 늦은 런치를 할 정도로 정평이 나 있습니다. 코스 후식으로는 유니짜장을 꼭 드셔봐야 하고요."

센터장이 굽신굽신 눈치를 보다가 옆에 앉은 임 차장이

들고 온 쇼핑백을 열어 「30th」라고 적힌 카드형 USB 30개들이 박스들을 보이며 말한다.

"이건, 지난달 저희 30주년 때 기념품으로 나온 카드형 USB인데 필요하시면……."

"아, 예. 그리고, 저희가 타고 온 차, 밥 먹고 찾아가도 되겠습니까?"

"두말하면 잔소리지요. 무거우실 텐데 차 키 주시면 USB 실어 두고 대기하고 있겠습니다."

"그냥 저희가 알아서 하겠습니다. 미현 씨, 우리 이제 일어나 볼까요?"

"네, 팀장님."

미현이가 가뿐하게 일어나고, 김 과장이 인감과 나머지 서류들을 주섬주섬 챙겨 따라 일어난다.

센터장이 기립해 공손히 바지 옆 재단선에 가지런히 손가락을 모으고 인사할 준비를 한다.

"안미현 씨라고 하셨죠? 앞으로 잘 부탁드리겠습니다."

센터장의 폴더 인사.

미현이는 김 과장이 있어 자신이 존중받고 있다는 걸 느낀다.

배고픈 헐크 눈빛 김 과장과, 초긴장되는 법인 금융거래 첫 계약업무로 급수척해진 미현이가 중국집 「개화」에 들어선다. 입구 옆 카운터 앞에 앉는다. 센터장 말대로 드문드문 하얀 차이나칼라의 유니폼들이 보이고, 경찰복장을 한 사람들이 단체로 홀 한 귀퉁이를 차지하고 있다. 주변 식당의 주방 스태프들과 중국대사관을 지키는 전경들이다.

둘은 센터장이 극구 추천한 유니짜장 곱빼기와 보통, 그리고 군만두를 시킨다. 김 과장이 카운터에 서 있는 아주머니에게 묻는다.

"사장님, 여기 얼마나 됐나요?"

"저희 시아버지 때부터 하셨어요."

"와, 역사가 있네요. 근데 유니짜장은 무슨 뜻이에요?"

"'유니'가 중국말로 다진다는 뜻인데, 양파랑 고기를 다져서 볶아낸 짜장이라 유니짜장이라고 해요."

"기계로 다지나요?"

"그러면 물탕이 돼서 모든 걸 손으로 다져야 돼요."

'이유 있는 가게다.'

헐크의 식사관(觀). 내용을 알고 먹어야 맛이 배가되는 법이다. 그게 음식에 대한 예의라는, 타협할 수 없는 이 남자의 숭고한 고집.

유니짜장이 나온다.

"미현 씨, 고춧가루 뿌려요?"

"네, 매운 거 좋아해요."

김 과장이 보통 짜장면에 고춧가루를 적당히 뿌려서, 맛있게 비벼 미현이 앞에 다소곳이 놓는다. 자신의 곱빼기에는 고춧가루를 왕창 부어 듬성듬성 비빈다.

"맛있게 드세요. 미현 씨."

"네, 잘 먹겠습니다."

김 과장이 미현이가 집은 짜장면발의 다섯 배를 들어 올려 큰 입속에 집어넣는다.

짜장면 맛을 본 미현이 눈이 휘둥그레져 감탄을 쏟아낸다.

"과장님, 정말 대박인데요! 저 이 짜장면 언제 먹어봤던 거 같아요."

김 과장이 동조의 끄덕임을 격하게 해 보인다. 본격적으로 각자 알아서 흡입기 달린 입에 들이부어 먹는다. 곧이어 군만두가 나왔다. 아삭한 피와 탱글한 속살에 헐크의 눈빛이 점차 귀여운 아기 백곰으로 변하고 있다.

김 과장이 짜장면을 밥으로, 만두를 반찬으로 젓가락질을 해대며 흡족해한다. 면을 거의 다 먹자 남은 짜장소스에 비벼 먹을 요량으로 공깃밥을 시킨다.

곧바로 밥이 나온다.

"어이구, 남자분이 빨리 잘도 드시네. 밥 모자라면 더 얘기해요. 서비스 줄 테니."

2분 지났다.

"사모님, 밥이 모자라요."

호의를 무색하게 만드는 불편한 당당함. 인사치레로 말한 공깃밥 서비스가 현실이 된다.

새로 나온 온전한 공깃밥을 짜장 그릇에 부어, 모자란 짜장소스를 보충하기 위해 생양파 찍어 먹던 춘장에 식초를 넣고 그 위에 고춧가루를 뿌려 밥에 넣고 비빈다.

클리어. 완식이다.

비 오던 하늘이 화창하게 개었다.

둘은 「개화」 옆에 있는 화(華)과자 전문점에서 월병(月餅)을 하나 사, 반을 쪼개 나눠 길거리 시원한 아이스라떼로 디저트까지 깔끔하게 마무리한다.

명동 데이트, 성공적이었다.

하얀 SUV가 렉센타워 정문 앞 도로에 정차한다.

"미현 씨, 먼저 올라가서 재무팀 오 과장한테 이 서류들하고 사용인감 건네주기만 하면 돼요. 혹시나 모르는 말 물어보면 대답하지 말고, 내가 올라가서 얘기할 거라고 하고요. 전 주차해놓고 총무과에 법인차량 운행일지 기록하고 올라갈게요."

'이 남자……, 나를 소중히 지켜주고 있다.
철저히, 진심을 다해…….'

그 후로도 이런저런 시덥지 않은 이유를 댄 몇 번의 데이트가 더 있었지만, 미현이는 그룹에서 '미스 렉센'이라고 소문이 돌 정도로 남자라면 누구라도 한눈에 반할 미인이라 백곰은 불안했다.

용기를 내서 고백을 하고, 한참에 한참을 더한 시간이 지나면서 고백이 조금씩, 아주 조금씩 받아들여진다.

그보다 더한 시간이 지나……,
여자가 자신을 지켜줄 남자를 더 사랑하게 되고…….

#52 피앙세(fiancée)

미현이가 안 기자 늦은 퇴근 시간에 맞춰 방송국 1층 카페에서 김 과장을 인사시킨다.

"다시 뵙게 되었습니다. 저번엔 공원에서 인사를 제대로……, 안녕하십니까? 같은 부서에 근무하는…….."

"미현이한테 들었어요. 그땐 서로 경황이 없었네요."

까칠, 날카로운 기자의 눈.

'나이가 좀 많은데……. 펑퍼짐한 수트는 또 왜 저렇게 촌스럽지?'

테스트.

"좁지만 저희 집 가서 저녁 겸 한잔 어떠세요?"

"좋습니다. 그런데 제가 오늘 미현 씨네 집에 갈 줄 몰라서 빈손으로……. 잠깐 계시면 과일이라도 사 오겠습니다."

"아니에요. 제가 갑작스럽게 초대하는 건데요 뭘."

셋은 목동의 좁은 원룸 오피스텔로 옮겨, 앱으로 탕수육과 빼갈, 짬뽕 국물을 시킨다.

안 기자가 묻는다.

"주량이 어떻게 되세요?"

김 과장이 와이셔츠를 걷어 굵은 팔목을 보인다.

"보시다시피 제가 통뼙니다. 특전사 제대할 때까지 술을 입에도 못 대다가, 회사 들어와서 늦게 술을 배웠는데도 이런 빼갈 서너 병은 혼자서도 너끈히 다 마십니다."

기자라고 소개받은 사랑하는 여자의 친언니 앞이라 긴장돼 쓸데없이 말이 많다.

"한잔하세요."

"예, 주신 거 마시고 한잔 올리겠습니다."

'쭈욱.'

"저도 빼갈 한잔 올립지요."

"네."

잔들이 오간다.

사이좋게 탕수육 한 입씩.

남자 안 취한다. 특전사.

여자 안 취한다. 기자.

"과장님, 한잔 더 하세요."

"예, 감사합니다."

'쭈~욱!'

"자, 이번엔 제가 드리겠습니다."

다시 잔이 오가고,

사이좋게 짬뽕 국물 한 입씩.

그렇게 수십 번을 잔이 더 오가며 서로의 대화가 흐른다.

김 과장은 어릴 적 가난했던 얘기고, 안 기자는 베트남에서의 유년 시절과 사라진 자매의 아버지 얘기다. 서로 말이 잘 통한다. 둘 사이에서 미현이가 좋아라 한다.

'이 남자를 바라보는 미현이 눈이 행복해하고 있다.'

술이 사람을 마시기 전까지가 주량이다.

남자 취한다. 그냥 취한 남자.

여자 안 취한다. 동생의 보호자.

장인이 예비 사위에게 술을 먹이듯, 끝까지.

가운데 앉아 졸던 미현이가 잠을 깨겠다며 맥주 사러 나

갔을 때, 김 과장이 최후의 정신줄을 잡고 말한다.

"미현 씨 제가 지킬 수 있습니다! 미현 씨 손목의 무수한 상처들을 미현 씨 머릿속에서 싸그리 지워줄 수 있습니다. 제가 지키겠습니다! 저 특전사입니다."

'나를 믿고 사랑해주는 여자.
어제의 기억도, 내일의 불안도.
당신의 모든 걸 사랑으로 지키리라.
목숨을 걸고 당신을 지키리라.'

새벽까지의 술자리를 마치고 김 과장이 오피스텔 문을 나서면서 이마가 무릎에 닿을 정도로 인사를 한다. 엘리베이터로 걸어가는 듬직한 김 과장을 보며 반골 기질 안 기자가 미현이의 남자를 흡족해한다.

'동생을 목숨 걸고 지켜줄 남자.'

#53 온나나카세(女泣かせ, 여자의 눈물)

　사내 비밀연애 2년째.

　드디어 미현이의 정규직 발령이 났다. 둘은 기념으로 일본 후지산으로 여행을 계획한다. 일본을 처음 가보는 미현이는 커플사진 찍을 기대에 한껏 부풀어 있다.

　김 과장이 사랑하는 그녀에게 최고의 여행을 선사하기 위해 사전조사한 내용을 브리핑하기에 여념이 없다.

　"미현 씨, 후지산 정상에 올라가면 우체통이 하나 뻘쭘하게 서 있대요. 카메라나 스마트폰이 없던 옛날에는 후지산을 올랐다는 걸 말로밖에 증명할 수 없어서, 등반객들이 거기서 편지를 써서 집으로 보내 산을 완등했다는 인증을 할 수 있도록 만들었다네요. 그리고 우체국 옆에서 컵라면을 파는데, 편의점에서 150엔짜리 라면을 1000엔으로 바가지 씌우는데도 그게 합법이래요. 왜냐면……."

　금요일과 주말을 껴 반차를 낸 미현이와 늦은 여름휴가를 쓴 김 과장.

저녁 늦게 '후지산-시즈오카 공항'에 내려 리무진버스를 타고 시즈오카(静岡県)역으로 가, 호텔 셔틀버스로 이동한다.

후지산의 절경이 일본에서 제일 잘 보인다는 「일본다이라호텔(日本平ホテル)」에 도착.

김 과장이 타는 갈증에 냉장고에서 「에비스(YEBISU)」맥주를 두 캔 꺼낸다.

"호텔 맥주면 비쌀 텐데."

짐을 풀던 미현이가 걱정스럽게 말한다.

"걱정 말아요, 미현 씨. 이따가 야식 추진하러 나가서 같은 종류로 사서 이 맥주캔에 붙어 있는 호텔 문장 스티커를 새로 산 맥주캔에 다시 그대로 붙여두면 된대요. 〈후지산 여행 블로그〉에 적혀 있었어요."

짐을 풀고 출출해진 미현이도 미현이지만, 배고파진 김 과장이 호텔 뒤편 길을 따라 내려가 동네 슈퍼마켓에서 '당고삼형제(団子三兄弟)'와 호텔 냉장고에 다시 채워둘 에비스 맥주를 사 온다. 김 과장이 영수증에 딸려 받은 당고삼형제의 유래가 한글로도 적혀 있는 설명서를 미현이에게 보이며 말한다.

"손으로 빚은 각기 다른 옹심이 세 개를 꼬치에 꽂아 달콤 짭쪼름한 소스를 묻혀 먹어 삼형제라네요. 그러고 보니 울고, 웃고, 찡그린, 우리나라 못난이 삼형제 인형 컨셉이네."

다음 날 아침, 호텔 1층 레스토랑. 물과 공기가 좋아야 채취할 수 있다는 벚꽃새우(桜エビ)와 시라스(しらす), 와사비(ワサビ)로 유명한 시즈오카답게, 토산품들이 덮밥에서부터 오믈렛까지 조식뷔페 메뉴에 다채롭게 조화돼 요리되어 나왔다.

둘은 아침을 먹고 놀이공원에 가서 바이킹을 탄다. 바이킹의 공포를 티 안 내려고 노력하는 김 과장. 특전사 시절, 헬기 레펠 훈련하다 떨어져 다리가 부러진 이후로 세상에서 바이킹 타는 걸 제일 무서워한다. 미현이는 여태껏 놀이기구를 보는 것만도 무서워했지만, 김 과장이 있어 전혀 무섭지 않았다.

'어쨌거나 미현 씨가 행복하면 그만이다.'

귀국 전날 밤, 후지산에 어둠이 깔리자 둘은 택시를 타고 시내에 나갔다. 김 과장이 미리 알아둔 국물 없는 시즈오카 전통 오뎅전문집 「아사하치(あさ八)」를 찾았다. 1인당 4000엔에 27가지 시즈오카 토종술을 2시간 동안 무제한으로 마시는 코스를 선택한다.

시내에서 얼큰히 취한 둘은 호텔로 돌아와 꼭대기에 있는 루프바 「Upper Lounge」 테라스로 올라갔다. 김 과장은 마티니, 미현이는 바텐더에게 추천받은 '온나나카세(女泣かせ)' 사케 베이스의 칵테일을 시킨다. 루프바 직원이 전면에 파노라마로 보이는 시즈오카의 야경을 만끽하라며 망원경을 갖다준다.

술이 나온다.

미현이가 한 잔 마시는 동안, 추가로 주문한 마티니를 연거푸 들이켜 용기를 낸 김 과장, 주머니를 뒤적이더니 작은 파란색 사각 케이스 뚜껑을 덜덜 떨리는 손으로 열어 수줍게 반지를 꺼내 든다.

"미……현 씨, 당신을…… 제가 곁에서 영원히 지킬 수 있도록…… 허락해 줄 수…… 있나요?"

큼지막한 어깨에 안 맞게 덜덜 떨리는 목소리로 청혼을 하고, 미현이가 가녀린 팔을 한껏 벌려 자기 남자를 끌어안으며 눈물로 허락을 한다.

'이렇게 착하고 아름다운 미현 씨가 나랑 결혼을 해주다니……, 꿈이 현실이 될 줄이야.'

다음 날 돌아가는 시즈오카 역에서 김 과장이 표를 끊으러 간 사이. 미현이는 서울에 돌아가 예비 신랑에게 작은 선물을 해주기 위해, 역에서 한정으로 파는 눈 내린 후지산이 프린트된 보라색 보자기와 3층짜리 수제 원목 도시락통을 사 가방에 넣는다.

#54 망명자(亡名者)

미현이가 그토록 가고 싶어 하던 파리로의 김 과장 해외 근무 신청이 인사과에 받아들여졌다.

결혼 준비.

월, 수, 금. 미현이가 퇴근 후, 프랑스어 수업이 있는 날이다. 예비 신부는 다음달로 다가온 프랑스어 자격시험 준비에 살짝 부담이 있긴 하지만, 미래를 그려가는 지금의 행복에 비하면 아무것도 아니다.

강남역 프랑스어학원 1층 편의점에서 둘이 식사를 한다.

왕뚜껑에 뜨거운 물을 붓고 미현이가 자리를 잡는다. 하루 종일 바빠서 점심을 삼각김밥 세 개와 커피우유로 때운, 배고파 눈이 튀어나올 것 같은 헐크, 전자레인지에서 돌려 나온 12찬 스페셜 도시락과 옆에서 따로 돌린 햇반 두 개를 빼내 들고 와 앉아 나무젓가락을 벌려 뜯어 비벼 턴다.

김 과장 앞에 전자레인지에서 갓 나온 따뜻한 12찬 도시락과 햇반 두 개에 잘 익은 라면이 놓여 있고, 무엇보다 사랑하는 미현이가 앉아 있다. 지금 죽어도 여한이 없다.

미현이가 가방에서 핸드폰을 꺼낸다.

"라면 익기 전에 보여줄 게 있어요."

"뭔데요?"

액정화면을 뒤집어 보인다.

"짜잔!!"

미현이의 SNS가 올라와 있다. 에펠탑을 배경으로 둘이 일본에서 찍은 사진을 앱으로 합성한 프로필 사진, 밑에 글이 적혀 있다.

> 「5월의 신부. 광야의 인생길, 서로의 오아시스가 되어줄 저희 둘을 격려와 축복으로 응원해 주세요, *adieu_ésule*」

'망명자(亡名者)'.

"우리 청첩장 문구예요. 어때요?"

그저 행복하기만 한 김 과장.

"너무 사랑스럽네요. 마지막에 쓰인 이건 프랑스 말인가요?"

"그냥, 뭐……. 그런 게 있어요. 아, 그리고 그때 주례 대신으로 축사해 주시겠다던 코인사업 크게 하신다는 친구분은 만나봤어요?"

"코인사업까지는 아니고요. 그게……, 친구놈이 축사는 축사 그 자체로 그 자리에 있으면 된다며, 뭐 말도 안 되는 과유불급 뭐라고 헛소리를 하길래……."

"풋, 그냥 해달라고 하세요. 요즘 같은 스몰웨딩 시대에 그런 게 무슨 대수라고요."

화창한 11월 아침.

미현이가 따뜻한 모닝커피를 타서 밝은 웃음을 담아 부장님 책상에 내려놓는다.

"땡큐, 미현 씨."

수줍게 서 있는 예비신부.

"미현 씨, 뭐 할 말 있어?"

싱긋.

"부장님, 내년 봄에 저 결혼해요."

"오! 그래? 그럼 그렇지, 이런 미인을 가만둘 리가 있겠어? 언니가 우리 회사 출입기자분이셨다더니 끗발 좋은 언니한테 어디 부잣집 막내아들이라도 소개받은 거야?"

"풋! 청첩장 나오면 말씀드릴게요."

"그래, 아무튼 축하해. 이런 단아한 미인을 얻다니. 남편 되실 분이 참 행운아야."

김 과장이 자리에서 허리를 쫑긋 세우고 파티션 너머 자신의 피앙세와 부장님의 대화를 흐뭇하게 엿듣고 있다.

#55 복장검사

"언니, 어제 또 술 많이 마셨구나? 나 출근한다. 출장 잘
다녀와. 여권 잘 챙기고."

원룸 침대 위에서 안 기자가 베개 옆에 안경을 들어 덜 깬
눈 위에 얹어 동생을 쳐다본다. 현관에서 미현이가 블라우
스 소매 끝을 잡고 두 팔을 벌려 한 바퀴 돈다.

"오케이? 오늘도 예쁘지?"

"그래, 퍽이나 이쁘다."

어김없는 출근 전 복장검사.

미현이는 안다.

언니가 옷맵시를 보는 게 아닌 것을.

긴 팔 블라우스가 빗금 진 손목을 꼼꼼히 가리고 있는지
를 확인하는 것을.

언니가 동생의 손목에 그어진 빗금들을 남들이 보는 게
싫어한다는 것을.

언니는 모른다.

동생이 한국에 들어와 밝아진 건지,

밝아지려고 노력을 하고 있는 건지.

밝아진 척하는 건지.

"미현아, 잊지 말고 오늘 그토록 사랑하시는 새신랑 되실
과장님 수트 가봉 나오는 날이니까 퇴근하고 늦지 않게 같
이 소공동 가봐."

안 기자는 김 과장의 촌스러운 패션 타파를 위해 회사 패
션담당 기자가 추천한 소공동에 있는 핸드메이드 양장점에
수트를 맞춰두었다.

부모가 시집보내는 딸에게 그렇게 하듯, 당연히.

'두 동생 모두 하나하나 자리를 잡아가고…… 모두가 조
금씩 더 행복해지고 있다.

……그래, 이렇게 잊을 수 있을지도…… 잊힐지도…….

지난 모든 것들…….'

……용서…….

#56 구레나룻

　가을의 선선한 날씨가 허락하는 날이면, 김 과장과 그의 피앙세는 편의점에서 도시락을 사와 회사 옆 선정릉에 점심을 먹으러 간다. 원래 취식물 반입이 안 된다고 입구에 크게 적혀 있는데, 어떻게든 항상 잘 숨겨 들어간다.

　김 과장은 1년 전 따스한 봄에 피앙세를 처음 이곳에 데려왔다. 자취하는 고시원 주소지가 강남구 신사동이라, 구민 특별 가격 500원에 입장할 수 있다는 것에 뿌듯해하는 쓸데없는 자부심이 있다.

　오늘은 선정릉 런치다. 예비부부는 아직 회사에 연애를 알리지 않아 정문 매표소 입구와 후문으로 따로 들어온다.

　피앙세가 점심을 준비해 오겠다고 했다. 김 과장이 도착해 언덕 위에 있는 통나무로 지어진 휴게소에서, 공원 관리 사무소 몰래 테이크아웃 커피잔에 따라 파는 맥주를 사 들고 구릉 뒤 나무 그늘 밑 벤치에서 피앙세를 기다린다.

　미현이가 벤치 위에 은색 보온병과 보자기로 쌓은 걸 올려놓는다. 후지산이 그려진 보라색 보자기를 풀자, 맨 위에 일회용 티슈가 놓여 있고 그 밑에서 3층으로 된 자색(紫色)의 일본식 찬합 도시락이 나온다.

"와!"

1층을 열었더니 하얀 쌀밥에 검은깨가 뿌려져 있고, 2층에는 김이 중간에 들어간 계란말이와 칼집으로 문어발을 만든 비엔나소시지에 케첩 듬뿍. 3층에는 뱅어포 조림과 고춧가루 버무린 단무지. 그리고 콩자반 조금. 보온병에 따뜻한 매실차다. 그리고 여분으로 휴게소 전자레인지에 돌려온 햇반 두 개.

"자~ 초딩 런치 스페셜! 우리 과장님 입맛이 초딩이라 젤로 좋아하시는 소시지에 케첩을 메인으로, 설탕과 식초에 절인 밥을 곁들인 일본식 벤또 대령입니다. 모자란 밥에 아쉽다 하실까 봐 햇반도 추가 공수했고요. 기억나죠? 우리 일본 여행. 요놈들은 오늘을 위해 그때 내가 몰래 사 온 후지산 보자기와 원목 도시락통."

"이건 뭐예요?"

김 과장이 단무지를 가리킨다.

"저희 엄마 고향인 여수 음식이에요. 고춧가루에 버무린 단무지요."

만면이 홍분으로 덮인 김 과장이 말없이 맥주를 쭉 들이
켜더니 도시락을 흡입하기 시작한다.

"풋! 천천히 드세요. 참, 퇴근하고 우리 소공동에 수트 가
봉 나온 거 보러 가야 돼요."

'끄덕끄덕.'

진귀한 식사에 집중하느라 무슨 말인지도 모르고 자동반
사로 고개가 상하작용을 한다.

둘의 점심은 햇반까지 해치우는 데 얼마 안 걸렸다. 김 과
장 혼자 거의 다 먹었다. 미현이가 작은 손으로, 큰 남자 손
에 들린 보온병 뚜껑에 따뜻한 매실차를 따라준다.

맛있게 식사를 마친 둘은 공원에서 나와 입가심 아메리카
노를 하나씩 사 들고 걷는다. 식사 마치고 회사 들어가다 우
연히 만난 것처럼.

역삼동 렉센그룹 본사, 렉센타워 1층 로비가 시끄럽다.

"켁켁. 이거 놓……으세요. 컥, 켁."

하얀 구레나룻 수염이 수북한 덩치 사내가 두꺼운 팔로
수트 입은 젊은 남자의 멱살을 잡아 흔들고 있다.

미현이와 김 과장이 로비에 들어서다 큰 소란에 멈춰 선다.

"이년 어됐노? 이 미친년 어됐냐고!"

다른 직원이 합세해 멱살 잡힌 남자 목의 팔을 뿌리치려 하지만 구레나룻의 아귀힘이 장난 아니다.

구레나룻은 두 명의 젊은 보안요원과의 몸싸움에 밀리지 않는다. 무전을 듣고 황급히 달려온 보안팀장이 사내의 양팔을 잡으며 말한다.

"여기서 이러시면 안 됩니다. 도대체 누굴 찾으시는 겁니까?"

"이거 봐. 이것들이! 이거 안 놔? 이년 어디 있냐고?"

"도대체 누구를 말씀하세요?"

"내 딸! 내 딸 어디 있어?"

건물 로비에 점심을 먹고 들어오던 직원들이 건장한 남자들의 소란을 빙 둘러서서 보고 있다.

"이 새끼들! 얼른 내 딸 내놓지 못해?"

구레나룻이 로비에 서 있는 직원들을 획획 하고 둘러본다.

"내 딸! 내 딸 어디 숨겼냔 말이……."

구레나룻의 눈이 미현에게 닿는다. 심장이 꺼진 미현이의 손에 들려 있던 도시락통과 보온병이 떨어진다. 미현에게 달려드는 구레나룻, 김 과장이 본능적으로 보호해야 하는 그녀의 앞을 우뚝 지켜 선다.

'움칫!'

구레나룻이 김 과장 기운에 눌려 멈춰 선다.

특전사 출신.

"너……, 너! 안 비켜? 애슐리 이년아! 여기서 빨리 나가자!"

'애슐리?'

김 과장이 미현이를 본다. 이 사람 말이 맞냐고.

공포. 어떤 말을 하지도, 떨지도 못하는 미현.

절대자에게 마비된 얼음, 얼어버린 마네킹.

"사람 잘못 보셨습니다. 이 여자분은 찾으시는 사람이 아니에요."

"뭐꼬 이건! 쟤는 내 딸이야! 내 딸! 내가 애 애비라고!!!"

확신에 찬, 흔들림 없이 부라린 구레나룻의 눈이 김 과장의 눈을 응시하며 말한다.

로비가 웅성인다.

"가자! 가스나야. 베트남 우리집으로 가잔 말이다."

구레나룻이 미현의 팔목을 잡아당기려 한다.

그제야 생각난 김 과장,

'맞다!'

미현이 언니가 말했었다. 어릴 때 베트남에서 사라진 아빠가 있다고.

　김 과장, 우두커니 서 있다.

　'아빠란다.'

　할 수 있는 일이라곤,

　없다.

　피앙세가 눈앞에서 사라진다.

　안 기자가 해외출장 간 사이, 구레나룻 사내는 찜질방에서 생활하며 흥신소를 통해 미리 알아둔 렉센그룹 본사에서 미현이를 빼낸다. 공항으로 내달리는 길에 자매의 목동 집에 들러 미현이 여권을 챙긴다. 불행 중 다행인지 미현이는 서랍장 안의 여권과 함께 화장대 위에 놓인 엄마와 자매의 액자 속 사진을 품속에 챙겼다.

　베트남에 도착한 그날부터 '절대자'에게 흠씬, 며칠을 맞는다.

　개같이,

　정말.

실행

#57 비앙또(bientôt)

"그래, 이 맛이야. 오랜만에 회포를 푸니 이래 좋네."

「마도로스 호텔」 5층 방 침대. 김 과장과 선정릉 점심 데이트를 하고 돌아온 회사 로비에서 끌려온, 얼굴도 몸도 마음도 만신창이가 된 미현이가 알몸으로 등 돌려 누워있다. 마도로스가 베개를 세워 앉아 파이프 담배를 문다.

"한국서 네 주소하고 직장 찾을라꼬 장장 4년 동안 흥신소에 얼마나 돈을 퍼 싸질렀는지 아나? 한국 이름이 뭐라꼬? 안…… 뭐? 무슨…… 현? 원래 니네 애비 성이 안 씨였나? 니네 엄마 살아 있을 때는 너랑 니 언니를 애슐리, 마틸라로만 불렀었는데……."

온몸에 피멍 든 미현이가 손에 쥔 폴라로이드 사진을 죽은 듯 보고 있다. 사진 속, 바닷바람에 날아갈세라 한 손으로 모자를 잡고 있는 엄마에게 매달려 웃고 있는 딸들.

꿈쩍이는 것조차 고통스럽다. 분명 울고 있는데, 눈물도, 소리도 안 난다. 얼음 마네킹.

"애슐리 니년, 한국 이름을 몰라서 못 찾았는데, 니년이 요상한 외국 사진 없은 페니스북인지 페이스북인지에 'adieu_ ésule(아듀_애슐리)'라고 써놔서 다행이었지. 니 이름 안 쓰여있었으면 영영 못 찾아냈을 끼야. 하여튼 한 번만 더 도망가봐라. 지구 끝까지 쫓아가서 네 엄마처럼 죽여줄 테니까. 증거가 있건 없건 모두 싹 다 공소시효 끝난 지 오래야. 세상 자유로운 내가 너를 어디서라도 찾아낼 수 있다꼬!"

마도로스가 벌거벗은 몸을 일으켜 불룩 튀어나온 배를 내밀고 거실로 나간다.

방문 옆 장식장에서 술병을 꺼낸다. 윗선반 액자들 중에 신문 쪼가리를 넣어둔 사진 액자만 없다.

상관없다.

'공소시효도 지났는데 뭘.'

한 손에 희멀건 자신의 눈동자 색 같은 술병을 들고 흔들의자에 앉아 병목을 잡고 마셔댄다.

얼마나 마셨을까?

피식거리다 혼잣말을 한다.

"이 사장이 자살해 뒈지지만 않았어도 고스란히 후암실업을 먹어버리는 긴데. 그럼 리뉴얼이 아니라, 이런 코딱지만 한 호텔 같은 거 몇 개는 더 지었을 낀데."

공소시효 지나기 전에는 불안한 마음을 술로 눌러야 했는데, 시효가 지나서는 자신의 인생에서 그때 못 한 한탕을 분해하며 과거를 되씹고 있다.

얼큰하게 술에 취한 마도로스가 방으로 돌아가 등 돌린 미현이 옆에 눕는다.

"애슐리, 다음달 리뉴얼 오픈하면서 호텔 이름을 새로 뭐로 지을까? 음⋯⋯, 네 이름 따서 애슐리는 어떠냐? 무식해 보이는 지금의 「마도로스 호텔」보다는 훨씬 세련된 거 같은데. 애슐리 호텔? 호텔 애슐리?"

힘없이 누워있는 미현이에게서 가느다랗게 소리가 들린다.

"뭐라꼬? 뭐라 했노? 안 들려. 다시 말해라!"

"비⋯⋯앙⋯⋯."

"뭐? 비앙⋯⋯ 뭐?"

목소리가 희미하다.

"비앙⋯⋯또."

"'비앙또'라꼬? 비앙또⋯⋯ 오호, 비앙또 호텔. 괜찮은데? 비앙또, 호텔 비앙또."

미현이의 말이 끝나지 않는다.

"비앙또⋯⋯ 비앙또⋯⋯."

'머지않아'란 뜻의 프랑스어, '비앙또(bientôt)'.

미현이는 '머지않아 널 죽여버리고 말 거야!'라며 밤마다 곱씹고 있다.

#58 규합

출장 중인 안 기자는 미현이가 갑자기 연락이 끊기자 김 과장에게 전화를 건다.

"재현 씨, 미현이 언니예요. 미현이가 연락이 안 돼서요."

"아, 예. 안녕하셨어요? 어제 미현 씨 아버님께서 점심때 회사로 찾아오셔서……."

'아버님?'

안 기자는 동생이 회사 로비에서 끌려간 사실을 알게 된다.

아버님이란 사람, 권교만. 안 기자가 급하게 귀국해 돌아온 목동 오피스텔은 엉망이었다. 미현이 여권이 없다. 곧바로 법무부 출입기자 후배에게 동생의 출국을 확인한다. 베트남으로 갔다.

'끌려간 거다.'

망연자실.

화장대 위에 사진 없는 액자가 뉘여있다.

'이건 뭐지?'

액자 뒤편에 삐져나온 접힌 종이쪼가리가 보인다.

'신문?'

신문조각을 펼친다. 미현이가 하롱베이를 탈출하면서 급하게 챙겨온 엄마의 모자와 함께, 딸들과 엄마가 웃고 있는 사진 액자에 딸려 온 마도로스의 찢겨진 신문조각. 마도로스가 술만 마시면 들춰보던 기사.

「후암실업」
「부부 자살」
「강간, 사기, 공갈, 협박」
「권교만 지명수배」

필수불가결한 요소를 모으는 거,

일도 아니다.

'영원히 빼낼 수 없다면,

영원히 소멸시킬 수밖에…….'

두 번째 설계에 들어간다.

똑같은 '실족사(死)'.

'퍼즐 조각을 모으자.'

마도로스 권이란 인간의 참회를 위한 부킹(booking)의

시작.

#59 퍼즐

연합채널 탐사보도팀 낮술 회식.

오후 3시 피맛골 녹두전집. 막걸리 주전자가 얼마나 오간

지 모른다.

안 기자와 후배 기자 두 명의 점심식사 반주로 시작된 잔

막걸리가 낮술 주전자로 바뀌었다.

"선배, 해외 출장 다녀오고 나서 요즘 안색이 왜 그래?"

"집안일이다. 묻지 마라."

"선배, 그럼 다른 거 하나 물어봐도 돼? 궁금한 게 있어서 말이지."

안 기자, 딴생각 중이다.

"선배는 왜 기자가 됐어? 캐나다 토론토대학 저널리즘 전공이면, 신문방송학과로는 일본의 와세다나 미국 프린스턴 정도 되는 건데, 저명한 칼럼니스트나 글로벌 매거진 편집자가 낫지 않아?"

안 기자가 PD가 되면서, 본사 신문기자를 하다가 합류한 홍 기자가 그동안 묻고 싶던 얘기를 직격으로 묻는다.

막걸리 사발을 쭈욱 들이켜고선 손등으로 입술을 훔치는 안 기자, 뿔테안경을 벗어 냅킨으로 닦으며 입을 연다.

"그게 말이야. 기자는…… 어쨌든, 제도권이거든……."

"당연하지. 그래서?"

홍 기자가 안 기자에게 막걸리를 따르며 묻는다.

"지금 우리가 하고 있는 것처럼 기자는 합법적으로 고도의 탐사기획을 할 수 있어."

후배들이 고개를 끄덕인다. 안 기자, 안경을 고쳐 쓰며 말을 잇는다.

"회사는 그러라고 나한테 퍼즐 맞추는 법을 가르쳐줬지. 그것도 끝내주게. 그 방법을 알고부터는 사람을 찾는 일도, 기획을 세우고 설계를 하는 것도 모두 다 매한가지더라고."

갸우뚱. 선배 기자의 말이 해석 안 되는 후배들.

안 기자가 아무 말 않다가 후배 기자들에게 막걸리를 따라주고는, 자작한 잔의 막걸리를 들이켠다.

"쉽게 말해서, 팩트라는 몇 개의 퍼즐 조각만 있으면 별거 아닌 개연성도 기획과 편집으로, 상황이 사람을 나쁘게 만든 건지, 사람이 상황을 나쁘게 만든 건지 구분 못 하는 군중을 선동할 수도, 진실이라고 착각하는 여론을 모호하게 희석시킬 수도 있다는 거야."

끄덕이는 후배들.

"그래서 세상을 지켜낼 흔들리지 않는 기자정신이 중요한 거고. 그거 때문에 기자가 되고 싶었던 거지. 치우침 없는 집념의 기자정신이 세상을 구원하리라!"

"와~ 멋있다. 우리 안 기자님!"

후배들이 원하는 답을 해준 것뿐이다.

안 기자가 팔짱 낀 두 팔꿈치를 버겁게 양철 테이블에 지

탱해 고개를 푹 숙이고, 정작 하고 싶은 얘기를 혼자 속으로
말한다.

'퍼즐만 잘 맞추면 사람을 죽여도 티 안 나게 죽일 수 있는
거거든.'

안 기자. 지금 퍼즐을 맞추고 있다.
정교하게.

#60 tác chiến(따크치엔, 작전)

하롱베이 시내 축축한 빈민가 끌렁뚜 골목의 세탁소. 다
찌그러진 파란 미츠비시 자동차가 앞에 서 있다.

다리미대를 지나 입구부터 깊숙이 걸려 있는 싸구려 옷
가지들에 가려진 쪽문을 열면 대나무로 얼기설기 둘러쳐진
텃밭이 나온다. 태국에서 몰래 숨겨 들여온 핑크빛 도는 오
렌지색 향정신성 버섯류 야생식물 '아라카나(arcana, 신비

한 비밀)'가 불법으로 재배되고 있다.

텃밭 옆 가랑비 정도 피할 만한 작은 비닐하우스 안의 푹 꺼진 소파에서 아침부터 낡은 유선 다이얼 전화기 선을 타고 두 시간 시차인 서울과 고성이 오간다.

"이봐! 2천은 줘야 차 떼고 포 떼고 뭐 남는 게 있을 거 아냐! 뭐 하자는 거야? 동남아 작업이라고 무시하는 거야 뭐야! 프로가 목숨줄 내걸고 하는 거 몰라?"

수화기에서 달랜다.

"충분히 안다니까 그러네. 고 사장 소개로 부탁하는 거라 디스카운트해줄 수 있나 해서 물어본 걸 가지고 뭘 그렇게 역정을 내시나? 알았어. 알았으니까, 2천에 하자고. 먼저 천 보내고 마치고 나면 나머지 보내겠소."

"진작 그럴 것이지. 전문 킬러 간을 보고 말이야. 나 타이페이 라이언이야! 라이언! 내일까지 홍콩 계좌로 입금하고, 다음달 타깃이 묵을 골프장 숙소 알려주면 나 라이언이 다 알아서 해! 연락 없으면 다 잘된 거니 나머지 입금하고. 알았소?"

"아, 알았소, 하여튼 잘 부탁하오."

'딸깍!'

알로하셔츠 사이로 목걸이가 노랗게 반짝이는 다부진 체구의 40대 남자가 전화기가 부서져라 끊는다.

"진작에 그럴 것이지. 쌍, 야! 마들레. 공항 가서 여자 하나 데려와!"

어설픈 태국말로 라이언이 차 키를 던지며 말한다. 문 앞에서 주춤거리던 태국인 남자가 엉겁결에 차 키를 받는다.

사자 문신이 새겨진 손으로 책장 서랍에서 사자가 프린트된 노란색 티셔츠 두 개를 꺼내, 한 장을 태국인 남자에게 다시 던진다.

"마들레, 이거 여자한테 화장실에서 갈아입고 안경 낀 년이랑 만나기로 한 바에서 기다리고 있으라고 해. 오케이? 쓰벌, 졸지에 커플티 입고 생쇼를 하게 됐네."

알록달록한 셔츠를 벗어 사자가 프린트된 노란티로 갈아입는다. 살인청부업자 라이언은 어릴 적 무서워했던 사자 캐릭터를 유난히 좋아한다.

#61 대본

마도로스 죽기 이틀 전 정오. 「호텔 비앙또」에서 가장 가까운 시내에 위치한 펍레스토랑 「*Bar tác chiến*(바 따크치엔)」.

남자 둘과 여자 둘이 앉아 있다.

"죽일 계획 다 세워두고서 왜 막판에 시나리오가 바뀐 거요? 이 나이에 갑자기 커플 행세를 하라는 건 또 뭐고!"

담배를 질겅질겅 씹으며 피우고 있는 라이언이 안 기자에게 쏘아 묻는다.

"당신이 여행패키지 앱에서 구매 타이밍을 놓쳤을 때 어떤 사람이 사버려서 그래요. 그러게 12시 정각에 「급매물 호텔 비앙또 패키지」 뜨면 바로 클릭하라고 했잖아요?"

"5분 차이였다고 했잖아! 5분! 12시 5분에 클릭하려는데 매진이 떠 있었다니까 그러네. 쓰벌……, 5분이 얼마나 차이가 난다고. 젠장."

"어쨌든 당신 때문에 일이 이렇게 된 거라고요."

발끈.

"그럼 취소하고 다시 올리면 됐잖아?"

라이언이 사자 문신 손에 꽂혀 있던 이빨 자국 난 담배를 바닥에 내동댕이친다. 안 기자 옆에 앉은 넓적어깨 김 팀장이 라이언을 쳐다보며 말한다.

"그러면 이유 없는 패키지 판매 취소로 앱 약관상 호텔이

2박 3일 공치게 돼서 권교만이 의심하겠죠. 어떻게 잡은 기회인데…… 게다가 우리도 한 달 전부터 각오하고 어렵게 일정 조정해 맞춘 날입니다."

라이언 얼굴이 시종일관 똥 씹은 표정이다.

"그래서, 당신하고 이분이 커플로 같이 계획에 없던 싱글 베드 룸에서 묵어야 하고요."

"……쓰벌, 간단한 일에 애먼 놈이 껴가지고는……."

타이페이 라이언, 한국에서 떠들썩한 〈예식장 민간인 살해사건〉의 범인으로 인터폴에도 지명수배된 석전파 행동대장 출신 곽도일이다. 도망자 신세로 대만과 라오스, 태국을 거쳐 도피 생활을 전전하면서 동남아 변두리를 숨어다니는 자신을 베트남에서 찾아낸 '가공할 의뢰인'의 말에 복종할 수밖에 없다.

자신을 쫓는 경찰 외사과와 공조해 다니는 기동취재팀 출신의 연합채널 〈마틸라 파일〉 PD 안지현 기자. 어디에 숨더라도 찾아낼 것이고, 언제라도 여론을 조성하고 인터폴에 신고할 수 있다. 그렇다고 죽일 수도 없다. 자신의 존재를 이번 일로 모인 모두가 알고 있다. 모두를 한 번에 죽이는 것은 불가능한 일.

'어쩔 수 없다.'

라이언, 생각을 한다.

프로니까.

사자가 프린트된 노란티 입은 여자를 본다.

"당신이야? 나랑 커플이란 여자가?"

"……예."

"음……, 연기를 하려면 대본이 있어야 해. 좀 이따 체크인하는 순간부터 우리는 사랑스러운 연인이 되는 거야. 내 이름은, 어…… 외우기 좋게 영화 〈천장지구〉에 나온 곽부성으로 하고, 우린 호프집 일하면서 안 거고, 난 주방, 당신은 홀서빙으로 설정하는 거야. 알겠어?"

"네……."

#62 미인계

선상 만찬에서 여대생 민수련이 자신의 목에 매달려 귓가에 불어대는 매혹적인 입김에 말초신경이 극도로 자극돼

흥분이 최고조로 달한 마도로스 권교만. ·

자정이 넘어서야 육지로 돌아가는 크루즈. 조타실 기판에
는「자동조종 설정」으로 스위치가 돌려 있다.

"예열(豫熱)을 해야 하니 웃옷 단추 풀어라."

술로 벌게진 눈의 권교만이 욕정의 속도를 참지 못한다.
자신과 조종관 사이에 세운 안미현 뒤에서 긴 머리카락을
손으로 두 번 감아 말아 강하게 잡아당기고선 그녀의 하얗
고 기다란 목에 아밀라아제 흠뻑 고인 입술을 벌려 훑어 빤
다. 풀어진 블라우스 안에 두꺼운 손을 넣어 젖가슴을 우악
스럽게 주물러댄다.

"오랜만에 애슐리 너 말고 등골이 깊게 파인 촉촉한 기집
년 살내음 맡을라꼬. 쫀득쫀득한 여대생년이 블루스 추면
서 내 귀에다 강둑에서 와인 한잔하잔다. 크흐흐. 창고 텐트
로 데려가 쫀득한 년을 맛볼 끼다. 언니라는 PD년도 색다르
긴 할 낀데 말이야. 흐흐. 오늘 밤은 외롭겠지만 너 혼자 자
야겠다. 크흐……크……."

권교만의 커다란 손이 안미현의 작은 엉덩이를 한가득 움

켜쥔다. 너무 아픈데 아무런 소리를 내지 못한다. 양손으로 안미현의 스커트를 명치까지 껑충 올려, 굵은 손가락으로 속옷 안을 무참히 후벼댄다. 안미현, 꼼짝할 수 없다.

무기력한, 얼어붙은 마네킹.

일행은 크루즈에서 내려 봉고로 갈아타고 새벽 1시쯤 되서야 호텔로 돌아왔다. 만취한 석우는 같은 층 옆방의 김 팀장에게 부축받아 계단을 오른다.

권교만이 5층으로 올라가 자신의 방에 보타이를 내던지고 식당에서 와인병과 유리잔 두 개를 들고 오른쪽 바지 주머니에 오프너를 챙겨 뒷문으로 나간다.

텐트를 지나 강둑으로 걸어가는, 터질 듯한 탱크탑 입은 여대생 민수련의 뒷모습이 보인다. 핫팬츠가 뜯어질 듯 꽉 낀 허벅지에 한 손으로 잡아도 한 줌에 잡힐 가는 두 발목이 휘청거린다.

"흐흐흐……."

권교만이 빠른 걸음으로 다가간다.

창고로 데려가 할 일이 있으니.

순간!

　텐트 뒤에 숨어 있던 촌사자 타이페이 라이언 곽도일. 숙
련된 기술로 뒤에서 순식간에 권교만의 등에 올라탄다. 300
킬로 참치를 해체하던 단련된 왼팔뚝으로 권교만의 눈을
조르고는 하얗게 수염 덮인 두꺼운 목에 '아라카나'가 든 굵
직한 주삿바늘을 내리꽂는다.
　'쭈욱.'
　주사액이 목의 힘줄을 타고 들어간다.
　"헉!"
　'쨍그렁.'
　권교만의 손에 들려 있던 와인병과 잔이 자갈둑에 떨어져
깨진다. 권교만이 자신의 등에 올라타 강한 힘으로 눈을 조
여오는 팔을 잡아 몸을 털며 거칠게 저항해 보지만, 이미 목
을 타고 내려와 온몸 구석구석에 급속히 퍼진 주사액에 팔
다리 힘이 풀리기 시작한다.
　권교만의 양팔이 젖혀진다. 두 남자가 한 팔씩 담당했다.
김 팀장이 오른팔을 격자로 꺾고, 돋보기는 권교만의 왼팔
에 매달리다시피 해 제압하고 있다. 60대의 나이에도 팔씨
름 선수 출신 권교만은, 남자 세 명의 협공을 받으면서도 쉽

사리 무릎을 꿇지 않고 버틴다. 오른쪽 주머니에 삐져나와 있는 와인 오프너를 꺼내 어떻게 해보려 하지만 특전사 출신 김 팀장의 팔 꺾기에 속수무책이다. 곽도일이 주사기를 던지고 재빠르게 자세를 바꿔 양 팔뚝으로 권교만의 목을 십자조르기로 고정시켜 서서히 눕힌다.

'푸덕 퍼더덕.'

권교만의 팔다리가 발작을 일으킨다.

"명치를 쳐! 명치를!"

곽도일이 낮게 깔린 목소리로, 조용히, 단호히 말한다.

텐트에 숨어있던 암사자와 뿔테PD가 잰걸음으로 달려나와, 미리 준비해온 긴 노란 수건을 겹겹이 두른 망치 자루를 짧게 잡고 권교만의 명치를 가격한다.

"억…… 꺼…… 억…… 껵!"

두 망치의 충격이 번갈아가며 전달되면서 급작스레 심장이 조여오는 권교만. 극심한 고통이 느껴온다.

바로 옆에서 안미현과 민수련이 고통스러워하는 권교만을 지켜본다.

권교만이 일곱 명의 남녀에 휩싸여 있다.

"넌 죽어야 돼. 반드시, 죽어야 돼. 반드시……."

암사자가 주문을 외우듯이, 같은 말을 작은 소리로 반복해 중얼거리며 망치를 내려친다. 메트로놈처럼 망치질의 강도와 속도, 각도를 유지한 채.

"콜럭, 콜럭."

탁한 기침을 내뱉는 돋보기를 암사자가 쳐다본다. 긴팔원숭이 이현주가 권교만의 두꺼운 팔을 부여잡고 버티는 남동생 이현섭에게 조금만 더 견디라는 눈빛을 보낸다.

뽈테PD도 권교만의 구레나룻에 이마가 닿을 정도로 가까이 붙어 일정한 망치질에 집중하고 있다. 뽈테안경이 흐르는 땀과 반복적인 진동에 흘러내려가 코끝에 걸린다.

권교만의 곁눈질이 뽈테PD 눈가의 붉은 점을 본다.

'넌, ……마……틸……라?'

지켜보던 안미현이 일말의 정신줄만 남은 권교만에게 다가간다.

"우리 엄마랑 우리가 당신한테 무슨 잘못을 했길래 우리 가족을 이렇게 만든 거야? 왜야, 왜냐고?"

권교만이 겁에 질린 눈으로 안미현을 쳐다본다. 명치만 집중해 망치질하던 마틸라가 죽어가는 그의 마지막 눈을 보려고 고개를 든다. 또렷이 응시하는 애슐리 안미현과 마틸라 안지현에게 권교만의 눈이 닿았다. 동공까지 시뻘겋게 변한 권교만의 눈이 피 섞인 눈물을 흘린다. 안지현이 권교만의 예언대로 피눈물을 본다.

암사자 이현주가 내 눈도 보라는 듯이 고개를 들어 권교만을 정면에서 쏘아보고, 왼팔 담당 돋보기 이현섭도 축 늘어진 그의 팔을 놓고 권교만의 눈에 자신의 눈을 맞춘다. 특전사 김 팀장이 왼쪽 팔도 맡는다.

자매와 남매의 눈빛. 다 죽어가는 권교만의 눈이 감내할 눈들이 너무 많다.

주사액이 몸에 스멀스멀 퍼진 권교만의 전신이 마비되었다. 명치 정중앙을 반복적으로 가격하는 망치질에 권교만의 심장이 둔탁한 숨을 들이마시지도 내쉬지도 못한다. 피눈물을 흘리는 눈의 실핏줄이 불쑥불쑥 솟아오른다. 온몸은 이미 마비 상태지만 권교만의 벌건 눈은, 약이 뇌를 완전히 장악하기 전이라 아직까지 가까스로 고통을 말하려 한다.

긴장을 놓지 않고 모두가 계획대로 맡은 역할에 필사적으로 집중한다.

얼마나 쳐댔을까. 권교만의 눈이 스르륵 감기고……,

심장이 멈춘다.

곽도일이 조르던 목을 푼다. 흐물흐물 미끄러지는 권교만의 전신이 강둑 자갈밭에 축 처진다.

안미현이 언니 손에 쥐여 있는 망치를 뺏는다. 간당간당하게 망치 머리를 붙잡고 있는 자루를 두 손으로 쥐고는, 쓰러져 죽은 권교만의 명치를 내리치기 시작한다.

"말해! 어서! 왜 그랬냐고! 왜냐고!"

내리치고…… 내리치고, 또 내리친다. 내리치고…….

'부들부들.'

안미현의 몸이 급격히 떨린다. 언니가 동생을 뒤에서 끌어안는다. 그렇게 그냥, 가만히 껴안는다.

"미현아, 아무것도 아니야. 우리를 죽인 자가 우리 손에 죽은 거뿐이야. 숨어있던 살인자가, 숨어서 살해된 것뿐이야. 단지…… 그런 거뿐인 거야."

이제야, 안미현에게서 눈물이 난다. 드디어, 우는 소리를 낸다. 나지막하게.

운다. 울 수 있다.

안미현이 끝까지 잡고 있던 망치가 땅에 떨어진다.

미동 않는 마도로스 권교만이 세 남자가 밀고 끄는 손수레에 실려 강둑 바닥에 던져진다.

제자리

#63 꿈

늘어져 있는 석우의 왼손을 누가 건드리는지 까닥거린다. 석우 눈이 뜨인다. 손목에 둘러진, 피로 물든 수건 위에 작은 새다.

'얼마나 지난 걸까?'

머리가 쑤신다. 몸이 안 움직이고. 촌사자가 목에 뭔가를 주사했다는 기억이 난다. 신진대사가 멈춰지고…… 코끼리도 못 일어나는…… 그러다 알아서 죽어가는……. 누군가가 얘기했었다.

'미필적 고살'.

축축한 냄새. 낮인데 어둡다. 하늘은 음침하고 사방은 우울하다.

'따다닥……' 나무 쪼는 소리.

'삐에엑……' 울어 젖히는 소리.

'푸더덕……' 퍼덕이는 소리.

'스스스……' 기어가는 소리.

강가 끝의 밀림숲. 악어가 있다는 늪지대. 수레가 널브러
져 있다.

'악어!'

수레를 세우고 위로 올라가야 한다.

몸이 안 움직인다.

잠이 밀려온다.

'도움을 청해야 하는데…….'

눈을 떴다. 암흑이다.

눈을 감았다. 암흑이다.

'암흑은 참으로 동일하다.'

새까만 밤. 비가 내린다.

몸이 떨리고,

춥다. 너무나.

악어,

'수레 위로 올라가자.'

'몸을 움직여야지.

움직이자.

움직인다. 다행이다.'

수레를 세우고 간신히 오른다.

수레에 막무가내로 걸쳐진 몸뚱아리에 감각이 없다.

밀림을 **빠**져나가야 한다.

'천천히 움직이자.'

'*철퍼덕.*'

진흙탕 위로 떨어졌다.

'등이 저린다.'

멀리 희미한 불빛이 보인다.

'가야지. 가야 하는데……'

간다. 땅에 발을 딛고 걷기 시작한다.

걷는다.

걷고 있는데. 가고 있는데…….

수레 위다.

'꿈이다.'

정신이 또 희미해 온다.

#64 보험사기

"이봐요. 정신 들어요? 최석우 씨?"

석우 귀에 아까부터 소리는 들리는데, 반응을 하려면 시간이 더 필요할 거 같다.

"최석우 씨! 내 말 들려요?"

'시끄럽다. 머리가 지끈거린다. 머리에 피가 안 통하는 느낌이 붕대를 감아둔 거 같다. 촌사자, 강제 주사, 김 팀장, 책상다리, 마도로스……. 그래, 김 팀장이 뒤통수를 내리쳤었다. 근데……, 내가 지금 생각을 하고 있는 건지, 말을 하고 있는 건지…….'

누군가가 석우가 횡설수설한다며 피검사를 해야 한다는

말이 멀리서 들린다.

'눈을 뜨면 부실 거 같다. 좀 더 자야겠다.'

석우 눈이 슬며시 뜨인다.

하얀 병실. 링거에서 수액이 한 방울씩 떨어지고 있다. 호텔에 왔던 경찰청 파견 참사관과 후줄근 양복 베트남 형사가 누워있는 석우를 보고 있다.

"정신 들어요? 도대체 어떻게 된 겁니까?"

석우가 바짝 마른 입을 열어 참사관 질문을 무시하고 먼저 묻는다.

"호텔……, 애슐리는요? 마도로스, 사체 부검은요?"

참사관이 답했다. 애슐리가 생전에 마도로스가 입버릇처럼 자신이 죽게 되면 제2의 고향인 바이짜이의 전통 장례로 치르고 싶다고 했다며, 사망 3일째 되는 날 화장을 마치고 바이짜이 해안에 유골을 흘려보냈단다. 장례식 후 호텔은 문을 닫고, 애슐리는 한국에 있는 친언니한테로 갔다고.

"전 어떻게 발견되었나요?"

"최석우 씨, 그게 중요한 게 아닙니다. 수레 위에는 왜 있게 되었나요?"

참사관은 사람이 죽은 사건에 대해 할 말이 있어 직접 찾아오겠다는 석우가 다음 날 영사관에 나타나지도 않고 갑자기 핸드폰 연락이 두절된 채 한국으로 출국도 되어 있지 않았다고 했다. 사라진 석우를 찾으러 간 호텔에서 강가 끝 밀림으로 깊게 파여 나 있는 수레바퀴 자국을 따라가 수색한 지 만 하루 만에 늪지대에서 찾아냈단다.

"다시 묻습니다. 최석우 씨, 발견된 수레 위에는 왜 있었나요?"

"악어가 있는 늪지대라서……."

"악어에 먹혀 버릴까 봐 그런 거죠?"

"예."

"그러니까, 직접 수레에 올라탔다는 말이군요."

"예."

"약물을 잘 아는 약사죠? 저와 여기 경찰한테 약리학을 전공하셨다고 했었죠?"

"예, 맞습니다."

참사관이 석우 말을 수첩에 꼬박꼬박 받아 적는다. 후줄근 형사는 자신이 모르는 한국말로 대화하는 이들을 멀뚱멀뚱 지켜보다 병실을 나간다.

"최석우 씨 피검사에서 생명에 지장을 줄 만큼의 금지약물 성분이 검출됐습니다. 지금도 해독 중이고요."

"예, 그럴 겁니다. 코끼리 재우는 주사를 놨어요."

"주사를요? 음…… 예, 알겠습니다. 그리고 왼쪽 손목에 날카로운 흉기에 의한 상처가 있어 치료를 했어요. 오른손잡이죠? 스스로 한 건가요?"

"예, 제가 그었습니다."

"최석우 씨. 지금 본인이 손목을 직접 그은 거라고 자백한 겁니다."

'자백? 잠깐, 지금 나를?'

"잠시만요. 지금 제가 뭔가를 했다는 말씀이세요?"

"예, 뭔가 참으로 많이도 하셨네요. 혼자 수레에 올라타고, 주사 놓고, 손목 긋고."

"아니, 주사는 내가 놓은 게 아니라……."

"최석우 씨! 말 바꾸지 말고 묻는 말에만 대답해요! 본인 스스로 상황 더 어렵게 만들지 말고!"

석우 말을 받아 적으며 고개를 끄덕이던 참사관이 돌연 고압적으로 나온다.

"한국에서 누구랑 사나요? 형제는?"

"외아들이고요. 어머니와 아버지와 삽니다."

"부모님 연세는?"

"아버지는 일흔이시고, 어머니는······."

"아, 예······. 연로한 노부모와 사는 외아들이군요. 효심도 지극하겠죠?"

'어떻게 돌아가고 있는 거지?'

"보험은요? 사망보험 수혜자는 부모님이죠?"

"예?"

"왜 베트남까지 와서 자살하려 했죠? 요율 높은 여행자 보험을 노린 건가요?"

'이런, 나를 의심하는 거야?'

"대답하세요. 조사하면 다 나와요. 아니면, 내가 말해 볼까요? 최석우 씨는 베트남에 자살하러 왔다가 기회를 제대로 잡았다 싶었겠죠. 다시 말해 마도로스가 우연히 실족사로 죽자 사건이 의심된다며 나와 통화를 하고서 수레를 늪지대로 끌고 갔을 거고, 그래야 다음 날 영사관에 나타나지도 출국하지도 않은 당신을 우리가 늪지대로 향해있는 바퀏자국을 따라가 찾아낼 테니까. 어때요, 맞죠?"

참사관은 석우가 보험금을 노리고 약물 타살로 위장한 자살을 하러 베트남에 왔다고 했다. '자해성 보험사기'. 손목의 상처로 미뤄 보면 자살을 시도한 정황이 확실하고, 전공인 약학 지식으로 약이 퍼져 죽을 시간을 계산해 누군가에게 살인 주사를 맞은 것처럼 위장했다고. 목에 스스로 금지약물을 주입하고 주사기와 핸드폰을 교묘히 인멸하는 치밀함까지. 게다가 사체가 자연스럽게 발견되도록 하기 위해 수레에 뭔가 무거운 걸 싣고 끌어, 깊게 바퀏자국을 남기며 늪지대로 갔고, 악어에 먹혀 시체가 없어지면 보험금을 탈 수 없으니까 수레 위에 올라가 죽어 자연스럽게 발견되려 했는데……, 그런데 계획과 달리 죽기 전에 발견된 거라고.

"물 한 잔만 마실 수 있을까요?"

참사관이 건네준 물을 석우가 머리 추스를 시간을 벌기 위해 천천히 나누어 마신다.

'정신을 가다듬고 자초지종을 말해야 한다.'

'마도로스 외상의 의문점과 목에 강제 주사, 중국 배우 이름인…… 나를 바다에 수장시키려 한 곽부성이란 촌사자, 그리고 뒤통수를 내리친 김 팀장…….'

석우는 그날 있던 일들을 하나도 빠짐없이 얘기한다.

"무슨 말을 하는 겁니까? 그럼, 마도로스 사망일에 투숙객이 몇 명이었다는 거죠?"

"아, 예. 그러니까…… 2층에 저랑 김 팀장, 3층에 돋보기……, 촌사자……, 4층에…….."

"무슨 얘길 하고 있어요?"

"일곱이요. 저까지 일곱 명이었어요. 예, 맞아요. 일곱!"

참사관이 어이가 없다는 표정을 짓는다.

"이러면 본인 입장만 더 난처해집니다. 일곱이라니요?"

참사관이 수첩을 앞으로 넘기며 기록을 살핀다.

"최석우 씨, 사건 당일 실족사한 마도로스 신원 확인하러 경찰과 강둑까지 같이 간 사람은, 호텔 매니저인 애슐리와 여성 투숙객 이현주 씨와 민수련 씨, 그리고 본인 최석우 씨와 이현섭 씨 총 다섯 명이었습니다. 똑똑히 기억하지요? 사망자를 제외하고는 호텔 직원 한 명에 투숙객 네 명이 호텔에 있던 인원 전부인 거죠."

"참사관님이야말로 무슨 소릴 하시는 거예요?"

"최석우 씨! 호텔의 모든 방은 싱글과 더블베드가 놓인 1인실뿐입니다. 2층에 방 두 개 중 201호를 최석우 씨가 썼고, 그 옆방 202호는 비어 있었습니다. 402호 애슐리 매니저 방을 제외하고 3층 싱글베드와 4층 더블베드 놓인 방에는 투숙객들이 묵었고요. 5층은 식당이자 마도로스의 방이 있습니다. 이미 투숙객들 여권과 숙박계를 비교해 조사를 다 마쳤어요!"

"촌사자 곽부성, 김 팀장, 뿔테…… 여자 PD는요? 호텔에 CCTV는 없나요?"

"으음……."

참사관이 팔짱을 낀다.

곽부성이란 이름은 한국인 출입국 기록에 존재 자체가 없고, 김 팀장이란 호칭과 뿔테안경 쓴 여자라는 것만으로는 베트남에 있는 한국 사람을 특정할 수 없단다. 게다가 하롱 베이 시골의 방 다섯 개짜리 호텔에 CCTV를 설치하는 곳은 없다고.

'호텔에 존재하지 않았다는 세 명이 공범인 거다!'

"애슐리 매니저는 뭐라고 하던가요? 그녀가 확인해줄 수 있을 텐데요. 호텔 패키지 예약했던 여행앱 아이디로 역추적해서 찾아볼 수도 있지 않나요? 압수수색이라도…….."

"이 양반이 남의 나라에서 한국 업체 압수수색이 지나가는 똥개 이름인 줄 아네. 실족사로 이미 수사 종결된 걸 가지고 말이야! 마도로스의 외상이건 강제로 마취주사든 간에, 당신 말이 다 사실이라고 해도 결정적이고 유일한 증거인 마도로스의 시체가 화장돼서 없어. 범죄 성립 자체가 안 된다고! 소설 그만 써. 당신이 무슨 명탐정 키니토요니와야? 당신이 제일 의심스러운데 확인은 무슨 확인이야!"

'촌사자가 가명을 썼으면 어쩔 수 없지만 김 팀장 이름만이라도 생각해낼 수 있다면…….'

석우는 이틀간 조목조목 말했지만 3일째부터 자박자박 반박당했다.

한국으로 보험 관계와 부모님 신분 확인까지 마치고 나서야 여권과 가방을 돌려받고 퇴원할 수 있었다. 아니 조사를 마치고 나왔다. 아니다. 심문을 당하고 정신이 오락가락한 놈으로 몰려 풀려났다.

5일을 갇혀 있었다.

'서울로 돌아가자. 마취가 안 되는 유전병 덕에 살아난 거다. 살아 돌아가는 것만도 천만다행이다.'

석우는 최대한 빨리 돌아가고 싶어 병원에서 나오자마자 비행기 티켓을 알아본다. 당일 티켓으로는 저가 항공은 없고 한국행이 잦은 국적기의 비즈니스 자리밖에 없었다.

#65 복기(復棋)

석우가 비즈니스석 라인에 선다. 뒤로 세련된 여인이 대여섯 살짜리 의젓한 남자아이 손을 잡고 기다리고 있다.

"짐은 없고, 통로 우선으로 가능한 한 앞쪽으로 부탁해요."

비행기에 들어선 석우는 자리를 잡고 기내 슬리퍼로 바꿔 신었다. 남자 사무장이 비즈니스석 손님 한 명 한 명에게 다가와 인사를 한다. 티켓팅할 때 석우 뒤에 서 있던 여인과 아이는 건너편 옆이다.

석우가 잡생각을 잊으려고 건네받은 한국 신문을 펼쳤다.

건너편 남자애는 엄마한테 질문이 많다. 차분히 듣던 엄마가 펜과 메모지를 아이에게 준다.

"처음 다녀온 외국이라 물어볼 게 많지? 그런데, 우리만 여기 있는 게 아니야. 책 읽으시는 분도, 주무시는 분도 계시니까 공항에 내리면 집에 가서 아빠랑 우리 셋이 얘기할까? 잊어버릴 거 같으면 여기에 적어두고……."

착한 아들이 엄마의 타이르는 말에 고개를 끄덕이더니, 금세 엄마 품에 기대 새근새근 잠이 든다. 엄마가 노트북을 열어 문서를 본다. 영어로 된 논문들이다.

비행기가 이륙하자 석우가 승무원에게 레드 와인을 시키
고선, 이번 베트남 여행의 의심스러운 장면을 처음부터 천
천히 복기(服碁)해 본다.

'호텔 첫째 날, 어떻게 애슐리는 투숙객 이름과 얼굴, 룸번
호를 숙박계와 비교해 보지 않고도 열쇠를 따박따박 건넬
수 있었을까? 다들 처음 보는 사람들인데…….'

작은 플라스틱 병에 담긴 와인과 투명 플라스틱 잔이 나
왔다. 와인을 따라 한 모금 마신다. 와인의 빨강이 석우의
뇌를 감아서일까. 묵직한 둔기에 맞아 머릿속이 울리고 뒤
통수가 뻐근했던 기억이 고스란히 난다. 석우는 다른 건 몰
라도 머리통을 박살내려고 뒤통수를 내리친 김 팀장의 이
름을 생각해내려는데 도무지 생각나질 않는다. '김 팀장'이
란 것만으로는 베트남에 온 한국 관광객을 특정할 수 없다
던 남자.

성명불상남(姓名不詳男).

'호텔에 존재하지 않았다는 3인. 김 팀장, 뽈테PD, 촌사자.
스쳐흘려들은 이름은 모르겠고, 그나마 기억나는 거라곤 PD
의 여동생 학교, 서울산업과학대학교……, 만약 그게 사실이

라도 대학원 석박사 재적 인원만 수백 명일 텐데……'

괜한 집착.

'설령 병원에서 김 팀장 이름이 생각났었다 해도 마도로스 사체가 화장돼 아무 소용없다. 곽부성처럼 이름이 가짜일 수도 있고……, 부질없다. 의미 없다. 역시나, 됐다.'

석우가 남은 잔을 비우고 화이트 와인을 하나 더 시켰다.
원샷하고, 레드 와인을 또 시킨다.
그리고, 화이트 와인…….
빨갛고 무색의 와인들이 위장에서 얽혀 로제 와인 향이 식도로 올라온다.

의자를 뒤로 젖혔다.
평온하고 고요한 비즈니스 좌석에 잠이 솔솔 든다.

'피곤했다, 베트남.
정말로.'

#66 서울

아린이를 처음 만났을 때처럼 펑펑 눈이 내리는 추운 날이다.

한 번씩 출근길에 해장용 겔포스와, 치질 때문에 지사제를 사러 오는 다리가 이쁜 동그란 안경 아가씨가 라이언 슬리퍼, 수면양말, 수면바지 위로 하얀 롱패딩을 꽁꽁 싸매고 약국으로 들어온다.

석우가 아가씨에게 건네받은 2층 아버지 병원 처방전을 본다.

'알코올성 간염? 젊은 아가씨가 얼마나 술을 작작 드셨길래. 남지민, 90년생? 아린이랑 동갑이네.'

석우가 약제실 구멍으로 초짜약사에게 처방전을 밀어넣고 핸드폰으로 유튜브 영상을 검색한다.

죽을 수도 있었던 작년 베트남 여행의 악몽. 다녀온 지도 일상에 녹아 1년이 지났다. 아버지 친구분이 교수로 계신 신촌의 대학병원 트라우마센터에서 3개월 동안 집중치료를 받았다. 잊고 싶은 기억을 뇌 속 맨 마지막 방에 숨겨둔 상실의 서랍장 뒤로 밀어넣는 반복훈련. 어느 정도 호전되긴 했지만, 해외여행은 꿈도 못 꾼다.

석우의 트라우마 증상을 보다 못한 케이블방송국 PD를 하는 석우 친구가, 잘난 쌍판때기로 연예인병 걸려 우울증 탈출하는 게 낫겠다며 〈디톡스 약사〉 프로그램 고정패널에 석우를 출연시키고 있다.

매일의 안온함에 아무 일 없던 것처럼, 주치의가 시킨 대로 '의식의 무의식화(化)'를 위해 국내 낚시 유튜브를 소심하게 훔쳐보고, 아니면 〈복면가왕〉에서 '뮤지컬 여제'로 뜬 아린이가 부르는 〈If I ain't got you〉 동영상을 무감각하게 응시할 뿐이다.

'아, 맞다. 얼마 전 〈명성왕후〉 여주인공 이아린이 결혼한 지 얼마 안 돼서 이혼했다는 기사……, 정말 힘들겠네. 아린이…….'
주위에 벌어지는 많고 많은 일들이 그저 스쳐 지나가는 날 중에 그냥 하루였을 거라는 강박(强迫)적 자위.

토요일 오후 2층 내과도 마칠 시간.

'경리단에 가서 맥주에 피자나 먹을까?'

석우가 가운을 벗어 군용 돗바로 갈아입는데 손님이 들어선다.

"박카스 하나 주세요."

뿔테PD. 기자 출신. 석우를 찾아냈다.

'······씨발······.'

"잘 지내셨어요?"

갑작스러운 석우, 의외로 담담하다.

"약국 문 닫는데요."

'눈 마주치기 싫다.'

"석우 씨. 저기, 우리 얘기 좀 해요. 드릴 말씀이 있어요. 아니, 꼭 해야 할 말이 있습니다."

"할 얘기 없습니다. 겨우 죽을 고비를 넘겼고, 보험금 때문에 자살하려는 약에 취한 약사와 무슨 얘길 합니까?"

밖에서 들리는 이상한 대화 내용에 초짜약사가 약제실 밖으로 머리를 빼꼼히 내민다.

"10분이면 됩니다. 이 앞 카페에서 기다릴게요. 오시든 안 오시든 기다리겠습니다."

PD가 나간다.

'……흠…….'

석우가 냉장고에서 까스활명수를 꺼내 목구멍이 찢어져라 들이켠다.

'……그래, 가보자. 혼자서 우리집 앞까지 날 죽이려고 찾아온 건 아닐 테고.'

#67 전모(全貌)

약국 앞 카페. 석우는 마실 걸 안 시킨다. 팔짱만 끼고 있다.

"먼저 사과드릴게요. 죄송합니다."

'뭔 개소리.'

"지난 1년간 최소한의 인간적인 양심에 고통스러운……, 석우 씨에 대한 무거운 죄책감 속에 묻혀 산 저희의 죄송스러운 마음을 전해드리지 않으면 안 돼서……, 그래서…….."

PD가 말을 잇지 못한다.

"무슨 마음, 죽이려고 했던 잔인한 마음? 미친 거 아니요! 지금 뭐 하자는 겁니까?"

"죄송합니다, 석우 씨. 정말 죄송해요."

"그리고, 도대체 나를 어떻게 찾아낸 겁니까? 아니, 그것보다 내가 살아 있다는 건 어떻게 알았죠? 당신들 무슨 국제 스파이들입니까?"

"제가 다니는 회사의 베트남 특파원을 통해 석우 씨가 늪에서 발견돼 영사관 조사를 마치고 서울로 돌아왔다는 걸 알게 되었어요."

"아! 당신 직업이 PD라 그랬지? 그래서 날 찾아낸 거였네. PD면 공인 아닙니까? 그런 사람이 생사람을 죽이려고 해? 당신들 살인자야, 살인자!"

석우의 격앙된 목소리에 카페 손님들이 둘 쪽을 쳐다본다.

"정말 죄송합니다. 그래도, 잠깐만……, 잠깐만 제 얘길 들어주세요."

"당신 말을? 아니면, 사람 죽이려고 한 사람 말을? 아니, 사람들이지?"

흥분한 석우가 쏘아붙인다.

PD가 차를 한 모금 마시고 말을 잇는다.

"목숨보다 고통스러운 사연이 있는 우리에게는 완벽한 알리바이, 누가 들어봐도 개연성 없는 무(無)동기의 계획이 있었어요. 그 어떤 무엇과도 바꿀 수 없는, 너무도 중요한."

"뭐요! 그 중요한 계획 때문에……, 그래서 그때 그 김 팀장이란 놈은 각목으로 내 뒤통수를 내려 까고. 촌사자, 아니 곽부성? 아니지, 그런 이름은 있지도 않던데……, 어쨌든 그놈의 곽부성까지 합세해 날 죽이려고 약물 든 주사기를 내 목에 꽂고선 악어가 득실대는 밀림 늪에 내던진 겁니까?"

혼돈되고 격분한 석우 목소리에 주위의 시선이 다시 둘에게 쏠린다.

"정말, 정말 죄송합니다. 억울하신 거, 놀라신 거 당연합니다. 그래서 자초지종을 말씀드리고 사죄드리러 찾아왔어요."

"그래, 어디 한번 알아듣게 말해봐요! 내가 겪은, 죽었어도 전혀 이상하지 않은 상황으로 생긴 트라우마보다 얼마나 더 중요한 얘기가 있는지!"

PD가 안경을 올려 고쳐 쓴다.

"예, 정말 죄송해요, 석우 씨. 모든 걸 다 솔직히 말씀드릴게요. 저희 계획이 석우 씨로 인해 차질이 생겼었어요. 청부업자가 쓸 방을 석우 씨가 구매하는 바람에 이 일에 말려들게 된 거예요."

“…….”

PD는 사건의 전모를 석우에게 들려준다.

기자 출신이라는 자신과, 여동생 애슐리와 김 팀장, 그리고 대학원생 민수련, 부모를 모두 자살로 잃은, 사법연수생이라고 한 현직 검사와 그의 누나. 마지막으로 살인청부업자까지.

그날 마도로스를 둘러싸고 있던 강둑 위 일곱 남녀의 이야기들.

'뭐라고? 전부가 공범이었다고?'

대꾸도 질문도 하지 않는 석우지만 모두의 과거를 찬찬히 귀담아듣는다. 팔짱 낀 팔이 슬그머니 풀리고 그들 한 명 한 명의 이야기에 형언하기 힘든 동요된 감정이 밀려온다.

“안 건드렸으면 모든 것이 없었던 일인 듯, 견디다 보면 어느덧 잊을 수 있을 거라 생각했고, 잊어버리고, 잊혀지고…… 참고, 참다가, 견디고, 견디다가, 그러다 보면 영원히 잊힐 줄 알았는데…… 조금씩 찾아내는 잔잔한 행복에 용서라는 것도 생각하게 되고…….

　그런데 악마가 우리를 찾아내 다시 건드렸을 때, 이번엔 우리가 더 무서운 악마가 됐죠."

　PD의 안경 아래로 눈물이 흐른다. 고개를 떨구고 석우의 눈을 못 마주치며 북받쳐 오르는 감정을 눌러가며 진정으로 참회하는, 기억하기조차 싫은 과거를 가까스로 끄집어내 이야기를 들려주는 진심이 석우에게 전해진다.

　"마음속에 갇혀 있는 포로들을 얽매고 있는 철창의 빗장을 '용서'란 열쇠로 하나하나 풀어주다 보면, 마지막 끝 독방에 갇혀 있는 '내'가 자유할 줄 알았는데…….

　참고 잊으려 했을 때까지가 과거와 타협한 용서의 시간이었고, 망각에서 깨어난 순간부터는 한없이 악(惡)에만 충실히 집중할 수밖에 없었던…….

　철저하게 '악'이 되어버린 우린 인간을 죽인 게 아니에요. 세상에서 악을 소거시킨 것뿐이에요. 그게…… 우리에게 남은 마지막 방법이었어요."

　용서라는 말을 떠올릴 땐 평온한 삶 속의 소소한 행복이지만, 살려야겠다는 생각에 죽여야 한다는 증오가 일자 남는 건 잔혹한 '악'. 마지막까지 잊고 참을 때까지가 '선'이고, 견딤을 지나 복수가 되어버린 순간 '악'이 되는 간사한 찰나.

PD의 길고도 놀라운 얘기가 끝나고, 고개 숙인 그녀와 어쩔 줄 몰라 하는 석우가 진공의 시공간에 남겨져 침묵의 시간이 흐른다.

'이런,
이만 됐다. 그만하자.'

석우가 말없이 일어난다.
PD가 일어나 공손히 고개를 숙인다.
"저희는 평생 속죄의 마음을 석우 씨에게 느끼며 살 겁니다. 진심입니다. 죄송합니다."
나가버리는 석우.

'투투툭툭.'
비가 내린다.

'빗소리에는 전에 막걸리다.'

석우가 간만에 약수시장 「녹두전」에 들른다.

"누님, 안녕하셨어요?"

"오~ 약사님 오랜만이야. 잘 지냈어?"

전집 사장님이 언제나처럼 반갑게 맞아준다.

밖에 천막 쳐진 빈자리에 앉았다. 옆 테이블에서 경상도 사투리와 전라도 억양이 혼재한다.

전집 사장님이 방금 찐 거라며 고구마를 건네준다.

막걸리에 사이다를 시키고선 그동안 보지 못했던 앱을 켠다.

〈일상타파 특가여행〉

석우가 용기를 내서 조건 검색을 누른다.

「초특가 여행패키지」클릭.

「#2박3일 #금토일」

「낮은 가격순」정렬.

막걸리와 사이다를 섞어담아 나온 주전자에서 가득 따라 한 잔 쭉 들이켠 석우가 손으로 방금 쪄 나온 고구마를 집어 그 위에 신김치를 얹어 한 입 크게 입에 넣으려 한다. 고구마 든 왼손목에 납작조개로 그어진 상처들.

억지로 기억을 지우는 훈련으로, 생각 없이 떠있던 무중력 상태의 석우 뇌가 PD와 재회하고 나서 기억의 조각을 모아 생각이라는 것을 해본다.

하롱베이의 첫날이 스친다.

'비앙또 호텔 로비의 등장인물들……. 순서대로 촌사자…… 암사자…… 돋보기…… 뽈테PD…… 대학원생…… 애슐리…….

아! 그리고 김 팀장, 내 뒤통수를 내리친 팀장 김재현…….'

'맞다, 김재현!'

#68 Karolína_카롤리나
(2024년 체코, 코젤 수제맥주 공방)

정 교수, 수련이, 아린이가 체코 프라하의 「플젠 맥주박물관」에서 크림어니언 스프와 훈제소시지 세트에 수제맥주를 거나하게 하고 있다.

아린이 기분이 좋다.

"캬~ 취한다. 취해! 프라하에서 마시는 수제맥주 맛이라 니, 그냥 천국이 따로 없네."

정 교수가 만취 직전의 아린이를 신기한 눈으로 쳐다보며 말을 건넨다.

"아린 씨 괜찮아요? 혼자 지금 열 잔 넘게 연달아 마시고 있는데. 좀 쉬었다 마시든가, 아직 시간도 이른데 다 같이 천천히 마시자고요."

걱정이 된 수련이도 묻는다.

"아린아, 술 너무 많이 마신 거 아니야?"

살짝 꼬인 혀로 아린이가 대답한다.

"내 현재 스코어, 이보다 더 좋을 순 없다야. 내 짝지 수련 이가 사랑하는 교수님과 결혼해서 이렇게 셋이 오붓하게 체코에 신혼여행 와있는데 나보다 행복한 사람은 지금 이 순간 세상에 없을걸? 게다가 나중에 미현이 언니 만나러 우 리 셋이 같이 파리도 갈 거잖아."

수련이 일행을 구석에서 쑥덕대며 지켜보던 동양인 남녀

가 아린이에게 다가온다.

"안녕하세요, 저희 서울에서 여행 온 커플인데요, 저희 둘 다 이아린 씨 뮤지컬 〈명성황후〉 보고 너무 감동받은 팬이에요."

술 취한 아린이가 희멀거니 웃는다.

"아, 프라하에서 제 팬을 뵙네요. 감사합니다."

"괜찮으시면 사진 한 장만 같이 부탁드려도 될까요?"

"그럼요. 잠시만요."

아린이가 숙달된 동작으로 화장품 파우치에서 거울과 립스틱을 꺼내 가볍게 단장하고 핸드폰을 건네받아 셋의 셀카를 찍는다.

"감사합니다. 정말 감사해요. 저희 팬으로서 이아린님 항상 잘되시길 기도할게요. 파이팅입니다."

팬서비스를 해주고는 다시 독고다이로 코젤다크시나몬을 또 시켜 달리는 아린이가 술에 취해 맥주잔을 쏟는다. 팔짱 끼고 지켜보는 수련이가 혀를 차며 말한다.

"얘는 공짜로 우리 신혼여행 따라와서 같은 호텔 신혼방에서 자겠다고 진상을 치더니, 이젠 술꼬장을 부리시며 참으로 어랏어브(a lot of)를 하시네."

반쯤 감긴 눈의 아린이가 학창시절 기억에 꽂혀 속사포를 쏘아댄다.

"마! 신혼여행이고 나발이고 니는 내가 지켜줘야 한다카이. 기억하재? 우리 치어리더로 목동서 날라다닐 때도 니한테 치근덕대던 놈들 단 한 새끼도 니 뜨래기 하나 못 건드리게 한 게 바로 나, 바로 여기 이아린이였다 아이가!"

창원 사투리를 하기 시작한 귀여운 아린이를 보며 수련이가 어이없는 미소를 띠우며 한마디 한다.

"니네 오빠랑 사귀길 바랐던 건 아니고?"

급(急)절패감에 쩔어버린 아린이 눈빛.

"아이고, 마 그냥 바로 들키뺐네. 우리 오빠야는 불쌍해서 이를 우야겠노?"

"아린 씨, 우리 이거까지 마시고 수련 씨랑 제가 한남동에서 자주 가는 보드카 라운지 「BAR 니레즈이」 프라하 본점 가볼까요? 여기 바로 앞 블록에 있는 호텔 2층이래요."

"니레즈이? 수련아, 이거 러시아말로 '묘연히'란 뜻 아이가?"

"어쭈? 고삐리 때, 제2외국어 러시아어를 아직도 기억하네?"

"OK, 자, 이거 마시고 렛츠고. GO, GO!"

셋은 맥주박물관에서 일어나 2차로 건너편, 반세기 역사를 가진 「플젠호텔」의 보드카 전용 라운지 「BAR Неизвестно(니레즈이)」로 이동한다.

정 교수와 수련이가 칵테일을 시키고는 앱으로 내일 여행 동선을 체크한다. 계산대 근처에서 술 취한 아린이가 금발의 푸른 눈 여자 바텐더를 붙잡고 보드카를 주고받으며 무슨 할 말이 그렇게 많은지 수다의 도가니에 빠져 있다.

아린이에게 수련이가 다가간다.

"보드카 알코올 도수도 센데 작작 마셔라. 글구 바쁜 바텐더 아가씨 그렇게 술 많이 주면서 민폐 끼치지 말고."

"뭐시라? 민폐? 잠깐만, 이 빠텐 아가씨 이름이…… 음…… 뭐였더라?"

아린이가 횡설수설하며 여자 바텐더 유니폼에 달린 명찰을 본다.

「Karolína」

"그래, 맞다. 칼로리나, 얘 이름은 칼로리~나. 나 지금 칼로리나랑 민폐 절대 1도 아닌 서로의 인생살이 얘기 좀 하고 있었거든~."

"헐~ 체코말 할 줄 모르는 코리안 술주정뱅이 말을 믿으라고?"

"정말이라니까! 얘 나보다 두 살 어린 체코 앤데 한국말이랑 러시아어를 할 줄 알아, 내가 제2외국어로 불어는 직살나게 못했어도, 러시아어로 바꾸고는 네 덕에 졸라 잘하잖냐."

"그럼 대화는 됐겠네."

"그니까~! 근데 수련아 신기하지 않냐? 러시아어를 할 줄 아는 체코 사람?"

"그야 프라하에 러시아 사람들이 많이 있으니까 이런 보드카 전용 라운지가 있는 걸 테고……, 아까 네가 얘기했잖아? 여기 가게 이름이 러시아말이라고. 그니까 여기 바텐더도 러시아어를 좀 하겠지. 그리고 빠텐 아가씨 이름이, 칼로리나가 아니고 카롤리~나! 너 뮤지컬 배우라고 이젠 다이어트 하다하다 미쳐서 처음 보는 사람 이름에까지 칼로리를 집어넣냐?"

"어떻든! 난 절실히 사랑한 약사 추억팔이하고, 여기 카롤리나는 8년 전에 한남동서 가게 오픈한 남편 따라 한국 와서 연세어학당 다녔던 추억팔이 하고 있다. 왜? 어쩔래? 뭐시 중헌디?"

"너 말 한번 잘했다. 그래, 네 일생을 바쳐 그렇게 사랑하던 약사님하곤 연락 좀 해? 혜진이가 요즘 방송에서 '존잘 약사'로 떴다던데?"

"연락 같은 소리하고 자빠졌네. 세상 무료해서 어디서 맥주나 혼술하고, 그 무료함을 깨려고 아슬아슬한 여행이나 하고 다니겠지."

"네 집착이 하늘을 찔렀다던데 뭘. 너 그 약사 핸드폰 뒤지고, 자해 소동 일으켰다며?"

"그건 내가 좀 미안하지, 뭐."

"너희 둘 정말 사랑했던 건 맞지?"

"그럼, 그럼. 그런 사랑 없었고, 앞으로도 없을 거야. 몇몇 사귀어 봤어도 그런 행복한 사랑은 내 인생 처음이자 마지막이지."

"너희 서로 오해와 치기에, 관계를 복원할 기술도 경험도 없는 연인이 헤어진 건데, 그냥 다시 연락해 보면 안 돼? 너 이혼하고 나서 너무 힘들잖아. 지금 뮤지컬 배우로 돈 잘 벌고 유명하면 다 된 거 같지? 근데 그게 아니야. 자고로 사람은 사랑하는 사람이 있어야 되는 거야! 눈 딱 감고 연락 한 번 해봐라. 안 그럼 너 정말 후회한다."

"그게 맘대로 되냐?"

"아린아. 네가 고등학교 때부터 지금까지 나 지켜준 거 고마워서 하는 말인데, 사랑은 용기가 있어야 되더라. 내가 여기 정 교수님하고 사랑하게 된 것도 떨리는 용기가 작은 시작을 만들어준 거야. 네가 무대에서 관객들에게 싱크를 맞추기 위해 네 혼신의 힘을 다해 목숨을 걸고 치열하게 표현하듯, 사랑도 그렇게 하면 되는 거 아냐?"

"……."

말 없는 아린이의 눈망울이 바 조명에 반짝인다.

수련이가 목에서 십자가 목걸이를 풀어 술 취한 아린이 손바닥에 조용히 쥐여준다.

'So we beat on, boats against the current,
borne back ceaselessly into the past'
(그렇게 우리네 인생은 파도에 맞서 역행하는 보트처럼, 과거로 쉴 새 없이 떠밀려 가면서도 꿋꿋이 미래를 향해 헤쳐나가는 것이다)

"알았다. 알았어. 나 술 취해 정신없다. 글구 내 일은 내가 알아서 할게. 제발 신경 좀 꺼줘라, 부탁이다."

수련이가 정 교수 있는 자리로 돌아간다.

금발 바텐더랑 수다 떨던 아린이가 바텐더 소매를 잡고 수련이랑 정 교수 쪽으로 간다.

"아린아, 대~박! 들어봐봐. 여기, 얘가…… 칼로리나, 아니 카롤리나가, 어렸을 때 마피아한테 러시아에 팔려 갔었대. 졸라 불쌍해. 봐봐 여기 어깨에 러시아어로 문신도 새겨져 있어."

아린이가 바텐더의 어깨를 가리키자, 한국말을 알아채기라도 한 듯 자신의 왼쪽 어깨 옷자락을 내려 러시아어로 된 문신을 보여준다.

「Кукла Николая」

"봐봐. 이거 '니콜라이의 인형'이란 뜻 맞지? 수련아, 내 러시아말이 아직 쏴라있네, 쏴라있어! 그치?"

정 교수가 놀란 티를 안 내려고 억지로 차분히 있고, 수련이의 눈빛은 내려앉았다가 돌연 일렁거린다. 수련이가 의식적으로 바텐더의 문신을 보려 하지 않으려 해도 자신의 눈썹이 파르르 떨리는 것을 막지 못한다.

일순 모든 것이 멈춰지고, 모든 것이 덮어진다.

"더 대박은 10년 전에 카롤리나가 자기를 사육하던 러시아 영감이 죽고 나서 무슨 요새 같은 성(castle)에서 필사적으로 탈출했다는 거야."

일반으로는 절대 믿을 수 없는 아린이의 떠듦에,
아무것도 모를, 모르는, 몰라야 하는 정 교수.

"그렇게 무작정 자기 고향인 프라하로 도망 와서 여기 사장님을 만나게 됐는데, 그 사람이 지금 자기 남편이래."

라운지 안쪽 소파에서, 라펠 넓은 수트를 말끔하게 입고 포마드 헤어스타일에 턱수염을 기른 백인 남성이 수련이 일행의 얘기가 들리기라도 하는지 바텐더와 눈을 맞추며 싱긋 웃어 보인다.
"어…… 어, 저분인가 봐. 저분하고 결혼하고 가게 이름도 지금처럼 바꼈다고."

수련.
'내가 카롤리나의 거기, 그때에 있었을 수도…….'

"저 사장님이 카롤리나를 「프라하 재즈스쿨」에 보내서, 지금은 카롤리나가 그 학교 수석보컬강사로 낮에는 학교에서 가르치고 밤에는 여기서 일한대."

한참의 아린이 독백을 뒤로하고, 수련이가 세 개의 잔을 보드카로 가득 채우고 잔을 높이 든다.
"오늘을 기념해 우리 셋, 건배할까? 어때요, 교수님?"
묵직한 끄덕.
아린이도,
"오케바리!"
"한국에 와서 나를 보호해준 세 사람, 제 언니와, 짝지 아린이, 그리고 내 사랑 정 교수님. 정말 고마워요."
"뭔가 낯간지럽게 거창한데? 그 정도로 마무리하지 그래?"
아린이가 끼어든다.
"응, 그냥…… 지금 너무 행복하다고…… 그리고 너무 감사하다고……."

셋이 원샷을 하고, 아린이가 취했다며 먼저 자리에서 일어선다.

#69 석우(昔遇, 옛 만남)

석우의 핸드폰 컬러링 노래 〈If I ain't got you〉가 울리고, 발신인이 뜬다.

「내사랑 아린」

'아린이다.'

"아린이?"

"……, 잘 지냈어? 나야."

"……."

석우에게 한참을 멈췄던 아린이의 시간이 다시 흐르고,

무채색 겨울을 지나 연한 푸른색이 칠해지기 시작한다.

#70 재현
(再現, Dream comes true,
2024년 파리올림픽)

 100년 만에 다시 프랑스에서 개최되는 '2024 파리올림픽' 무드와 부드러운 바람에 곳곳에 즐비하게 달린 만국기들이 살랑인다.

 루브르 궁전이 보이는 샹젤리제 거리 콩코르드 광장 테라스 카페 「Maxim & Paris」.
 노을이 깔리고 다니엘 비달의 〈오! 샹젤리제(Les Champs Elysees)〉 노래가 부드럽게 내려앉았다.
 한가로운 테라스에서 민소매 쉬폰 원피스에 오버사이즈 선글라스 낀 아시아계 미인이 에스프레소를 마시며 『NUMERO』를 읽고 있다. 옆에는 파마머리 멜빵 소년이 큼직한 포크로 커다란 베네딕트 빵을 꿀에 듬뿍 찍어 베어 물려 한다.

 흰머리 웨이터가 다가온다.

"봉주흐(bonjour), 마담. 어린이용 포크와 접시를 가져다 드릴까요?"

"괜찮아요. 이래 봬도 꼬마 신사인걸요."

'그렇지?'

엄마의 눈빛.

"비앙 슈흐(Bien sûr, 그럼요)."

가슴 휘장에 「Baby Dior」이라고 적힌 재킷을 빼입은 꼬마 신사가 프랑스어로 의젓하게 답하고는, 코스에 딸려 나온 스크램블 에그를 포크로 한 입 크게 퍼먹는다.

린넨 블루 슬랙스 끝으로 맨살 발목 밑 진회색 로퍼를 신은, 눈에 띄는 근육질의 멋쟁이 동양 남자가 성큼성큼 걸어온다. 말아 올린 흰 와이셔츠 소맷귀 밑으로 보기 좋게 그을린 갈색 팔뚝에 자연스럽게 걸쳐진 코발트 재킷, 짧은 스포츠 머리에 보잉 선글라스.

"여보, 좀 늦었어. 미안해."

"아빠~!"

아이가 아빠에게 안긴다. 오른팔로 아이를 안은 채로 웨이터가 가져온 메뉴판에서 스파클링 와인 한 잔을 손가락으로 찍어 가리키며 부드러운 아이컨택으로 주문을 한다.

렉센그룹 상무 김재현.

본사 해외사업부 EU-FTA 팀장 시절, 파리지사에 파견돼 주재하는 동안 INSEAD에서 MBA를 마쳤다. 복귀 후 임원으로 승진해 렉센홀딩스 'EU 전략사업본부' 파트너이자 파리지사장이다.

"처제랑 동서, 그리고 처제 친구 이름이 뭐였더라…… 아령? 아린? 여기 오는 날 정했다고?"

"아린이요. 예, 통화했고요. 수련이 박사논문 본심이 다음 달이라 셋이 신혼여행 다녀와서 정 교수가 지금 하드하게 트레이닝시키고 있대요. 거기에 계절학기 강의까지 겹쳐 다다음 달에나 온다네요."

"처제 지도교수님이 안식년이랬지? 대신 수업하랴, 논문 쓰랴 정신없겠네."

"그래도 석사 마치고 한참을 쉬다가 굳은 머리로, 교수 남편 잘 둔 덕에 박사과정 들어가 끝낼 수 있게 됐는데 그 정도는 감수해야죠."

웨이터가 얼음 띄운 스파클링 와인을 테이블에 내려놓는다.

"처제 친구도 친구지만 언니도 여기 같이 오시면 좋을 텐데."

"언니는 바빠서 수련이도 결혼식 이후로 아직 한 번도 못 봤대요. 방송국 국장님이 높긴 높은가 봐요. 풋."

"우리가 뵈러 한 번 들어가야겠군. 어쨌든 이번에 처제 부부랑 아린 씨 오면, 올림픽 보고 여기서 출발해 체코, 헝가리, 오스트리아 거쳐서 찐하게 유럽 일주 여행이나 하고 오자고."

"신혼여행이 프라하였어서 셋이 수제맥주 실컷 마셨다니까 체코는 스킵해도 될 거 같아요."

여인이 가녀린 손으로 작은 잔을 내려놓으며 선글라스를 벗는다. 손목에 얇고 널따란 까르띠에 은색, 금색의 팔찌들, 사이에 빗금 자국.

"백곰 아저씨. 고마워요. 이제 우리 행복만 하는 거예요. 맞죠?"

눈동자.

미소.

'나를 믿고 사랑해주는 여자.

어제의 기억도, 내일의 불안도.

당신의 모든 걸 사랑으로 지키리라.

목숨을 걸고 당신을 지키리라.'

선선한 바람,

조용한 인파.

파리의 하늘색이 유독 높기만 하다.

세상에는 원색(原色)만 있는 것이 아니다

때론, 어떤 것들은

미상(未詳)인 채로 두는 것이

온유할 때가 있다

-the end-

**시간은 우리를 긁고 가지 않는다.
긁고 가는 듯하지만, 쓰다듬고 간다.**

글이 마쳐지고서야 소심한 딴지 걺과 번외의 권면을 하려고 한다.

시제상 '대과거'란 과거완료를 칭한다. 대과거(大過去)란 말 그대로 '큰 과거'고, 과거완료는 과거에 비해 더 오래된 과거다.

그렇다면 '큰 과거'는 더 오래된 과거인가?

'큰 과거'는 과거보다도 결과에 직통(直通)하는 영향을 끼친 과거를 말하지, 단순히 시간적으로 더 오래된 과거를 말하지 않는다.

이 글 목차에 '과거'가 나오고 그다음 '대과거'가 나온다. '과거'는 '대과거'보다 시간적인 의미에 조금 더 무게가 쏠려 있는 반면, '대과거'는 결과에 필연적이며 직접적인 원인이다.

필자 입장에서는 천착(穿鑿)이지만, 보통 이런 걸 꼰대 발상이라고 한다. 문법학에 지금까지 아무도 딴지 건 적 없는 당연하고 명실상부한 명제에 등을 진 채로.

우리 모두에게는 과거가 있다.

그것이 지금의 영광에 디딤돌이 되었을 수도, 주홍글씨로 남아 담벼락과 걸림돌이 되어 있을 수도 있다.

이 소설 등장인물의 면면이 그렇다. 당장은 디딤돌이라고 생각했는데 알고 보니 치명적인 나락으로 떨어트리는 버튼이기도 하고, 담벼락과 걸림돌이 종국에는 나를 견디게 해준 든든한 보호벽과 의외의 디딤돌이 되기도 한다.

인간이 미리 알 수 없는 '섭리(Providence, 하나님의 뜻)'와 카이로스(καιρός) 그리고 '묵상(meditation)'의 영역이다.

한 가지 확실한 건 현재는 과거에 기인한다는 거다. 그게 과거완료든 대과거든 간에 어쨌든 기인하게 되어 있다.

그래서 찰나에 과거가 될 지금이 중요하다. '조금' 있어 과거가 될 바로 지금. 이 '조금'이 누군가에겐 1초의 찰나이고, 누군가에겐 40년의 광야길일 수 있다. 지금이 곧 과거가 되고, 그 과거가 현재를 만들고, 현재는 얼마 안 되어 다시 과거가 되어버린다.

지금에 충실해야 하지만, 지금에 너무 집착하지 않아도 된다. 금방 다가올 또 다른 지금이 있으니까 말이다.

과거, 현재, 미래 사이에는 조금의 간극이 있을 뿐이어서, 신랄한 영적 전쟁에서 순간순간을 살아간다는 것 자체가 세상에서 가장 고귀한 가치를 지닌다. 그런 이유로 지금의 당신은 위대하다.

용서에 대하여

이 소설은 원래 『용서(容恕, 있는 그대로 마음에 접어두는 것)』란 제목의 단편소설이었다.

⋯⋯그래, 이렇게 잊을 수 있을지도⋯⋯ 잊힐지도⋯⋯.
지난 모든 것들⋯⋯.

    ⋯⋯용서⋯⋯.

p.360

용서(forgive). 'for give' = '주기 위한'이란 뜻의 '용서'는 시대를 초월해 인류가 축복권으로 부여받은 원초적 진리다. 성경 속 예수님이 간음한 여인에게 그러했고, 빅토르 위고의 『레미제라블』에서 은촛대를 건네는 성직자가 그러했다.

우리 마음속에 갇혀 있는 포로들을 얽매고 있는 철창의 빗장을 '용서'란 열쇠로 하나하나 풀어주다 보면, 마지막 끝 독방에 갇혀 있는 죄인 중에 괴수인 '내'가 자유하게 된다. '용서'라는 '진리'가 자유케 해 그 엔딩(ending)에 '은혜'와 '회복'이 있다는 것이 이 소설의 원래 메시지였다.

그런데 등장인물들이 만들어져 가는 상황 속에서 '욕구(慾求)'라는, '용서' 극단에 위치한 단어가 튀어나오면서 평행구문(parallelism)이 생기고, 소설의 제목도 분량도 바뀌게 되었다.

[글1] 용서라는 말을 떠올릴 땐 평온한 삶 속의 소

소한 행복이지만, 살려야겠다는 생각에 죽여야 한다는 증오가 일자 남는 건 잔혹한 '악'. 마지막까지 잊고 참을 때까지가 '선'이고, 견딤을 지나 복수가 되어버린 순간 '악'이 되는 간사한 찰나.

p.413-p.414

VS

[글2] 접시에 담겨 있을 땐 맛깔나는 요리였는데, 노란 비닐에 담기자 혐오스러운 쓰레기다. 마지막 젓가락질까지가 음식이고, 젓가락 내려놓는 순간 오물이 되어버리는 간사한 찰나.

p.17

　[글1]에서 인간은 악을 좇아 분노와 증오로 복수를 하고, [글2]에선 생리 욕구를 충족하고는 곧 쓰레기로 버려질 더러운 오물을 배출한다.

　여기서 필자가 정작 하고 싶었던 말은, 나와 남을 옥죄는 분노와 증오를 떨쳐내려 하기에 구원의 용서가 그 빛을 발하고[글1], 충족하다 생긴 잔여물이 있어 시간이 지나 허기짐의 빈 공간에서 에너지의 원천인 본연의 순수한 욕구가 솟구친다[글2]는 것이었다.

　희미하게 비춰지지만 분명히 존재하는, 애써 찾아내려 하지 않아도 인간에게 투영된 숭고한 펜티멘토(pentimento, 유화에서 덧칠을 하더라도 보이는 본연의 흔적)는 언제, 어디서든 실체를 드러내게 되어 있다.
　그래서 인생은 거룩한 단편들의 모음, 장편의 서사인 거다.

　읽어주어 감사하다.
　정말 감사하다.

　은혜로운 주님께 출간의 영광을 올린다. 사랑하는 어머니와 가족, 소중한 지인들에게 무한한 감사를 드린다.

하롱베이에서 박세정

평단의 단상_1

소설에 등장하는 인간 군상들의 운명을 우연인 듯 필연인 듯, 줄꾼 어름산이의 아슬아슬한 외줄타기처럼 극적으로 엮어낸 작가의 천재적인 터치감이 심장을 강렬하고도 쉼 없이 두드려 한순간도 긴장의 끈을 내려놓을 수 없는 미스터리 스릴러의 결정판!

인생의 망망대해에서 부침(浮沈)하는 작은 조각배(단편선, 短片船)마냥, 진실과 거짓, 희망과 절망, 용서(善)와 증오(惡), 미제(未濟)와 기제(旣濟)가 시공을 넘나드는 웅장한 장편 속 숨막히는 스펙터클의 향연은 그야말로 말초신경 '초자극제'다.

- 愼獨(신독, 문학평론단)

평단의 단상_2

3일 뒤에 감춰진 30년의 연대기를 타임테크(時工學)로 비틀어버린 경이로운 타임라인. '테크문학작가상'을 수상한 작가의 촘촘함에 경탄을 금치 못한다.

초반부 수려한 연애소설이, 액션느와르로 시작된 제각각의 단편에 깔린 복선의 떡밥들을 모조리 회수하면서, 얽히고설킨 인생들을 단번에 관통해 하나의 장편으로 엮어버린다.

반전의 반전이 연속되다가, 진실의 지점에 이른 급반전 순간까지 우연이라곤 찾아볼 수 없는 개연성 200%의 천재소설이다.

- 양현상 공학박사(고려대 교수)

박세정

교보문고, 인터파크, 매일경제, 머니투데이 선정 작가로 테크문학작가상, 한국추리소설상, 청년문학상 외 다수를 수상하였다. 칼럼니스트이자 국가공인탐정협회 자문위원, 경찰대학 전문가 협업강사로 경찰대학장 감사장을 수여받았다. 《미친 꿈은 없다, 쌤앤파커스》, 《스타트업 노트, 북스타》 등 베스트셀러 외에 《KAIST 국가미래교육전략, 김영사》, 《블록체인 제너레이션, 매경출판》, 《과학기술과 미래국방, 한국국방기술학회》, 《Xaas의 충격, 니혼게이자이신문》, 《원소란 무엇인가, 사이언스주니어》, 《코로나 이후 세계의 변화, 광문각》을 포함해 다양한 장르의 글을 썼다.

와세다대학 정보과학과 졸업. MIT 슬론경영대학원 블록체인테크놀리지 과정을 수료했다. 와세다대학 아시아태평양연구과에서 MBA를 마치고 한국에 들어와 연세대학교 일반대학원에서 경영학 박사를 취득하였다.

비앙또 단편선

ⓒ 박세정, 2024

초판 1쇄 발행 2024년 1월 17일

지은이   박세정
펴낸이   이기봉
편집   문학과평론사
펴낸곳   문학과평론사
주소   서울시 강남구 삼성동 142-34, 강인빌딩 3층
이메일   parksejeong3@gmail.com

ISBN   979-11-985916-0-9 (03810)